글누림비서구문학전집

오시로 다쓰히로
문학선집

사진 출처

사진은 구로코 가즈오黑古一夫 편 『오시로 다쓰히로 문학 앨범大城立裕文學アルバム』(勉誠出版, 2004)에서 발췌하였다.

글누림비서구문학전집 9

오시로 다쓰히로 문학선집

초판 1쇄 발행 2016년 7월 29일

지 은 이 오시로 다쓰히로大城立裕
옮 긴 이 손지연
펴 낸 이 최종숙
펴 낸 곳 글누림출판사

책임편집 이태곤
디 자 인 안혜진
편   집 이홍주 문선희 박지인 권분옥 고나희
마 케 팅 박태훈 안현진

주   소 서울시 서초구 동광로 46길 6-6(반포4동 577-25) 문창빌딩 2층(06589)
전   화 02-3409-2059(대표), 2058(영업), 2060(편집)
팩   스 02-3409-2059
전자메일 nurim3888@hanmail.net
홈페이지 www.geulnurim.co.kr
등록번호 제303-2005-000038호(2005. 10. 5)

정가 15,000원
ISBN 978-89-6327-347-1 04830
       978-89-6327-098-2 (세트)

출력·인쇄·성환C&P 제책·동신제책사

＊잘못된 책은 바꿔 드립니다.
＊이 도서의 국립중앙도서관 출판예정도서목록(CIP)은 서지정보유통지원시스템 홈페이지(http://seoji.nl.go.kr)와
 국가자료공동목록시스템(http://www.nl.go.kr/kolisnet)에서 이용하실 수 있습니다. (CIP제어번호: CIP2016018248)

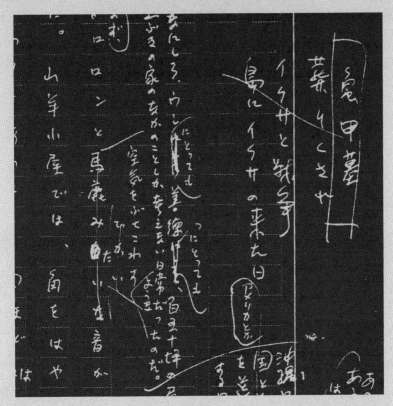

오시로 다쓰히로 문학선집

오시로 다쓰히로 大城立裕 지음

손지연 옮김

글누림

한국의 독자에게

졸작 세 개의 중단편이 손지연 선생의 번역으로 한국에서 출판하게 된 것을 매우 고맙게 생각합니다. 아울러 선택된 작품이 『거북등 무덤』, 『칵테일파티』, 『신의 섬』이라는 것이 매우 흥미로웠습니다. 한국이기 때문에 그러한 선정이 가능했던 것 같습니다. 토속과 정치와 전쟁─그것도 일본 본토라든가 미국이라는 외부 세력에 대한 애증에 휘둘리면서 탄생한 테마라는 점에서 공통되기 때문입니다.

내가 문학의 길에 들어선 것은 1947년입니다. 류큐 왕국이 1879년 일본에 병합된 이래 오키나와인은 끊임없이 일본 본토로의 동화同化와 이화異化 사이에서 흔들리며 살아 왔습니다. 제2차 세계대전 마지막 전장으로 선택된 운명 속에서 오키나와 주민은 일본 본토 국민을 살리기 위한 희생물이라는 것을 전혀 눈치 채지 못한 채, 본토로부터 온 군인들에게 차별 대우를 받으면서도 마음속 깊은 곳에서 일본국민으로서 국가와 천황을 위해 희생되는 것에 만족해했습니다. 그리고 십수만 명의 전사자가 나왔습니다. 그러나 전쟁 후의 운명은 일본이 독립하는 대가로 미군의 반영구적 점령 하에 놓이게 되었습니다.

나는 전중파라 불리는 세대로서 이 운명을 어떻게 받아들이며 살아야 할지 그에 대한 답을 찾기 위해 문학을 시작했습니다. 전후의 오키나와 주민들은 정치적으로는 미국의 지배를 받았지만 고유의 전통문화만큼은 잃지 않고 생활해 왔습니다. 그러는 동안 일본 본토에 대한 애착(동화)과 위화감(이화)이라는 이율배반 사이에서 끊임없이 휘둘려 왔습니다.

그러한 근대사를 돌아보면서 토속에 대한 애착을 고심해서 쓴 것이 『거북등 무덤』입니다. 우리 조상은 왜 그렇게 큰 무덤을 만들었을까, 라는 생각을 했습니다. 아울러 극심한 전화 속에서도 장례식을 치루었다는 가족 이야기가 떠올랐습니다. 이 두 가지 생각을 바탕으로 한 편의 소설을 완성시켰습니다. 친척 일가를 모델로 하고, 무덤 형태는 우리 가족묘를 묘사했습니다. '실험방언이 있는 한 풍토기'라는 부제를 붙인 것은, 근대 오키나와 땅에서 일본문학을 해온 사람들의 고투와 관련이 있습니다. 원래 오키나와어라는 것이 "일본의 한 방언이라고 하기엔 너무 멀고, 외국어라고 하기엔 가깝다"라는 어느 언어학자의 말처럼 애매한 성격을 갖고 있습니다. 더욱이 류큐어로 쓰여진 고유의 문학이 없기 때문에 방언으로 발상하여 일본어로 쓰기 위해 근대 오키나와의 거의 모든 작가들이 고투해 왔습니다. 『거북등 무덤』에서 시도한 방언 역시 나름 고심한 것입니다. 간행 이후 50년이 흐른 지금 보니 만족할 만큼의 표현은 아니지만 그래도 나름대로 고투한 흔적이 보입니다. 이번 한국어판에서는 이 방언이 제주도 방언으로 번역된다고 합니다. 매우 납득이 가는 발상입니다.

이 작품은 발표 당시(1966)에는 거의 주목받지 못했습니다. "무덤에 정원이 있나요?"라는 식의 질문이 1980년대까지 있었습니다. 본토와 달리 무덤에 사람이나 가문의 이름을 새긴 묘표墓標를 세우지 않습니다. 무덤 안에서 잠을 자는 것도 일본 본토에서는 생각지 못할 일입니다. 매년 청명이 돌아오면 무덤 앞 정원에서 가족끼리 때로는 친척과 함께 성묘를 하고 식사도 하면서 피크닉 기분을 내기도 합니다. 별다른 주장을 개입시키지 않아서 일지 모르겠는데 한 편집자가 "이 작품은 전혀 모르겠어요."라는 말을 하기도 했습니다. 그런데 1990년대에 한 일본문학전집에 실리게 되었으니 일본문단이 한 단계 성장한 것이라고 해야 할까요?

전후 오키나와는 미군의 점령 하에서 살아야 했습니다. 그 때문에 사회가 복잡해지게 되었고 그런 모습을 작품에 담아 보지 않겠냐는 제의를 여러 번 받았습니다. 그러나 내 힘에 벅찼던지 좀처럼 시작하지 못했습니다. 미 점령체제의 부조리함에 이의를 제기하기 시작한 것은 『류다이 분가쿠琉大文學』라는 잡지를 간행하던 학생 운동조직이었습니다. 그러나 나는 그런 테마라면 논문으로 충분하다고 생각했습니다.

미 점령 하라고 해서 부정적인 상황만 있었던 건 아닙니다. 미국인과 우호적 관계를 맺고 있는 사회도 있었습니다. 다만 그 우호의 이면에 미군 병사에 의한 강간사건도 어김없이 발생했습니다. 미류친선米琉親善이라는 말이 유행하고 그 일에 진지하게 관여하는 사람들도 있었지만 거기에는 거짓이 섞여 있다고 나는 생각했습니다. 그것을 고발하려 한 것이 『칵테일파티』입니다. 그런데 집필을 시작하기 전 떠오른 생각은 내가 과연 고발할 자격이 있나 하는 반성이었습니다. 나는 젊은 시절 상하이 소재의 일본 대학에서 수학했고, 학업 도중 징병으로 군대를 체험한 바 있습니다. 그때 일본군에 의한 중국인 차별과 가해의 사례를 목격했습니다. 그러한 과거를 가진 일본인으로서 연대책임을 떠올리며,

"지금 미국을 고발할 자격이 있는가?"

"그렇다면 쌍방을 용서하는 것으로 할까?"

라는 반성 내지는 자문자답을 하며, 그 결과 발견한 것이 쌍방을 용서할 것이 아니라,

"쌍방 모두를 용서하지 말자."

라고 하는 나 나름의 절대 윤리 사상이었습니다.

그것을 주인공의 사색 형태로 썼습니다만, 거기에 도달하기까지 주인공을 괴롭혔던 건, 점령체제 하 치외법권이었습니다. 주인공의 딸은 미군 병사에게 강간당했으니 미군 병사를 고소할 수 있었지만, 재판이 미군사법정에서 열리게 되는 만큼 가해자가 오히려 재판에 유리하게 작용할 우려가 다분합니다. 그리고 딸은 분명 수치감만 느

끼게 될 것입니다. 이것이 주인공을 괴롭혔고, 그 고뇌가 이 소설의 클라이맥스를 이루게 됩니다.

1985년의 일이라고 생각됩니다만, 한 평론가가 "일본인은 지금까지 히로시마廣島, 나가사키長崎의 피해만 호소하는데, 가해자로서의 책임을 반성할 필요가 있다"라고 발언하는 것을 들었습니다. 내가 20년 전 바로 이 테마로『칵테일파티』를 썼는데 무슨 새로운 발견이라도 한 듯 말하는 건가, 하는 억울한 기분이 들었습니다. 그로부터 11년 후 미국 워싱턴 DC에 있는 스미소니언 박물관에서 히로시마 원폭에 사용되었던 B29 폭격기 '에노라 게이'를 전시하여 반전을 호소하려 하자 퇴역 군인들의 거센 항의가 있었습니다. "그렇다면 진주만 피해는 어떻게 생각하느냐"며 반격했습니다. 나는 이 소식을 접하고 안타까운 마음에 다시 한 번『칵테일파티』의 사상을 호소하기로 마음먹고 작품을 희곡화하였고, 친구의 도움으로 영어로도 번역했습니다. 이 희곡『칵테일파티』가 2011년에 하와이 대학과 하와이 오키나와문화센터에서 상연되었습니다. 여기서는 주인공의 중국에 대한 가해 책임이 보다 노골적으로 드러나도록 각색했습니다.

1950년대에서 60년대에 걸쳐 오키나와 사회는 대거 일본 복귀 열망으로 기울고 있었습니다. 그런 와중이었지만 나는 일본 복귀에 전적으로 동의하지 않았습니다. 그런데 이후 복귀 쪽으로 마음이 기울게 된 것은 "점령체제를 벗어나 헌법체제로 들어가면, 치외법권으로부터 자유로워질 것이다"라는 단 하나의 이유에서였습니다. 그러나 1972년 일본 복귀를 이루었지만 미일지위협정으로 인해 치외법권의 반석은 무너지지 않았습니다.

오키나와에서는 아직 미군의 점령체제가 (오히려 일본 정부가 원해서) 여전히 온존하고 있습니다. 그 때문에 『칵테일파티』의 리얼리티는 사라지지 않게 된 것입니다. 이 작품이 간행된 이래 50년이 흐르고 있는 지금, 점령체제를 벗어난 지금까지 그 존재감을 잃지 않고 있다는 사실이 작가로서는 매우 아이러니한 일이라고 생각합니다.

『신의 섬』을 쓴 것은 1968년입니다. 그 전해에 『칵테일파티』로 아쿠타가와 상을 수상한 것과 관련이 있습니다. 『칵테일파티』에서는 미국과의 관계에 집중해 썼으니 이번엔 일본 본토(오키나와에서는 야마토ヤマト라고 부릅니다)에 초점을 맞추고자 했습니다. 그 모델이 된 사건이 있습니다. 나하 항那覇港에 가까운 섬에서 전시 집단자결이 있었는데, 1968년 섬에서 그 위령제를 기획한 적이 있습니다. 그런데 그곳에 참석하기 위해 건너 온 구 일본군 한 명이 집단자결을 지시한 자라는 이유로 입도를 거부당하는 사건이 발생합니다. 일대 사건으로 크게 보도되었습니다. 이 사건 이면에 전쟁과 관련해 본토와 오키나와 사이에 풀리지 않은 커다란 확집確執이 있다는 생각이 들었고, 이것을 테마로 소설로 써보고 싶었습니다. 『칵테일파티』에서 쓴 미국에 대한 확집 저 너머의 본토와의 확집을 쓰고자 한 것입

니다. 그 이면에 종교적인 대립까지 보였습니다.

이 작품은 일본 문단에서 전혀 주목하지 않았습니다. 그런데 소설을 발표하고 얼마 안 되어 극단 세이하이靑俳의 주재자인 기무라 이사오木村功 씨가 연극 무대에 꼭 올리고 싶다며 각색을 부탁해 온 것입니다. 각색을 마치고 무대에 올리기 전 출연자 전원이 모여 회의를 하게 되었는데 거기서 젊은 배우 하나가 이런 발언을 했습니다. "이 작품은 무엇을 말하려고 한 건가요?" 그가 살고 있는 본토 사회에서는, 오키나와 섬 전체가 조국 복귀를 열망하고 야마토에 대한 동경으로 가득하다는 오해가 충만했으니, 이런 질문이 나오는 것도 무리는 아닙니다. 세간의 오해의 기저에 있는 진실을 나는 써 보고 싶었던 것입니다.

1969년 1월 도쿄 롯폰기六本木 하이유자俳優座 극장에서 상연되었는데, 커튼콜에서 내가 진실에 호소하듯 인사를 하는데 젊은 여배우 가운데 하나가 무대 뒤에서 훌쩍거리는 겁니다. 내가 무슨 말을 했는지 잊었지만, 아마도 야마토 사이에 존재하는 모순을 그녀와 내가 함께 비극적으로 감정이입한 것이겠죠. 연출가인 다케우치 도시아키竹內敏晴 씨가 "연출하기가 매우 어려웠다. 무엇보다 여느 드라마와 달랐다"라고 말했습니다. 오키나와와 야마토의 대립관계가 단순하지 않다는 것입니다. 사랑과 증오가 복잡하게 얽혀 있어 작가인 나 자신도 소설을 다시 읽기가 괴로웠습니다. 바로 그렇기 때문에 써야 했던 것이죠. 그런데 이 작품을 일본 문단에서는 전혀 상대해

주지 않았습니다. 그 반대편에서 한국과 오키나와가 일본에 대응해 대치하는 구도가 공통된다고나 할까요. 그 진실을 일본인들이 이해하지 못한다고나 할까요. (지금도 여전히 변함이 없는 것 같습니다만)

요 십수 년 간 몇몇 재일한국인으로부터 "오키나와는 왜 독립하지 않는 겁니까?"라는 질문을 받았습니다만, 그때마다 어떻게 대답해야 할지 몰랐는데 이 작품이 그에 대한 답변이 될 수 있을지 모르겠습니다.

오시로 다쓰히로

2016년 7월

구미중심적 세계문학에서 지구적 세계문학으로

괴테가 옛 이란인 페르시아에서 아주 유명하였던 시인 하피스의 시를 독일어 번역을 통해 읽고 영감을 받아서 그 유명한 『서동시집』을 창작한 것은 아주 널리 알려진 일이다. 괴테는 비단 하피스 뿐만 아니라 페르시아의 역사 속에 등장하였던 숱한 시인들에 대해서도 공부하고 일일이 설명하는 노고를 그 책에서 아끼지 않을 정도로 동방의 페르시아 문학에 심취하였다. 세계문학이란 어휘를 처음 사용한 괴테는 히브리 문학, 아랍 문학, 페르시아 문학, 인도 문학을 섭렵한 후 마지막으로 중국 문학을 읽고 난 후 비로소 세계문학이란 말을 언급했을 정도로 아시아 문학에 깊이 심취하였다. 괴테는 '동양 르네상스'의 전통 위에 서 있었다. 16세기에 이르러 유럽인들이 고대 그리스 로마의 정신적 유산을 비잔틴과 아랍을 통하여 새로 발견하면서 르네상스라고 불렸던 것을 염두에 두고 동방에서 지적 영감을 얻은 것을 '동양 르네상스'라고 명명했던 것이다. 동방의 오랜 역사 속에 축적된 문학의 가치를 알게 되면서 유럽인들이 좁은 우물에서 벗어나 비로소 인류의 지적 저수지에 합류한 것이다.

그러나 중국에서 생산된 도자기와 비단 등을 수입하던 영국이 정작 수출할 경쟁력 있는 상품이 없다는 것을 깨닫고 인도와 버마 지역에서 재배하던 아편을 수출하며 이를 받아들이라고 중국에 강압적으로 요구하면서 아편전쟁을 벌이던 1840년대에 이르면 사태는 근본적으로 달라졌다. 영국이 산업화에 어느 정도 성공하면서 런던에서 만국 박람회를 열었던 무렵인 1850년대에 이르러서 비로소 유럽이 전 세계를 지배하게 되는 움직임이 시작되었다. 13세기 베네치아 출신의 상인 마르코 폴로와 14세기 모로코 출신의 아랍 학자 이븐 바투타가 각각 자신의 여행기에서 가난한 유럽과 대비하여 지상의 천국이라고 지칭하기도 했던 중국이 유럽 앞에서 무너지는 것을 보면서 예전의 방식은 더 이상 통하지 않게 되었고 새로운 세계상이 만들어져 가기 시작하였다. 유럽인들은 유럽인들이 만들고 싶은 대로 이 세상을 만들려고 하였고, 비유럽인들은 이러한 흐름에 저항한다는 것이 거의 불가능하다는 것을 알아차린 이후에는 유럽의 잣대로 세상을 보는 방식을 배우기 위해 유럽추종에 혼신의 힘을 쏟았다. '동양 르네상스'의 기억은 완전히 사라지고 그 자리에 들어선 것은 '문명의 유럽과 야만의 비유럽'이란 도식이었다. 유럽의 가치와 문학이 표준이 되면서 유럽과의 만남 이전의 풍부한 문학적 유산은 시급히 버려야할 방해물이 되기도 하였다. 처음에는 유럽인들이 이러한 문학적 유산을 경멸하고 무시하였지만 나중에서 비유럽인 스스로 앞을 다투어 자기를 부정하고 유럽을 닮아가려고 하였다.

의식과 무의식 전반에 걸쳐 침전되기 시작한 이 지독한 유럽중심주의는 한 세기 반을 지배하였다. 타고르처럼 유럽의 문학을 전유하면서도 여기에 함몰되지 않고 자신의 전통과의 독특한 종합을 성취했던 이들이 없었던 것은 아니지만 주된 흐름을 바꾸기에는 역부족이었다.

유럽이 고안한 근대세계가 내부적으로 많은 문제점들을 드러내자 유럽 안팎에서 이에 대한 비판이 이루어졌고 근대를 넘어서려고 하는 노력들이 다방면에 걸쳐 행해졌다. 특히 그동안 유럽의 중압 속에서 허우적거렸던 비유럽의 지식인들이 유럽 근대의 모순을 목격하면서 자신의 과거를 돌아보는 성찰의 시간을 가지면서 사태는 달라지기 시작하였다. 유럽중심주의를 넘어서려는 이러한 노력은 많은 비유럽의 나라들이 유럽의 제국에서 벗어나는 2차 대전 이후에 이르러 본격화되었다. 정치적 독립에 그치지 않고 정신적 독립을 이루려는 노력이 문학을 중심으로 광범위하게 이루어졌던 것이다. 구미중심주의에 입각하여 구성된 세계문학의 틀을 해체하고 진정한 의미의 지구적 세계문학으로 나아가기 위해서는 두 가지의 인식 전환이 필요하였다. 하나는 기존의 세계문학의 정전이 갖는 구미중심주의를 분석하고 비판하는 것이다. 현재 다양한 세계문학의 선집이나 전집 그리고 문학사들은 19세기 후반 이후 정착된 유럽중심주의의 산물로서 지독한 편견에 젖어 있다. 특히 이 정전들이 구축될 무렵은 유럽이 제국주의 침략을 할 시절이기 때문에 이것은 더욱 심하였다. 아무리 뛰어난 재능을 가진 유럽의 작가라 하더라도 제국주의에서 자유로운 작가는 거의 없기에 그동안 별다른 의심 없이 받아들여졌던 유럽의 세계문학의 정전들을 가차 없이 비판하고 해체하는 작업은 유럽중심주의를 넘어서기 위해서 반드시 거쳐야 할 과정이었다. 하지만 이는 필요조건이지 충분조건은 아니었다. 서구문학의 정전에 대한 비판에 머무르지 않고 비서구 문학의 상호 이해와 소통이 절실하다. 비서구 문학의 상호 소통을 위해서는 비서구 작가들이 서로의 작품을 읽어주고 이 속에서 새로운 담론들을 만들어 내는 것이 필요하다. 기존 정전의 틀을 확대하는 것은 임시방편일 뿐이고 근본적인 전환일 수 없기에 이러한 작업은 지구적 세계문학의 구축을 위해서는 반드시 거쳐야한다. 비서구문학전집은 이러한 인식의 전환을 위한 새로운 출발이다.

글누림비서구문학전집 간행위원회

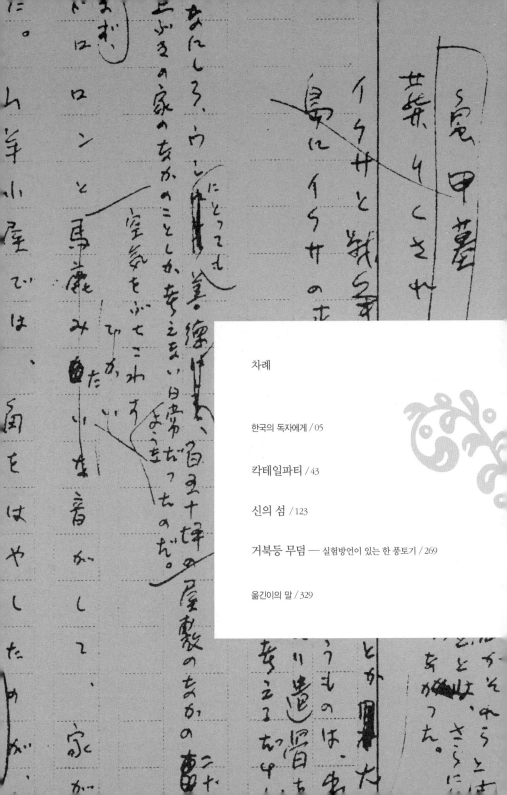

차례

학창시절

▶ 현립 2중(縣立二中) 시절

▶ 동문서원예과 시절

▶ 동문서원예과 시절

▶ 상하이에서 오키나와로 귀국할 무렵. "I shall go to the southern"이라는 문구에
당시의 심경이 엿보인다.

결혼과 가족

▶ 결혼식

▶ 신혼시절

▶ 가족여행 사진

『칵테일파티』 아쿠타가와 상 수상 및 소설 배경

▶ 1967년 7월 21일 7시 무렵 문예춘추사에서 전해온 수상 소식에 가족과 친구들이 환호하는 모습

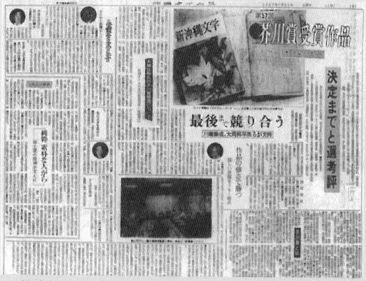

▶ 아쿠타가와 상 수상을 보도하는 『오키나와 타임스(沖縄タイムス)』(1967.7.22.)

▶ 수상식에서 아내와 함께

▶ 『칵테일파티』 원고

▶ 『칵테일파티』 모델이 된 후텐마(普天間) 부근 미국인 주택지.

▶ 나하시 아메쿠(天久) 지구 미국인 주택지는 해방 후 신도심으로 바뀌었다.

문학 활동

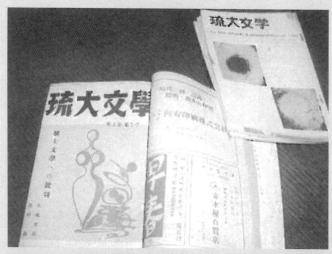

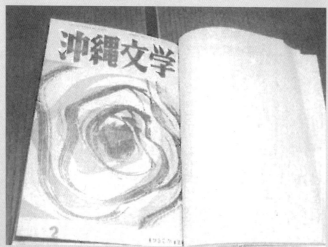

▶ 전후 오키나와 문단을 이끌어간 『류다이 분가쿠』(1953년 창간)와
『오키나와 분가쿠』(1956년 창간)

▶ 1965년 오키나와를 방문한 가와바타 야스나리 씨와 1967년 아쿠타가와 상 수상 기념 『문학계』 대담에서 오에 겐자부로 씨와 함께

『신의 섬』 연극 상연 및 한국어 번역

▶ 1969년 1월, 극단 세이자, 하이유자 극장에서 다케우치 도시아키 씨의 연출로 상연되었다. 주연은 기무라 이사오(木村功) 씨(앞줄 왼쪽 7열), 야에 역은 모치즈키 유코(望月優子) 씨(앞줄 왼쪽 5열)가 맡아 열연하였다.

大城氏作品 韓国で紹介
「神島」翻訳され雑誌掲載

芥川賞作家の大城立裕さんが1968年に雑誌「新潮」に発表した小説「神島」がこのほど韓国で翻訳され、世界の文学作品を韓国に紹介する季刊誌「地球的世界文学」6号(2015年秋号、グルヌリム出版社)に掲載された。

翻訳した韓国・慶熙大学の孫知延さん(日本近現代文学専攻)は、「戦後沖縄における戦前(的)の思考と区別される戦後(的)の思考、あるいは本土と区別されている沖縄(的)思考の出発点は、すべて沖縄戦の体験から触発されるといっても過言ではない。「神島」は、その沖縄戦、特に「集団自決」に関わる複雑な問題をこれとなく含んでいる点で大変重要な作品」と指摘。「(省察的思考)を高く評価している。

孫さんによると、掲載後、研究者や読者から反響が出てきているという。今後、韓国の「済州4・3事件」をテーマにした「済州4・3文学」と「沖縄文学」が交流することで「基地反対運動をはじめ戦争や国家暴力に対する実践的抵抗、平和的連帯の可能性を模索したい」と述べている。

同誌は14年、又吉栄喜さんの「ギンネム屋敷」の韓国訳も掲載しており、沖縄文学を積極的に紹介している。

大城立裕「神島」の韓国語訳が掲載された韓国の雑誌「地球的世界文学」6号の表紙

▶ 한국어 번역을 소개하는 『류큐신보(琉球新報)』 (2016. 2. 5.)

『거북등 무덤』 배경

▶ 실제 모델이 된 오시로가(大城家) 가족묘

▶ 청명제를 마친 후 거북등 무덤 앞에서 가족들과 단란한 한때.

カクテル・パーティーの綾

前章

守衛にミスター・ミラーの名とハウス○ナンバーをいうと、いちおう電話でたしかめた上で、ゲートからの道筋を教えてくれた「と」のまま行っ て、「何ともありませんか」と私は「何ともありません」とやはりたずねた。「何ともありませんか」は無表情でこたえた。「どうしてですか」と訊

（そんなことを訊くの）

きかえすこともしなかった。退屈になれたよ

うな表情であった。⑦

シートをはいると、

か二手にわかれて、ハウスの立ちならんだ奥

きれいに舗装された道

へ流れていた。奥のほうで、また幾手かに岐

れていわゆる

基地住宅、あるいは沖縄の住民のよびかたによれば

家族部隊とよばれる

ハウスたちを

つづいている。この道路設計がくせもので、

直線で長く曲りくねっているものだから、十

年前にもどいためにあったことがある。やはり

〔戦〕のように蒸し暑い午後だった。この近

いまのように、このあたりに知り合いがいるわけでは
なかったが、

2 2

所まで所用できた私は、帰りにこのゲートの

前までできて、出来心をおこした。ボ(ツ)クスに

守衛の姿がみえたのが、幸か不幸か。

この家族部隊のなかを完(つ)切(つ)て東のほうへ

抜けてみようと、そのとき私は考えたのこの

ヤードの東端はR銀行S町支店に接している

はずだ……。

　私は少年の頃から、知らない道

を方角だけ見定めて歩きまわるという、妙な

趣味をもっていた。いわば、ささやかな探険

趣味である。私は、ゲートをすべこんで歩

きだした。

ところが、誤算に気づいたのは、およそ二十

今ほども歩いたところか、ほぼ直線に歩れ

ば十分、ぶらぶら見物しながら行ても二十

今、という私の計算がまちがっていたのに、三十分

歩いても、東諸らしいものは見えまいの

だ。私は、おなじ道をぐるぐるまわっていた。

ハウスほど十ニおなじ形をしていて、たまに

槌ニこみの形かたちっていたりするだけだ。

洗濯物の色やかたちで、おなじところへ舞い

もどっていることに気がついた。外人やメイ

4

亀甲墓

大城立裕

なにしろ、ウシにとって八善德にとっては百坪の屋敷のなかの十五坪の萱ぶきの家の広さかのことしか考えない日常だったのだ。沖縄鼎とか大日本帝国とかアメリカとかいうものの は、出征兵士を送ったり遺骨を迎えたりする日に考えるだけだった見だった。出あの音がを

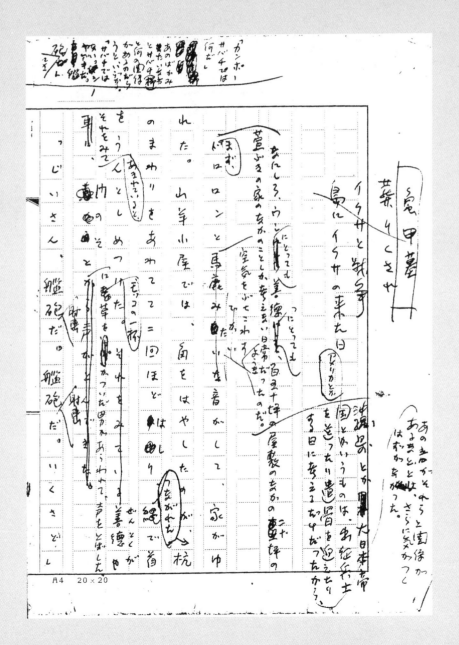

蟒蛇のあたまに一瞬にしてうかんだことは

娘が血の上ったがうえウンの名をさまによんだこと。

自分が云うらはかりいてている（せいか）

不満と、そのうちをうち娘のつれてまた眼つきのいとさで、

孫のおぼえたように眼つきのいとさに何をい

そう一緒くたにこうして、とっさに何をい

ついいか、ちょっとまごついていると、ま

た、ドロロン、こんとばかり近らける供か

眼をつぶるほどの音だが

こ〜できたのは、なんと片腕だけ

けれ子には上等だ。おい入れれ

栄田郎は、なまそれ〔消〕おしこみながら、

いてありる。美徳は〔消〕モッつを解

「これしたは、そっと荷をもっていくから、先

になってお〔消〕。お父がは墓の門はあやきうん

どの〔消〕。おしなれば、いくまで、そ

ばの木〔消〕のたかにはいっておけ、飛行機から

はみうれんのさし　はいってお〔消〕

西友あり、それだけでいい。じいさん

めうか、はじめて吹廻ににきいた。

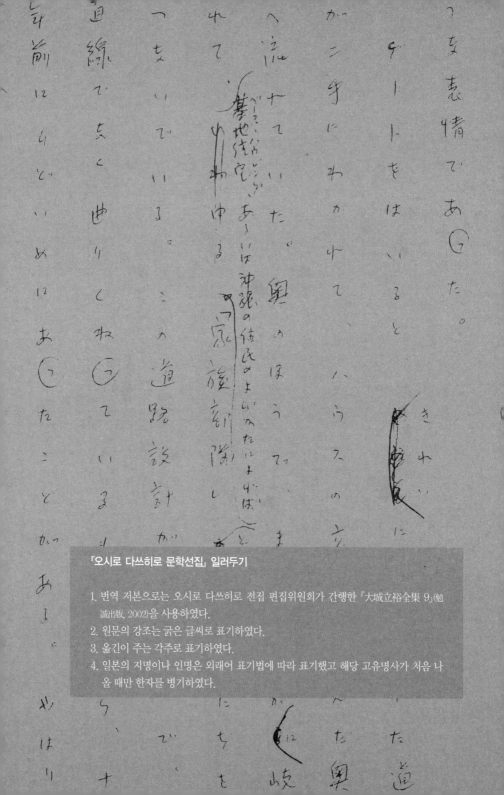

『오시로 다쓰히로 문학선집』 일러두기

1. 번역 저본으로는 오시로 다쓰히로 전집 편집위원회가 간행한 『大城立裕全集 9』(勉誠出版, 2002)을 사용하였다.
2. 원문의 강조는 굵은 글씨로 표기하였다.
3. 옮긴이 주로 각주로 표기하였다.
4. 일본의 지명이나 인명은 외래어 표기법에 따라 표기했고 해당 고유명사가 처음 나올 때만 한자를 병기하였다.

칵테일파티

前章

続ラ
ド

1をいうと、いちおう電話でたしかめ

ゲートからの道筋を教えてくれた。

「何ともありませんか」と私が

たおねた。「何ともありません」と

ま行って、何ともありませんか」と字が私

りたおねた。「何ともありません」と

表情でこたえた。「どうしてですか」と

ハうス⊙

[前場]

수위에게 미스터 밀러의 이름과 하우스 넘버를 말하자 일단 전화로 확인을 거친 후, 게이트에서 들어가는 길을 가르쳐주었다.

"그냥 이대로 들어가면 됩니까?"

나는 다시 물었다.

"네. 들어가세요."

수위는 무표정하게 대답했다.

"왜 그런 걸 묻는 거죠?" 라고 되묻지 않았다.

지루한 것에 익숙한 표정이었다.

게이트로 들어서자 깨끗하게 포장된 길이 두 갈래로 나뉘며 집들이 늘어선 안쪽까지 이어져 있었다. 안쪽에서 다시 몇 갈래로 갈라져 기지주택(베이스타운) 혹은 오키나와 주민들이 말하는 이른바 '가족부대家族部隊'라 불리는 집들이 이어져 있었다. 그런데 이곳 도로 설계가 평범하지 않다. 직선이 아니라 구불구불하게 되어 있는데, 그것 때문에 10년 전 나는 이곳에서 호된 경험을 한 적이 있다.

그날도 오늘처럼 무더운 오후였다. 지금처럼 이 안에 아는 사람이 있었던 건 아니었다. 이 근처에 볼일이 있어 일을 마친 나는, 집으로 돌아가는 길에 이곳 게이트 앞에서 우발적인 충동을 느꼈다. 때마침 수위실에 수위가 보이지 않았던 건 행운이었을까, 불행이었을까. 어쨌든 나는 이 가족부대 안을 가로질러 동쪽 편으로 빠져 나가보자고 생각했다. 이 부지 동쪽 끝은 아마도 R 은행 S 마을 지점과 연결되어 될 것이다. ……내게는 소년 시절부터 모르는 길을 방향만 어림잡아 무작정 걷는 유별난 취미가 있었다. 말하자면 소소한 탐험 취미인 것이다. 나는 게이트 안으로 빨려 들어가듯 걷기 시작했다. 하지만 약 20분정도 걸었을까, 내 생각이 오산이라는 걸 깨달았다. 계산대로라면 대략 직선으로 가로질러 가면 15분, 어슬렁어슬렁 구경하면서 걸어도 20분정도면 될 거라고 생각했는데, 30분이나 걸었는데도 동쪽 끝에는 철조망 비슷한 것도 보이지 않았다.

나는 같은 곳을 뱅뱅 돌고 있었던 것이다. 집들은 모두 같은 모양을 하고 있었고, 뜰에 심어진 나무 모양만 드문드문 다를 뿐이었다. 빨래 색깔이나 모양을 보고 같은 길을 맴돌고 있다는 것을 알았다. 외국인이나 메이드들은 나에게 아무런 표정을 보이지 않았지만 길을 잃었다는 생각에 문득 공포감이 밀려왔다. 어차피 여기도 내가 사는 시市 안이라고 마음을 다잡아 보았지만 아무래도 무리였다. 메이드 하나를 붙잡고 길을 물어 보았다. 메이드는 무표정하게 내게 길을 가르쳐 주었다. 그녀의 차분한 태도는 그녀와 내가 멀리 동떨어진 저편의 존재라는 느낌을 갖게 했다. 우여곡절 끝에 동쪽 끝 뒷

문으로 간신히 빠져나올 수 있었다. 집에 도착해 아내에게 낮에 있었던 일을 말하자 군 상대 세탁회사에 근무한 경험이 있는 아내가 놀라며 말했다.

"우리 회사 동료도 용건이 있어 갔다가 도둑으로 오인 받아 헌병에게 인도된 일이 있었어요. 패스를 지니고 가도 그런 일이 있다니까요."

벌써 10년 전 일이다. 그날 이후 혼자 걷는 즐거움도 다소 시들해졌다. 특히 기지주변에서는 더욱 조심스러워졌다. 독신이라면 그런 대로 맘 편히 다녔겠지만, "아이도 있으니 책임감을 가져요."라는 아내의 당부도 있었고 조심해서 나쁠 건 없기 때문이다. 전쟁 전에는 오키나와 섬 어디를 가든 안전했지만 이젠 그런 세상이 아니기 때문이다. 하우스에서 일하는 메이드들은 어떨까? 수위들이 소총을 갖고 있어 무섭진 않을까? 외국인 아이가 버스 창문에 돌을 던졌다든가 공기총을 발사했다든가 하는 이야기가 가끔 신문에 실린다. 그 아이들은 오키나와 사람들이 사는 거리를 맨손으로 거닐 때 공포를 느낀 적이 있을까? 없을까? 예컨대 우리 집 방 한 칸을 빌려 애인을 머물게 하고 일주일에 이틀 정도 머물다 가는 로버트 할리스ロバート·ハリス 병사는, 오키나와 사람들만 사는 이 마을에서 공포감을 느낀 경험이 단 한 순간이라도 있을까?

그건 그렇고 오늘은 기분 좋은 날이다. 미스터 밀러ミスター·ミラー의 파티에 초대받은 것이다. 누군가에게 붙잡혀도 미스터 밀러의 이름과 전화번호, 하우스 넘버만 대면 되는 것이다. 미스터 밀러는 사랑스러운 구석이 있다. 내가 근무하는 관공서로 불쑥 찾아오더니 치웨이츄오チーウェイーチューホエ에 초대하고 싶다고 말했다. 치웨이酒會는 중국어로 연회라는 말이라는 건 알았지만 츄오鷄尾가 무슨 의미인지는 몰랐다. 미스터 밀러가 내민 초대장에 그려진 닭 그림과 영어로 'Cock Tail'이라고 표기한 것을 보고 비로소 알게 되었다. 비록 직역이긴 하나 내가 미국인인 미스터 밀러에게 중국어를 배우는 모양새가 되어 재미있었다.

"쑨孫 선생과 오가와小川 씨를 초대했어요. 거기다 내 친구들까지 하면 열너덧 명 됩니다."라고 미스터 밀러가 말했다.

쑨 씨는 중국인이고 오가와 씨는 N현 사람인데 이렇게 네 명이 중국어 연구모임을 만들었다. 말이 연구모임이지 중국어로 자유롭게 대화하는 모임이다. 가능한 영어를 사용하지 않기로 했다. 영어로 대화하면 나나 오가와 씨, 쑨 씨에게 공부가 될 텐데 왜 하필 중국어일까? 미스터 밀러의 권유로 시작된 모임이기 때문이겠지? 그런 건 뭐아무래도 좋다. 사실 일본인과 미국인만 존재하는 이 땅에서 중국어로 대화하는 모임이 있다는 것 자체만으로도 우리에게 특별한 친밀감을 주었다. 우리는 한 달에 한번 미스터 밀러 이름으로 군전용 클럽에 예약했다.

오늘밤 파티에 초대된 손님들이 모두 중국어와 관계가 있는지 어떤지는 제대로 듣지 못했다. 그러나 그런 건 아무래도 좋았다. 우선애교가 넘치는 미모에 풍만한 몸매를 한 미세스 밀러를 만날 수 있다(그녀를 우리 모임에 한 번 소개한 적이 있다). 그리고 맛있는 술을 마실 수 있다(나 같은 현지인 월급으로는 도저히 불가능한 일이다). 어느 때 부턴가 나는 중국어 모임 이외의 즐거움을 찾게 되었다. 한 달에 한번 모이는 군 클럽이 그렇다. 이 클럽에서 하는 식사는 세금이 붙지 않아 훨씬 저렴했다. 그렇다고 현지인 아무나 들어갈 수 없는 곳이었다. 어느덧 나는 이런 특별 혜택을 받는 즐거움을 누리게 된 것이다. ― 집들 사이를 빠져나가며 찌는 듯한 더위도 잊은 채, 나는 이 상황을 즐겼다.

"늦었으니 벌주 세 잔!" 오가와 씨가 나를 반갑게 맞으며 말했다. 내가 도착했을 땐 이미 손님들이 가득 들어 차 있었다.

"늦었으니 벌주로 세 잔을 마시라는 말을 중국어로 하면 어떻게 되죠?" 일류신문사에 다니는 젊은 특파원이 말했다.

"호라이조상後來居上." 나는 글라스를 들며 말했다.

"틀렸어요. 그건 늦게 온 사람이 상석을 차지한다는 뜻이에요."

"그게 아니죠." 나는 역습에 나섰다. "호라이조상이라는 말을 일본어로 흔히들 그렇게 번역하는데 틀린 표현이라고 생각해요. 호라이조상이라는 말은 '늦었으니 벌주 세 잔'이라는 뜻에 더 가까워요."

"전머러(무슨 일)?" 쑨 씨가 빙긋 웃으며 잔을 기울였다. 잔 안에 여성 취향의 슬로진이 붉고 투명한 빛을 띠며 찰랑거렸지만 술은 별로 줄지 않았다. 이 머리 좋은 변호사는 중국인치고는 술이 센 편은 아니다.

"호라이조상을 영어로 하면?" 쑨 씨는 일본어를 못하기 때문에 이렇게 물을 수밖에 없었다.

"영어?" 쑨 씨는 넓은 이마 아래의 옅은 눈썹을 움찔거리며 주변을 둘러보았다. "서양에는 이렇다 할 상석이 없어서 말이에요."

유머인지 몰라서 얼버무리는 말인지 알 수 없었다. 하여간 그것을 계기로 우리는 웃었다.

"유쾌한 이야기인가요?" 나와 비슷한 키를 한 외국인이 다가왔다. 코르만 수염이 잘 어울렸다. 그 옆으로 미스터 밀러가 슬쩍 다가오더니,

"이쪽은 미스터 모건ミスターモーガン이십니다. 육군영선부營繕部 기사技師로 근무하고 계시죠. 바로 동쪽 편 옆집에 사세요."

영어로 말했다.

"중국어로 말씀하셔야죠." 미스터 모건이 익살을 떨자 큰 키의 미스터 밀러는 모건의 코르만 수염을 들여다보기라도 하듯 허리를 숙이며, "소개에 음모가 들어있지 않음을 증명하기 위해서라도 말이에요."라고 익살을 떨었다.

"만나 뵙게 되어 영광입니다. 미스터 밀러에게 말씀 많이 들었습니다."

미스터 모건이 술잔을 들어올렸다. 내 잔과 건배를 할 때 여주인인 미세스 밀러가 요리를 내오며,

"칠면조 어떠세요?"라고 묻는다.

검은 원피스의 커다란 옷깃 언저리로 새하얀 가슴이 불룩 솟아있었다. 눈이 부셨다. 어쨌든 분주하게 이런저런 요리를 집어다 먹고 있는데,

"여러분들이 오키나와에서 중국어 회화 모임을 만든 건 분명 현실성 있는 일입니다."

코르만 수염이 거드름 피우며 말했다. 드디어 올 것이 왔다고 나는 생각했다. 얼마나 많은 일본인과 미국인들이 오키나와가 메이지明治 이전까지는 중국의 속령이었다고 알고 있던가. —내가 칠면조를 먹고 있는 사이 미스터 모건은 오가와 씨를 붙잡고 물고 늘어졌다.

"당신은 일본 신문기자죠? 오키나와가 일본에 귀속된 데에는 어떤 필연성이 있다고 생각하나요?"

"필연성은 모르겠고 필요성은 있다고 판단하고 있습니다."

신문기자인 오가와 씨는 이런 질문에 익숙한 듯 당황하지 않았다.

"어째서죠?"

"지금과 같은 점령체제가 자연스럽지 못하다고 생각하기 때문입니다."

"그건 그렇지." 코르만 수염이 고개를 끄덕이며, "그렇다면 독립이라는 것도 생각할 수도 있겠군요."

"19세기 이야기를 읽어 본 적 있나요? 어떤 책에는 오키나와가 19세기까지 독립국이었다고 쓰고 있어요."

신문기자가 웃으며 "잠깐 실례."라고 말한 뒤 스탠드로 술을 따르러 갔다.

"19세기 글들도 분명 읽어 봤어요." 코르만 수염은 나와 쑨 씨를 번갈아 보며 오가와 씨를 기다리지 않고 말을 이어갔다. "그러나 20세기에도 그런 이론이 가능하다는 결론을 내렸어요. 혹시 조지·H·

카 박사의 『류큐의 역사』라는 책을 읽어보셨나요?"

어지간히 수다스러운 사람이라고 나는 생각했다. 시마즈島津 씨가 17세기에 류큐琉球를 침략한 이래, 얼마나 류큐를 착취했는지, 메이지 시대에 들어서도 일본 관료와 정부가 오키나와 현을 얼마나 차별했는지, 카의 책을 통해 현지 미국인들이 알게 되었으며, 몇 차례 기사화되기도 했다고 한다.

"그 책은……" 나는 하려던 말을 멈췄다. 그건 어디까지나 미국 정책을 위해 쓰인 책이라는 것을 도저히 입 밖에 꺼낼 수 없었다. "그 책은……수많은 미국인들에게 오키나와관을 심어주었죠."

"맞아요. 그런데 그 오키나와관이 틀렸다는 말씀인가요?"

옆에서 오가와 씨가 새로운 잔의 술을 마시며 나를 보고 싱긋 웃었다.

"제 경험을 하나 들려드리죠." 나는 돌려 말하기로 했다. "종전 직후 나는 상하이 교외에서 군수품 접수 통역을 맡고 있었어요. 일본군 촉탁 신분이었죠. 상대국 중국인 장교들은 매우 상냥했고 사적인 자리에서도 잘 지냈어요. 그때 그들 중 한 명이 나에게 이렇게 묻더군요. 자네가 류큐 사람이라면 우리와 같은 입장 아닌가? 왜 일본군에게 통역 같은 걸 하는 건지……."

코르만 수염이 무슨 의미인지도 모르고 고개를 크게 끄덕였다. 미스터 밀러는 미소와 함께 쑨 씨를 돌아봤다. 쑨 씨는 희미한 미소를 띠며 나를 바라보고 있었다.

"나는 이렇게 대답했어요. 그래요, 당신들 이론대로라면 그런 의문이 생길 수밖에 없지요. 중국에서는 류큐가 예로부터 중국 영토였다고 되어 있으니 말이에요. 그런데 우리는 류큐가 원래 일본 영토라고 교육받았어요. 어차피 인간의 관념은 교육받은 대로 되는 거니까요. 무엇이 진리일지는 신만이 알고 있겠죠……"

"비겁하군, 비겁해." 미스터 모건이 입을 크게 벌리고 웃으며, "하지만, 뭐 어때. 그것이 류큐인의 역사에서 얻은 삶의 지혜라는 건가?"

이번엔 내 쪽에서 웃었다. 웃고 난 후 바로 접시로 시선을 돌려 햄과 야채샐러드와 삶은 달걀을 연거푸 입에 집어넣었다. 더 이상 모건과 이 화제를 이어가는 것이 귀찮아졌다.

코르만 수염이 만족한 듯 글라스의 술을 흔들면서 자리를 뜨자 미스터 밀러가,

"아이들은 잘 지내나요?"라고 중국어로 물었다. 화제를 부드러운 쪽으로 바꾸려는 배려가 보였다.

"아이들이라뇨. 딸 하나에요."라고 대답하자 다시 웃음이 터졌다.

고등학생인 딸은 영어를 좋아해 야간 영어회화 학원에 다니고 있는데 그 학원 강사 중 하나가 바로 미세스 밀러다. 이런 점도 우리 사이를 가깝게 했다.

"맞아, 그랬지. 그런데 애가 너무 적어요." 미스터 밀러가 진지한 표정을 지었다. "절망적이야. 나는 셋. 더 낳아도 좋다고 생각하는데."

"그 말 부인께 확인해 봐도 되나요?"

"물론이죠. 아내가 맡고 있는 영어 클래스에서 학생들 가족 수를 조사한 적이 있는데 자기는 겨우 평균치라며 어떻게든 평균을 넘고 싶다고 말했거든요."

"미국은 어떤 분위긴가요?"

"글쎄, 역시 아이가 많은 편이 행복하지 않을까요?"

"그야 행복하겠죠. 하지만 그건 역시 제대로 키웠을 때 얘기고."

"아니, 오키나와 사람들은 쉽게 생활이 어렵다는 말을 하나요?" 그러더니 미스터 밀러는 시선을 오가와 씨에게로 옮겼다.

"나이든 사람을 생활고 때문에 산에 버리는 풍습이 있는 건 당신 고향이 아니었던가요?"

"오바스테야마 전설姥捨山01 말씀인가보네요. 우리 현에서는 특별히 그런 일이 있었던 것 같진 않지만 일본 전역에서 일반적으로 행해졌다고 들었어요." 애매하게 어물쩍 넘기면서, "오키나와에도 있지 않았나요?"라고 물었다.

"들어본 적 없어요. 하지만 굳이 말하자면 마비키間引き02 풍습은 있었던 듯합니다. 태어나 자라야 할 아이의 가능성을 잔혹한 방법으로 잘라버리는……."

"그걸 시행한 사람이 아마 사이온蔡溫이라는 정치가였죠? 18세기의." 오가와 씨는 자신의 지식을 내보이며, "그 방면의 책을 보면 옛

---

01 일본에 전해 내려오는 노인 유기 풍습으로, 한국의 고려장과 유사함.
02 먹는 입을 하나라도 줄이기 위해 부모가 자식을 죽이는 일본의 풍습.

정치가들은 인구문제에 상당히 고심했던 것 같아요. 그런데 또 어떻게 생각하면 고심하지 않았던 같기도 해요. 잔혹한 수단이 허용되었다는 것은 문제 해결에 고심하지 않았다는 뜻이기도 하니까요."

나는 오가와 씨의 이야기가 아슬아슬한 곳까지 와 있음을 느꼈다. 인구문제는 20세기에도 여전히 인류의 커다란 과제였을 것이다. 논자 중에는 전쟁을 인구 삭감의 수단으로 칭송하는 사람이 있을 정도니 말이다. 세계 인류의 인구를 한순간에 줄일 수 있는 핵폭탄 이미지가 내 안에 가득 퍼졌다. 어쩌면 오가와 씨도 나와 같은 생각을 하고 있을지 모른다. 그는 일류신문사 기자다. 미스터 밀러도 그런 생각을 했을지 어떨지. 그러나 이쯤해서 생각을 멈추고, 나는 쑨 씨에게 물었다.

"중국에도 그런 일이 있었나요?"

"글쎄요, 나는 역사라든가 풍습은 잘 몰라요. 하지만 이것만은 말할 수 있습니다. 중국처럼 3천년이나 고초를 겪어온 나라라면, 웬만한 경험은 다 해보지 않았을까 싶은데요."

넓은 이마, 그 아래 도수 높은 안경, 그 너머에 있는 가느다란 눈은 상냥하게 나를 응시했지만, 나는 그가 중국공산당이 지배하는 대륙에서 홍콩으로 망명한 사람 중 하나라는 사실을 떠올렸다. 언제인가 그가 나에게 해준 말이다. 아이 셋 가운데 둘이 중공군 병사에게 사살되는 장면까지 목격하고는 도망쳤는데, 아내와 남은 아이 하나는 대륙에 남겨둔 채였다. 그 후 지금까지 소식이 끊겼다는 이야기를 내게 해 주었다. 나는 그의 상하이 시절 이야기가 듣고 싶었는데 그는 그곳 생활에 대해선 별로 말하지 않았다. 그의 침묵을 통해 나 역시 그의 고충을 알아차렸다.

"궈모뤄郭沫若의 『파도』라는 소설 속에 중일전쟁이 한창일 때 적군의—그러니까 일본군 비행기의 폭음을 들은 어머니가 울어대는 아이의 목을 졸라 죽이는 장면이 있어요."

신문기자가 말했다. 쑨 씨가 무표정하게 천천히 고개를 끄덕였다. 그렇다는 건지, 그렇지 않다는 건지 어느 쪽에 장단을 맞추는 건지 모르겠으나, 더러는 뭔가 참으면서 어쩔 수 없이 응수하는 모습도 보였다.

"오키나와에도 있었어요." 나는 오가와 씨를 향해 말했다.

"오키나와 전투에서는 그런 사례가 수두룩하다고 들은 적이 있어요. 게다가……." 나는 또 말을 머뭇거렸다. 그 중에는 일본 병사가 한 짓도 있다고 말하려고 했다. 그런데,

"자, 이제 그만합시다. 술 마시면서 아무래도 전쟁 이야기는 좀……."

사실은 전쟁 이야기가 아니라, 그 이면에 다른 또 하나의 핵심이 있는 거라고 말하고 싶었지만 지금은 그 부분은 피하고 싶었다.

"그런데……." 미스터 밀러였다. "지금 말씀하신 궈모뤄라는 작가는 타이완? 아니면 홍콩에 있나요?"

"아뇨." 오가와 씨는 태연하게 "북경. 그것도 요직에 있다고 하죠? 그렇죠?"라고 말하며, 쑨 씨를 돌아봤다. 쑨 씨는 씁쓸한 미소를 흘리며 그렇다는 표정을 지어 보였다.

"북경?" 미스터 밀러가 쓴웃음을 감추려는 듯 술잔을 들이켰다.

"미스터 밀러. 귀모뤄라는 이름 정도는 알아 두는 게 좋아요." 오가와 씨가 슬슬 취기가 오른 듯한 말투로 말했다. "당신들 미국인 입장에서는 중국공산당 출신 작가라고 하면 말도 꺼내기 전에 배신자라고 생각하죠. 궁극적으로는 인류의 적……아니, 실례. 그 정도까지는 아니지만 처음부터 경원시하죠. 그런 정신이 미국을 불행하게 만드는 겁니다."

미스터 밀러가 어떻게 나올지 나는 약간 조마조마했다. 정색하지 않고 어떻게든 무리한 유머로 받아 넘길 거라고 생각했다. 그런데 미스터 밀러는 변함없이 싱글거리고 있다.

"오키나와에는" 쑨 씨가 나에게 물었다. "고유의 문학이라는 것이 있나요?"

"고유의, 라고 하는 의미는? 내용적으로? 아니면 형식적으로?"

"글쎄요, 그렇게 되물으시니 오히려 제가 잘 모르겠네요." 쑨 씨가 간만에 크게 웃어 보였다. "요컨대 일반적인 일본문학이 갖고 있지 않은 것이라고 해두죠."

"음." 나는 아주 곤란한 얼굴을 했다. "오키나와 말은 원래 일본어 그 자체에요……. 조금 전 말했던 '인간 관념의 원천은 교육이다'라는 의견은 못들은 걸로 하고 들어주세요(나는 가능한 재미있게 말하려고 애썼다). 오키나와에는 13세기 이래 문학작품이 존재했다고 전해집니다. 오늘날에도 만들어지고 있죠. 그런데 그게 본래 일본어를 가지고 쓴 것이어서 오키나와 고유의, 일본에는 없는 것이라는 건…."

"있지 않나요?" 오가와 씨가 끼어들었다.

"**오모로**おもろ[03], **구미오도리**組踊り[04]. 어엿하게 존재하지 않습니까."

"아뇨. 그게 나는, 그렇게 생각하지 않습니다."

"왜요? 원래 일본어라는 이유 때문입니까? 억지 부리지 마세요. 문화라는 것을 그렇게 좁게 생각할 필요가 없다고 생각해요. 오키나와인이 일본민족의 일부라는 것은 인정해요. 그것이 쑨 선생이 중국인으로서 갖는 주관이라면 내 주관은 그래요. 외부 사람들 누가 보더라도 직관적으로 '독특하다!'라고 느끼는 자기만의 생활문화, 예술문화의 존재는 인정해도 괜찮지 않을까요?"

"그 **독특**이라는 것이 만만치 않은 문제라는 거죠. ……잘 표현이 안 되는데, 예컨대 지방색이라는 것 말이에요. 일본의 지방문화 가운데 하나로 보는 것이 왜 안 된다는 거죠? 왜 본토와 달라야 된다고 생각하는 거죠?"

"잠깐만요. 그 **본토**라는 말, 그건 오키나와 사람들이 만든 말이죠? 적어도 오키나와 사람들이 **본토**라고 말할 때 일본을 크게 둘로 나누고, 그 어느 한 쪽에 자신들을 자리매김하죠. 스스로가 자신을 특수하게 보고 있다는 증거에요. 그러면서 독특한 문화를 부정하는 것은 이상해요."

---

03 류큐시대 고대 서사시.

04 류큐시대 고전극.

"잠깐. 이제 보니 두 사람만 일본어로 말하고 있어요. 쑨 선생이 지루한가 봐요."

"일본어로 말을 꺼낸 건 그쪽이 먼저에요."

쑨 씨가 눈치 채고 유쾌한 듯 웃었다. 우리도 소리 높여 웃었다. 미세스 밀러가 요리를 가지고 왔다.

"마담, 마담은 어떻게 생각해요? 오키나와의 독특한 문화에 대해." 오가와 씨는 미세스 밀러를 붙들고 물었다.

"오오, 원더풀." 미세스 밀러는 바로 대답했다.

"빈가타紅型05, 쓰보야壺屋06, 무용, 샤미센三味線07, 모두 모두 원더풀이에요."

"일본문화와 하나라고 생각하세요? 아니면 다른 것이라고 생각하시나요?"

"기본적으로는 같은 것이겠죠. 하지만 개성이 있어요. ……아니, 다른가? 기본적으로는 독자적인 것인데 일본에 상당히 가까운."

"정확히 어느 쪽이죠?"

"모르겠어요."

살집 좋은 어깨를 움츠리고는 또 한 번 크게 웃었다.

"손님 대접을 해야 하는 사람이어서 이만. 요리를 돌려야 해요."

---

05 형지를 이용한 류큐 전통 무늬 염색.

06 오키나와 나하시 쓰보야에서 생산되는 도기.

07 삼현으로 된 일본 고유의 현악기.

풍만하고 요염한 육체가 웃으며 사라지자, 오가와 씨가,

"맞다. 지금 생각난 것이 있어요. 몇 해 전 여기에 온 작가 I 씨가, 류큐 요리를 드시면서 혼잣말처럼 하신 말이 있어요. "외로워 보이는 색조로군요."라고. 나도 이 점이 정말 이상하다고 생각하는데요. 빈가타나 칠기 등에서 그토록 화려한 색감을 창조한 오키나와가 어째서 요리에서는 빈약한 분위기風情가 나는지 말이죠."

"그건 역시 빈곤의 상징이 아닐까요?" 미스터 밀러였다. "나는 류큐 요리는 잘 모르지만, 한두 번 먹어 본 경험에 의하면 중국요리에 가까운 편이 아닌가 싶어요."

"그렇다면 역시." 오가와 씨가 끼어들었다. "중국문화형을 주장하시는 건가요?"

"앞서가지 마세요." 미스터 밀러는 말하면서 소리 내어 웃었다. "요컨대 빈곤하다는 뜻이에요. 중국요리도, 저기 쑨 선생, 중국 민족은 빈곤과 싸우는 과정에서 발명되었다죠?"

"그런 식으로 교육 받았던 시절이 있었죠." 쑨 씨가 신중한 어조로 대답했다. "3천 년의 기아와 전란의 역사가 그렇게 우수한 요리를 창조한 것이라고 말이죠. 즉 그 어떤 극심한 식량난이 오더라도 자연에서 얻을 수 있는 모든 걸 이용해 먹을 만한 걸 요리해 내는 기술 말이에요."

"뭐가 좋은 건지 앞일은 모르는 거군요." 오가와 씨가 다소 과하다 싶을 정도로 감격에 겨운 표정을 지으며 갑자기 나에게, "오키나와도 이번 기회에 뭔가 창조하려고 한다면 할 수 있겠네요."

"이번엔 일본 복귀상조론復歸尙早論?"

"농담하지 마세요. 속단할 일이 아닙니다. 복귀 가망이 없어 보인다고 해서 지레짐작으로 체념하지 말라는 뜻이에요."

"뭘 창조하죠?"

"정신적인 영양. 그 어떤 어려운 시대에도 굴하지 않는?"

나는 문득 이 오가와가 이른바 부락部落 출신이 아닌가 하는 의문이 들었다. 이렇게 시원시원하게 스토이시즘을 로맨티시즘으로 바꿀 수 있는 감각은 오직 오키나와인 인텔리들만의 전유물이라고 생각했고, 본토(야마토)라면 아마도 부락민들에게 그런 감각이 있을 거라고 생각한 적이 있기 때문이다. 그러고 보니 중국민족도 마찬가지가 아닐까 하는 생각에 미쳤다. 그래서 쑨 씨에게,

"중국인은 어학에 상당히 능통하더군요."

"그런가요?"

"아니, 그렇게 진지하게 반응하시니 당황스러운데요." 나는 다소 수줍게 웃으며,

"실은 제가 상하이 학원에 유학했을 때 상하이 사람들이 너무나 일본어를 능숙해서 감동했어요."

"점령 하 민중에게는 어쩔 수 없는 생활의 방편이겠지요." 쑨 씨는 순순히 답했다.

"일본이 진출하기 전에는 영어를 꽤 사용했다고 하던데요? 전쟁 후에도 그랬고. 역시 생활의 방편이겠지요." 나는 입 안이 근지러울 정도로 하고 싶은 말이 있었다.

한 일본인 학생에게 들었던 "망국의 민民이 본능적으로 습득한 기술"이라는 말이었다. 나는 가까스로 그 **농담**을 피하면서 계속 말을 이어갔다.

"저는 요즈음 자주 이런 생각을 합니다. 그에 비하면 오키나와인은 영어가 서툴구나 하고요."

"잘하지 않나요?"

"아니요, 잘하는 사람도 있지만 전반적으로 잘 못하는 것 같아요. 예컨대 학생들의 어학능력을 일본 학생들하고 비교하면."

나는 여기서 중국어로 **본토**라든가 **내지**라든가 **야마토**라는 개념을 번역하는 것이 어려워 일본이라고 말한 것이 마음에 걸렸다.

"그건 정말 그래요." 오가와 씨가 끼어들었다.

"왜 그런 걸까요? 단순히 태만하기 때문일까요? 배울 기회로 치자면 이쪽이 훨씬 많을 텐데요."

"밀러 부인에게 물어보는 것이 좋겠어요." 쑨 씨였다. "오키나와 사람들에게 영어를 가르치고 있으니까요."

쑨 씨가 보기 드물게 순발력 있는 발언을 했지만, 유감스럽게도 미세스 밀러는 반대편에서 외국인을 접대하느라 바빠 보였다.

"아니, 오히려 그건 국어능력이 부족하기 때문이라고 생각해요."

나는 예전부터 생각해 오던 의견을 말했다. "영어 또한 결국은 국어능력이 바탕이 되는 것이니까요. —뭐니 뭐니 해도 지리적인 거리감과 일상어의 격차가 숙명적인 장애가 되고 있어요."

"역시 문화적 격차가 아닐까요?" 오가와 씨의 농담에 비아냥이 담겨있었다. 오키나와 문화가 일본 문화의 일부라는 조금 전 내 주장을 스스로가 무너뜨린 꼴이 되었다.

"아니, 그건……" 나는 뭔가 말하려고 했지만 제대로 말할 수 없었다. 그래도 당혹감은 쉽게 웃음으로 바뀌었다. 모두가 웃었다.

"오키나와어에는 중국어가 꽤 들어 있다죠." 쑨 씨가 말했다.

"자, 올 것이 왔군요." 나는 조금 전과는 다른 웃음으로 응답했다. "제가 상하이 학원에 입학했을 때, 함께 간 친구들이 오키나와 출신이니 중국어를 잘할 거라거나, 오키나와 출신 학생이 중국어를 잘한다고 하면 '역시……'라며 당연하다는 식의 반응을 보였죠."

"아니, 그런 의미가 아니라." 쑨 씨가 당황하며 손을 저었다.

"난 당신에게 훌륭한 교육론을 만들어내라는 중국군 장교 같은 말을 하는 게 아니에요. 그보다 진지한 이야기에요. 진지하긴 하지만 부담 갖지는 말아요. ……(말에는 상당히 웃음기가 섞여있다.) 얼마 전 한 연배의 지식인을 만난 적이 있는데 그분이 가르쳐주셨어요. 오키나와 방언 상당수가 그 기원이 중국어라고요."

"오호라, 예를 들면요?" 미스터 밀러가 흥미를 보이며 반응했다.

"아버지를 오키나와 방언으로 **타아리**ターリー라고 하죠?" 쑨 씨가 말했다.

"그 말은 중국어의 어른이라는 말에서 온 것이라고 들었어요."

"사족土族, 사무라이 가문에서는 그렇게 말한다고 해요. 그 외에도 간자시かんざし[08]를 **지이파**ジーファー라고 한 것은 '지예파結髮'라는

---

08 비녀.

중국어에서 왔다고 해요. 또 설날 음식 담는데 쓰는 용기 퉁다본東道盆이라든가……."

　대여섯 단어를 늘어놓고는 "여기서 삼리 정도 떨어져있는 한 마을에서는 다화구打花鼓라는 군무群舞가 전통예능으로 계승되고 있어요. 제목만 문자로 남아있고 가사는 남아 있지 않아요. 나도 들어보았지만 도무지 짐작이 되지 않더군요."

　"하류센경조爬龍船競漕09의 가사는 배웠지요. 좋은 시에요."

　"나가사키의 페론爬龍이 떠오르는군요." 오가와 씨가 맞받았다.

　"그것도 역시 중국의 어딘가에서 건너 왔다던데. 뭐였더라, 어디였지. 상하이도 아니고 푸저우福州도 아니고……"

　오가와 씨가 쓸데없는 데 집착하기 시작했다. 술기운 탓인지 찡그린 눈썹을 하고 깊은 생각에 빠진 그 표정이 묘하게 우스꽝스러워 오가와 씨를 쳐다보고 있자니 그 시선 너머에 미스터 모건이 잡혔다. 그는 이쪽을 힐끗 쳐다보고는 급히 입구 쪽으로 가더니 그대로 밖으로 사라졌다.

　"페론과 하류센이라, 기묘한 우연의 일치로군." 오가와 씨는 이에 대한 연원을 파헤치는 것을 단념한 듯 보였다.

　"류큐에서 나가사키長崎로 건너간 걸까요. 나가사키에서 류큐로 건너온 걸까요."

　"아니면 기원이 같은 곳에서 각각 건너간 걸까요?" 나도 맞장구

---

09 매년 음력 5월 4일 오키나와 각지의 어항에서 항해의 안전과 풍어를 기원하기 위한 경조대회와 그 축제.

쳤다.

"그럴지도 모르죠. 16세기경에 왜구가 옮겨온 것일지도."

"설마, 왜구가 옮겨왔을까요."

"옮기지 않았을지 모르겠지만, 그렇게 생각하면 재미있지 않나요?"

오가와 씨는 그렇게 말하고는, 쑨 씨를 향해 다시 일본어를 써서 미안하다고 하며 왜구에 관한 이야기를 이어갔다.

"쑨 선생, 왜구는요, 중국을 침범하고 오키나와를 침범하고 일본을 침범했어요. 침범은 했지만 민족적 차별은 없었다고 단언할 수 있어요. 그들은 문화교류에 이바지했어요."

"그건 위험한 사상이에요. 침략을 예찬하는 거잖아요." 쑨 씨가 곧바로 코멘트 했다.

쑨 씨의 그 코멘트를 머릿속에서 지워내고, 나는 불현듯 미국이 이곳 오키나와에 여러 문화를 들여온 것을 떠올리며 미스터 밀러 쪽으로 시선을 옮겼다. 미스터 밀러는 어느 사이엔가 우리 곁에서 사라지고 없었다. 다른 손님들의 떠들썩함이 새삼스럽게 귀에 들어왔다.

"그 말이 뭐 어때서요. 아, 실례. 침략 예찬에만 초점을 맞추시면 곤란하죠. 역사를 긴 안목으로 보세요. 거기에 문화이동의 진리라고 할까, 세계 여러 민족의 문화가 서로 풍요로워져 가는 논리를 보세요—아니, 이야기가 또 벗어나 버렸네요. 요컨대 나가사키와 오키나와를 중국이라는 커다란 실로 연결된 역사의 낭만이라는 점에서 생각해보고 싶어요."

"아니, 그렇게는 안 되죠." 쑨 씨가 차분한 어조로 말을 막았다. 차분하지만 고집스러움이 묻어나있어 나를 깜짝 놀라게 했다.

"아무리 문화에 공헌한다고 해도 침략은 침략이지요. 게다가 공헌한 것처럼 보여도 실은 공헌한 것이 아닌 것도 있어요. 역사를 긴 안목으로 보면요."

쑨 씨에게서 좀처럼 볼 수 없는 단호한 반론이었다. 오가와 씨는 진귀한 것을 발견한 듯한 눈으로 쑨 씨를 바라봤다. 술이 깨려는 걸까, 기분 좋은 느낌과 함께 쑨 씨의 가슴속에 지금 소용돌이치고 있을 진의가 무엇인지 파악하고 싶어졌다. 그런 기분을 억누르며 나는 속내를 감추고 술잔으로 입을 가져갔다.

그때 미스터 밀러의 목소리가 모두를 침묵하게 했다.

"한창 즐거운 시간을 보내고 계신 중에 대단히 죄송한 말씀 올립니다. 잠시 중단하고 미스터 모건에게 협력해주시기 바랍니다. 그의 세 살 된 아들이 행방불명되었습니다. 저녁 식사 무렵부터 보이지 않았는데 아직까지 나타나지 않고 있어요. 지인들에게 빠짐없이 전화를 돌렸지만 아직까지 소식을 알 수 없답니다. 미스터 모건은 그것도 모른 채 조금 전까지 우리와 환담을 나누고 있었습니다만."

"우리가 최대한 협력합시다."

가장 젊어 보이는 손님이 말했다. 멕시코계 풍모의 매우 친절한 남자라는 인상이 풍겼다.

밖으로 나가 찾아보기로 했다.

"이 마을 안을 뒤지고 다니게 될 줄이야……" 나는 10년 전 미아가 된 체험—그 막막하고 불안했던 기분이 떠올라 그때의 기억을 쑨 씨에게 말했다. 쑨 씨는 그런 마음을 알아주기라도 하듯 나와 어깨를 나란히 하고 걷기 시작했다.

"주변은 온통 들판과 주택뿐이고 황량하고 넓은 탓에 일종의 불안 감이 들어요. 지금 문제만 하더라도 어디에도 숨을 곳이 없어요. 또 숨길 수도 없고요. 그래서 더욱 불안해요. 정말로 아이가 행방불명이 된 것이라면."

"어쨌든 한 바퀴 돌아봅시다."

쑨 씨는 가볍게 흘려 말하곤 걷기 시작했다.

나는 일단 쑨 씨의 말에 따랐다. 미스터 밀러의 하우스 번호도 기억하고 있다. 10년 전처럼 내가 또 길을 잃을 일은 없을 것이다. 적어도 불안에 떠는 일은 없을 것이다. 나는 왠지 신분증을 지참한 것 같은 기분으로 쑨 씨와 나란히 걸었다. 무수한 별이 아름답게 반짝이고 있었다. 남쪽 어딘가에 태풍이 왔는지 매우 무덥다. 상층기류가 어수선하게 흐르고 있는지 별의 반짝임이 평소보다 안정성을 잃었다.

"오키나와의 밤하늘은 아름답다고 하는데 중국은 어때요?"

나는 미스터 모건의 불안 따위는 잊고 있었다. 우리 둘은 산책이라도 하는 냥 걸었다.

"그쪽도 중국에 계셨잖아요?" 쑨 씨는 웃음을 머금고 있었다.

"나는 이미 잊었어요……" 사실 20년 전 중국 강남江南의 자연 같은 건 거의 내 기억에서 사라지고 없었다.

"고향이라는 것은 기억 속에서는 언제나 아름다운 법이지요. 내 머리 속에 있는 중국의 자연에 대한 추억은 태어난 땅인 상하이에서부터 남경南京, 호남湖南, 강서江西, 광서廣西 등지를 전전하는 사이에 인상이 뒤죽박죽이 되고 말았지만."

쑨 씨의 전전했다고 하는 표현이 일본군에 쫓겨 이동해야 했던 것이란 걸 나는 알고 있었다. 그렇게 이리저리 떠돌아다니는 생활의 연속이라면 자연풍경을 머릿속에 아로새길 여유 따윈 없었을 것이다.

"그런데, ……" 나는 화제를 바꿨다. "그냥 이렇게 빈둥거리며 다니긴 뭐 한데, 어떻게 할까요?"

"한 집 한 집 돌아다니며 물어봅시다. 다른 사람들은 다른 곳을 찾고 있는 것 같으니."

"그럽시다. 그 방법 밖에 없을 것 같네요."

라고 맞장구치면서, 내 안에는 순간 10년 전 느꼈던 **불안한** 기분이 되살아났다. 아무리 명분이 있다 하더라도, 오키나와인과 중국인이 나란히 미국인 집을 하나하나 돌며 미국인 미아가 있는지 없는지 확인하는 **제스처**를 아무 거리낌 없이 할 수 있는 일은 아니었다. 우선 자기를 소개하는 것이 번거로울 것이 분명했다. 그런데,

"미스터 모건의 친구라고 말하며 다닙시다."

그렇게 말하며 쑨 씨는 웃었다. 나는 "과연"이라며 쓴 웃음을 지었다. 결과적으로는 그렇게 한 것이 정답이었다. 내가 안도한 것은 미스터 모건 친구라고 말하니, 모든 집에서 용건을 알아차리고 전화는 받았지만 잘 모르겠다고 말해주었기 때문이다. 그리고 그 말투가 상당히 친절했다. 그 중에는 "두 분 다 오키나와 사람인가요?"라고 물

어오는 부인도 있었는데, 한 명은 중국인이라고 대답하자 짐짓 놀란 **제스처**를 취하며 붙임성 있는 태도를 보였다.

"모두들 의외로 친절하시네요." 나는 감격에 겨워,

"이렇게 이국에서 하나의 마을을 형성하게 되면, 하나의 운명공동체가 되어 자기 일처럼 마음을 써주나 봐요."

"그런가 봐요." 쑨 씨는 잠시 말을 멈추더니, "최악의 경우는 유괴라는 것도 생각할 수 있고."

"유괴?" 나는 앵무새처럼 말을 따라했다. "오키나와인이요?"

"반드시 오키나와인이라고는 말할 수 없지요. 불량한 외국인도 있으니까요……."

쑨 씨는 위로하는 듯 말했지만, 내 안에 생겨난 걱정은 사라지지 않았다. 그 순간 나는 오히려 나 자신의 나태함을 꾸짖어야 했다. 내 머리 속에 **유괴**라는 이미지가 전혀 떠오르지 않았다는 것은 그 정도로 내가 이 사건에 관심이 없는 것일지 모른다. 모처럼 이렇게 아이를 찾는 데 도움을 주고자 나왔는데, 미국인들 모두가 뜨거운 관심을 보여주는구나 하는, 나의 관심은 이 정도 밖에 안 되었던 것이다. 나는 모건 2세가 이 마을에 보이지 않는다는 불안보다, 오히려 나 자신이 이 마을에서 얼마나 안심하고 다닐 수 있을지에 더 많은 관심을 기울였던 것 같다.

"지금 기억 하나가 되살아났습니다. 22년 전 일입니다" 쑨 씨가 이야기를 시작했을 때, 마을 변두리 철조망 앞에 다다랐다. 3미터 쯤 쌓아올린 철조망 맞은편으로 최근 급속도로 성장하기 시작한 시내의 등불이 여기와는 아무런 관계가 없다는 표정으로 겹쳐 보였다.

"나는 가족을 데리고 충칭重慶을 바로 앞에 둔 W라는 마을에 자리 잡았습니다. 당시 가족은 아내와 4살 된 첫째와 2살 된 둘째가 있었습니다. 셋째 아이는 아직 태어나지 않았지요. 국민정부는 이미 충칭으로 옮겨갔고, 반일反日 분자라 일컬어지는 사람들 대부분은 충칭에서 새로운 생활을 시작하고 있었지요. 그런데 나는 이사를 앞두고 아내가 그만 병에 걸리는 바람에 꼼짝 못하게 되었어요. 정부와 떨어져 홀로 생활한다는 것이 얼마나 불안한 건지 그때 피부로 느꼈습니다. 아니 정부라는 것이 의지할 만한 것이라고 생각하진 않지만, 그때 우리는 정부로부터 버림받았을 뿐 아니라, 적인 일본군에게 쫓겨야 했어요. W는 이미 일본군이 점령한 상태였고 우리는 그 아래에서 생활하지 않으면 안 되었습니다. 나는 위조한 양민증良民證을 발급 받아 놓고는 기회를 엿봐서 탈출하려 했는데 잘 안됐습니다. 그러던 어느 날, 4살 된 장남이 행방불명되었습니다. 집 근처에서 친구들하고 놀고 있었는데, 해질녘이 되어 모두들 집에 돌아갈 무렵이 되어 아이가 없어진 것을 알았습니다. 나는 당장 찾아 나섰습니다. 전쟁 중이었기 때문에 마을의 밤은 어두웠습니다. 게다가 나는 다른 지역 사람입니다. 아는 사람도 많지 않았습니다. 닥치는 대로 찾아다니는 동안 문득 누군가 스파이가 있어 내 신원이 탄로 날지 모른다는 불안감이 엄습해왔습니다. 그리고 그 불안은 상대편도 갖고 있었을 것입니다. 적진에서 동포끼리 서로 의심하는 것은 냉혹한 현실이니까요. 그 냉혹함과 싸우며 나는 아이를 찾아 다녔습니다. 다행히 아이는 일본 헌병대가 보호하고 있었습니다. 아이를 데려가는데 여러 가지 심문을 받았습니다. 간신히 빠져나오긴 했지만 어두운 밤길을 지나 집으로 돌아오면서 생각한 것은, 여기가 과연 내 나라인가, 마을 집집에 살고 있는 이들은 과연 내 동포인가라는 것이었습니다.”

쑨 씨의 기억을 끄집어낸 계기는 확실했다. 그 하나하나의 장면들이 지금의 상황과 딱 맞아 떨어졌다. 아니 비슷하긴 하지만 조금 다를 수도 있겠다. 우선 집집마다 물어보고 다닐 때의 대응이 전혀 다르다. 게다가 가장 중요한 것은 행방불명된 아이가 한쪽은 점령자의 가족이고, 다른 한쪽은 위조한 **양민증**을 지닌 가족이라는 점이다. 일본군 헌병대는 과연 보호하고 있었던 걸까? 아니면 **유괴**했던 걸까? 지금 모건 2세를 **유괴**한 사람이 오키나와 사람이라면 그것은 어떤 이유에서일까? 점령자의 아이를 유괴한 오키나와의 남성, 아니면 여성은 어떤 심경일까?

—쑨 씨가 침묵했고, 나도 침묵했다.

“아이고, 여기에 계셨군요. 아이는 찾았습니다.” 느닷없이 들려온 목소리의 주인공은 친절해 보이는 멕시코계 남자였다.

“아무 일도 아니랍니다. 메이드가 하루 휴가를 받아 고향집에 가면서 아무런 말없이 아이를 데리고 갔던 모양이에요.”

남자는 해맑게 웃었다.

“어처구니없는 **유괴**로군요.”

나도 그만 큰 소리를 내어 웃었다. 물론 만나 본적도 없는 메이드다. 아마 나이도 얼마 안 되었을 게다. 주인에게 말도 없이 주인집 아이를 그녀의 고향으로 데리고 간 무분별함에 화가 났지만 곧 사그라지고, 오히려 그녀의 한없이 선량한 행동을 소리 높여 칭찬하고 싶어졌다.

"결국 오키나와인이 미국인 아이를 유괴 하지는 못했군요."

"동감입니다. 절대 생각할 수 없는 일이지요."

쑨 씨와 나는 간만에 밝게 웃으면서 미스터 밀러의 집으로 되돌아갔다.

다시 파티가 시작되었다. 모든 대화는 온통 이 사건에 집중되었다. 일부에서는 어린 메이드가 무슨 생각으로 그런 건지 심경을 추측하는 여러 이야기가 오갔다. 물론 비난하는 사람도 있었다. 그렇지만 그런 사람에 대해서는 그녀의 행동을 호의적으로 변호해주는 이들이 있어 비난하던 사람도 그럴 것도 같다며 말을 바꾸었다. 재미있는 것은 그 전까지 우리 넷—쑨, 오가와, 밀러하고만 주고받던 대화가 이제는 다른 서양인 손님 누구라 할 것 없이 자유롭게 대화하게 되었다는 것이다. 마치 우리만의 세상인양, 2차는 지금부터라는 듯 떠들썩했다.

"당신도 한시름 놓았겠어요." 예의 친절해 보이는 남자가 나에게 말했다. 이름은 링컨リンカーン이고, 군에서 극장 조명을 담당하고 있다고 했다. 모친이 멕시코계로 국제친선 덕에 태어났으며 링컨이라는 이름이 제격이라는 둥, 그는 외모에서 풍기는 것처럼 조금 수다쟁이였다.

"당신 땅에서 외국에서 온 손님의 아이가 행방불명되었으니 기분 나쁜 일이지요."

나는 미소로 수긍했다. **손님**이라는 표현이 마음에 걸렸지만, 이때는 링컨 씨의 호의로 받아들이는 수밖에 없었다.

"옳은 말씀."이라며 다른 한사람이 끼어들었다. 자동차 수입회사 지배인으로, 이름은 핑크フィンク라고 자기를 소개했다.

"사건이 정리되고 보니, 새삼 느끼지만 미국인 성인이라면 몰라도 아이에게 나쁜 짓을 할 오키나와인이 있을 거라고는 상상이 안 되네요. 우리 회사에 노동쟁의가 있어요. 그런데 조합을 만든 오키나와인 종업원들은 오히려 너무 지나칠 정도로 어른스럽고 선한 사람들이랍니다."

인사치레일지도 모른다. 그러나 어떻든 좋았다. 그 말을 하는 그의 표정에는 안도감과 친밀감으로 가득해 보였다.

"지당하신 말씀입니다." 오가와 씨가 말했다. 내게 속삭이는 목소리였다. "반년쯤 전에 K섬에 갔던 적이 있었습니다. 저녁에 숙소 2층에서 사람이 지나다니는 모습을 내려다보고 있는데, 섬에 주둔한 통신대 병장의 아내인 듯한 분이 갓난아기를 안고 산책하고 있었습니다. 그런데 근처에서 저녁바람을 쐬며 산책하던 너덧 명의 섬 청년들이 인사를 건네며 번갈아 가며 그 아기를 안아주는 광경을 보았습니다. 오키나와 본섬 미국인이 그리 하라고 시킨 건지, 아니면 오키나와 청년들의 순수한 호의에서 나온 행동인지 어떤 건지는 알 수 없지만, 이렇게 작은 섬에서나 가능한 일인 것 같아요. 왠지 안심이 되더군요."

오가와 씨의 말은 논리적이지도 못하고 요령 있는 말도 아니었지만 자기 나름은 안도감을 보여주고 싶었던 것 같았다.

미세스 밀러가 생글거리며 다가왔다. 사건 때문인지 아니면 술이 조금 되었는지 볼이 살짝 상기되어 있는 것 같았다. 한층 더 아름다웠다. 나는 문득 그녀가 영어회화를 가르치는 틈틈이 오키나와 성인 학생들과 아이에 관한 이야기 등을 주고받는 모습을 상상했다. 그리고 그 남학생들 가운데 그녀의 풍만한 육체를 감상하며 죄의식을 가질지 어떨지 탐색하기 시작했다.

[後章]

그 무덥고 찌는 밤, 아마 네가 미스터 모건의 어린 아들을 찾아다니다 지쳐 가족부대 철조망 안쪽에서 쏜 씨의 기억을 듣고 있을 때, M 골짜기에서는 네 딸의 신변에 이상이 생기고 있었다.

네가 파티에서 거나하게 취해 귀가했을 때, 딸은 일찌감치 이부자리를 펴고 누워있었고, 부인은 긴장한 표정으로 너를 맞았다. 부인은 딸이 벗어 놓은 교복을 네 앞에 들고 왔다. 군데군데 더럽혀지고 찢겨 있었다. 그것만으로 이미 너는 큰 사고가 일어났음을 직감했다.

놀라움과 낭패감이 잇달았다. 딸을 범한 사람은 뒷방을 빌린 로버트 할리스였다. 사건이 일어나기 세 시간 전, 즉 네가 가족부대 게이트 안에 들어가 오늘이야 말로 아무런 두려움 없이 이 안을 걸을 수 있다며 기분 좋게 미스터 밀러의 하우스 넘버를 찾고 있을 바로 그때 네 딸은 친구네 집에서 귀가하던 중이었다. 동네 어귀에서 차를 몰고 가던 로버트가 딸을 불러 세웠고, 둘은 세입자와 집주인 딸 사이라는 가벼운 마음으로 시내에서 저녁식사를 한 후 M 골짜기로 저녁바람을 쐬러 나갔다. 과연 M 골짜기는 그 무더운 밤을 식혀주기에 적합했다. 하지만 M 골짜기는 마을에서 10리나 떨어져 있었고 가장 가까운 마을에서도 2킬로미터나 떨어져있었다. 더구나 그날 밤은 저녁산책을 하는 사람도 보이지 않았다. 거기에서 갑작스러운 불행이 일어난 것이다.

너는 직접 딸의 입으로 그 잔혹한 사정을 전해 듣지 않은 것만으로도 다행이라고 생각했다. 하지만 그날 하루는 아직 사건을 실감하지 못했고 사실이라고 믿지도 않았다. 왜냐하면 첫째, 로버트에게는 애인이 있었기 때문이다. 방을 빌린 것도 그 애인을 위해서였다. 그리고 일주일의 반을 이곳에 찾아와 머물렀다. 그런 인연으로 네 가족과도 친했다. 이런저런 이야기를 나누고 함께 지냈던 경험을 떠올리자, 도저히 그런 일이 일어나리라고 믿기 힘들었다. 물론 패전 이후 세상 도처에 널린 일이긴 하다. 하지만 친하게 지내던 외국인에게 그런 이미지를 덧씌우긴 어렵다. 애인은 열흘 전 쯤 다른 섬에 있는 본가에 갔다가 다음날 집으로 돌아 왔다. 너는 그녀에게 사건을 알렸다. 알리긴 했어도 특별히 요구한 건 없다. 고소나 매도罵倒나 배상 요구 등은 아직 너나 네 부인 머릿속에 떠오르지 않았다. 다만 너희들은 표정 변화 없이 언성을 높이지도 않고 로버트의 애인에게 사건을 알렸다. 애인은 처음엔 놀란 눈을 했다. 너희가 대략적인 사건 내용을 전하자 가만히 침묵하며 앉아 있더니 돌연 떨리는 목소리로 "나도 희생자에요."라고 외쳤다. 그리고는 벌떡 일어나 짐을 정리하더니 다음날 이사해 버렸다. 같은 업계에 있는 친구 집으로 은신한 걸까. 로버트 할리스와는 헤어질 생각이 있는 건지 없는 건지, 그가 오면 전해달라는 당부의 말이나 부탁 같은 것도 없었다. 어찌되었든 너는 네 생활과 그녀의 생활이 상당히 동떨어져있다는 것을 다시 한번 느꼈다. 그와 동시에 사건에 대한 실감과 분노가 복받쳐왔다. 고소를 결심한 것은 3일 째 되던 날 밤이었다. 그러나 딸은 고소에 강력히 반대했다. 이유는 말하지 않았지만 처음엔 수치심 때문일 거라고 너는 판단했다. 그 수치심을 너도 이해하지 못하는 바는 아니었다. 그러나 사건을 그대로 내버려두면 로버트와 그 애인의 관계가 매우 불안하고 어정쩡한 상태로 묻혀 버리게 될 것이고, 주위에 자신의 손이 닿지 않는 세계가 존재한다는 사실 자체만으로 너는 도저히 견딜 수 없을 것 같았다. 너는 딸을 설득하려고 노력했다. 딸은 그런 이유가 아니라고 했다. 네가 추궁하자 딸은 여러 번 뭔가 말을 꺼내려 했지만 끝내 밝히지는 않았다. 판명된 것은 다음날이었다.

다음 날, 외국인 한 명이 2세 통역관을 대동하고 와서는 네 딸을 연행해 갔다. 딸은 M 골짜기에서 로버트에게 강간당한 뒤, 그를 벼랑으로 밀어 떨어뜨려 큰 부상을 입힌 것으로 판명되었다. 지금 딸이 로버트에게 강간당한 것이 문제가 아니었던 것이다. 자칭 CID(미군범죄정보수사대)에서 파견되었다는 남자들의 말에 따르면 딸이 미군요원에게 상해를 입힌 용의자로 체포되었다는 것이다. 피해자인 로버트는 지금 군병원에서 입원해있다고 한다. 그 고소 건으로 왔다고 했을 때, 너는 서둘러 그것이 정당방위였다고 설명하려 했지만 소용없었다. 그 일은 따로 고소하라는 말만 남기고 딸을 연행해 갔다. 고소는 CID에 하면 되냐고 묻자 류큐정부 경찰서에 하라는 말만 남겼다.

너와 부인 단 둘만 남은 집안의 공기는 어둡고 무거웠다. 두 사람은 그날 하루 종일 아무 것도 입에 대지 못했다. 부인은 딸을 생각하며 하염없이 울었고, 울음이 그치면 참담한 표정으로 어딘가를 응시했다. 너는 딸이 연행당한 장소를 상상하려고 애썼다. 범죄수사는 류큐정부 경찰과 미군 CID 두 곳이 관할하며 군과 관계된 것은 CID가 담당한다는 것 정도만 알고 있었다. 그러나 CID 조사가 어떤 형태로 진행되는지에 대해서는 구체적인 이미지가 떠오르지 않았다. 무엇보다 오키나와인 경찰이 하는 범죄조사도 실제로 조사현장을 본 것이 아니어서 막연히 소설이나 영화 등에 나오는 일본 경찰 같은 모습일거라고 생각할 뿐이었다. 그렇지만 어쨌든 경관이라든가 경찰서, 경찰본부 정도는 알고 있었기 때문에 아직은 친근하게 느껴졌다. 그러나 CID나 CIC에 대해 너는 전혀 알지 못한다. 본부 혹은 사령부라고 하는 것이 어디에 존재하는지 친구와 잡담을 하며 이야기한 적은 있지만 결국은 아직도 모른다. 사무실 광경도 알 리가 없다. 유치장 같은 것도 있을까? 딸이 연행되고 나서야 처음으로 그러한 것들을 머릿속에 그려보려 했다. 그러나 이미지는 조금도 떠오르지 않았다. 상상을 완고하게 거부하는 그 무언가가 있었다. 그곳은 발언이 거절되는 세계일거라는 느낌이 왔다. 결국 상상의 거절로 이어졌다. 딸을 끌고 간 자들이 보통 사람들과 별반 다를 바 없었던 것이 오히려 이상하게 생각되었다. 그렇다면 그 자들은 어떤 형태로 딸을 심문할까. 다시금 미지의 일이 네 가슴을 공격해 왔다. 보호자로 출두하라고 하면 차라리 마음을 가라앉힐 수 있을 텐데 그것도 아니었다. 그래 그것도 좋다. 다만 딸이 취조 당할 때 정당방위였다는 주장이 인정되면 좋겠다. 그도 아니면 하다못해 딸이 발언할 수 있을 만큼의 심리적 여유를 주면 좋겠다. —너는 고소 절차를 밟기 위해 시에 있는 경찰서를 찾았다.

"그것 참 안됐군요."라고, 사려 깊어 보이는 중년의 경찰관이 말했다. "그런데 따님은요?"

CID에 연행되었다는 것을 재빨리 설명하면서 너는, 여기서 천 마디 만 마디라도 해서 이 사태를 어떻게든 해결해야 한다는 초조감에 휩싸였다.

"그러니까 딸이 폭행을 당해 슬픔과 증오에 휩싸여 앞뒤 판단력을 잃었다……고 본인은 그렇게 말하고 있어요."

"그러니까 ……음, 자세한 사정은 언젠가 조사할 때가 오겠죠. 다만 여기서 말씀드리기 상당히 곤란합니다만, 어쨌든 솔직하게 말씀드려야 하겠기에 이해해 주시기 바랍니다……"

담당관은 이렇게 전제한 후 설명을 시작했다. 그에 따르면 먼저 딸이 강간당한 사건과 딸이 남자에게 상해를 입힌 사건은 별개로 다루

어질 것이라고 한다—이것은 잘 생각해 보면 그럴 수 있겠다고 너
는 쉽게 납득 했다. 둘째, 남자의 재판은 군에서 관할하고, 딸의 재판
은 류큐정부 재판소가 관할할 것이라고 한다. 딸이 지금 CID에 연행
된 것은 남자가 군에 고소했기 때문에 취조의 편의상 그렇게 한 것
이며, 머지않아 이쪽으로 이관될 것이라고 했다. 그것도 그럴 수 있
겠다고 생각했다. 너는, 네가 속한 행정기관이 정부이긴 하지만 그
위에 이를 감독하는 또 하나의 정부가 있음을 떠올리며 이해하려 했
다. 그러나 그 다음 설명에서 너는 완전히 숨이 막혀버릴 것 같은 기
분이 들었다.

첫째, 군 재판은 영어로 진행된다. 뿐만 아니라 강간사건이라는 것
은 입증하기 매우 곤란한 사건이어서 승산이 없다. 통상적으로 가능
한 고소하지 않도록 권하고 있고 이미 고소한 사건도 사실상 철회한
예가 많다.

둘째, 류큐정부 재판소는 군요원에 대해 증인 환문喚問의 권한을
갖지 않는다. 피고인이 정당방위를 주장해도 로버트 할리스를 증인
으로 채택해 환문하지 않는 이상 피해를 입증하는 것은 불가능할 것
이다.

"그렇다면……" 너는 매우 혼란스러워 하며 목소리를 높였다. "단
념하라는 말씀입니까?"

"그렇게 딱 잘라 말하고 싶진 않습니다만."

이런 경우 공무원이 취하는 의례적인 태도, 질문에 대한 솔직한 답
을 피하고 같은 설명을 반복하려는 담당관의 말을 막으며 너는 다시

물었다.

"민정부 재판소에 환문권이 없다? 그럼 본인이 자발적으로 증인으로 나선다면 그건 어떻습니까?"

"자발적으로 나선다면야." 담당관은 다소 놀란 표정을 지었다. 그런 일은 있을 수 없다고 말하고 싶은 듯했다.

"요청할겁니다. 이쪽에서."

"누가요? 당신이요?"

"네. 내 쪽에서 어떻게든. 그리고 그 재판에서 정당방위가 입증된다면, 군 재판에서 유죄판결을 받을 수도 있는 것 아닙니까?"

"아닙니다. 군 재판 역시 별개입니다. 게다가……" 담당관은 동정어린 눈을 하고 있었다.

"정당방위는 아니지요. 말씀드린 대로 이미 행위가 끝난 후에 상해를 입혔기 때문에 정당방위는 아니고 정상참작 하더라도 별개의 사건으로 처리됩니다. ……사실 아까 설명할 때 말씀드리려고 했습니다만."

담당관의 설명은 혼란에 휩싸인 너로선 선뜻 이해하기 어려웠다. 상대의 눈에 일순간 깊고 깊은 어둠이 서렸다. 동시에 너의 뇌리에 10년 전 가족부대 동쪽 끝을 벗어나려다 길을 잃어 초조해 하던 기억이 스쳐지나갔다. 그때 몹시 초조해 하며 목적 없이 포장도로를 헤매던 네 모습을 보고 동포 메이드들이 힐끔거리며 보였던 감정은 경멸, 연민, 혐오, 위장된 무관심, 그 중 어떤 것이었을까? 지금 눈앞에 있는 경관이 너에게 품고 있는 감정은 그때와 다르긴 하지만, 다만 한 가지 "당신을 어떻게 도울 길이 없어요."라는 절망을 숨기고 있는 점에서 일치한다. 그 절망에서 벗어날 수 있는 길은 없을까? ……찌는 듯 무더운 저녁, 왕래가 적은 가족부대 안 포장도로를, 초대받은 파티 장소로 가기 위해 수위의 허락을 받고 즐거운 마음으로 서둘렀던 감정이 지금 않고 말했다. "그럼, 고소는 그것이 성공한 후에 하는 걸로."

미스터 밀러에게 전화를 걸어 급히 만나고 싶다고 했더니 바로 승낙했다. 퇴근 후 저녁 때 자택에서 만나는 것으로 하고, 수위에게도 방문 건을 일러 놓으라는 당부도 잊지 않았다. 수화기 너머로 "OK, OK"라는 소리가 들려왔다. 너는 속으로 반쯤 안심한 듯했다. 자택에서 만나자는 것으로 보아 파티의 여운이 아직 미스터 밀러에게 남아 있는 듯했다.

집에 도착하자 미세스 밀러도 나와 있었다. 네가 파티에 대한 감사의 인사를 전하자 자신들도 즐거웠다는 대답이 돌아왔다. 너는 편하게 말을 꺼낼 수 있을 것 같았다.

"그런데 따님이 근래 두 번이나 영어 클래스에 나오지 않고 있네요."

라고 미세스 밀러가 말했다.

기회가 왔다. 너는 바로 용건으로 들어갔다. 밀러 부부에게 뭔가 알 수 없는 긴장감이 돌았다. 표정이 굳어지는 것을 알았지만 그건 어쩔 수 없다고 생각하고 너는 계속해서 말했다. 미세스 밀러가 슬그머니 자리를 비켰다. 너는 로버트 할리스의 부대명을 기억나는 대로 말했다. 그리고 지금 아마 병원에 있을 테니 함께 찾아가 만나줄 것을 부탁하고 이야기를 마쳤다.

"반드시 그를 증인으로 법정에 세우고 싶습니다."

"갑작스러운 말씀이라."라고 미스터 밀러는 말했다. "게다가 이번 일은 내가 겪었던 수많은 경험 중에서도 매우 어려운 문제라."

"면목이 없습니다. 같은 미국인을 책망하는 입장에 서는 일은 괴롭겠죠. 그런데 제 입장에서는 누군가에게 부탁하지 않을 수 없어요. 만약 저 혼자 로버트 할리스가 입원한 병원을 찾는다 해도 방문 자체가 허락될지 어떨지도 모릅니다……"

"정식으로 수속을 밟으면 허가가 날겁니다."

"가령 제가 혼자 방문해도 성공할까요?"

"성공할지 어떨지는 담당자의 생각에 달린 문제니, 당신 혼자 가든 누군가와 함께 가든 상관없을 겁니다."

"단순히 동행할 사람을 찾는 것이 아닙니다. 당신입니다. 미국인 인 바로 당신입니다."

"슬픈 일이군요. 이번 일은 미국인과 오키나와인의 결정적 대립을 촉발하게 될 가능성이 있습니다."

"가능성이 아닙니다. 제 생각에는 이미 일은 벌어졌다고 봅니다."

"아니, 나는 그렇게 생각하지 않습니다." 미스터 밀러의 날카로운 시선이 당신을 압박해 오자 당신도 긴장했다.

"애당초 한 젊은 남자와 한 젊은 여자 사이에서 일어난 사건입니다. 당신도 피해자이지만, 딸의 아버지 입장에서 볼 때 피해자일 뿐입니다. 즉 세계 어디에서나 일어날 수 있는 일이라는 겁니다. 오키나와인이기 때문에 피해자라고 생각하면 문제가 복잡해집니다."

"무슨 뜻이죠?" 당신은 점차 목덜미가 뜨거워지는 것을 느꼈다.

"그건 내가 묻고 싶은 말이군요. 당신은 한 미국인 청년의 행위를 비판할 목적으로 같은 미국인인 나를 일부러 협력자로 골랐습니다. 그 의도를 나는 이해하기 어렵군요."

"곤란하신지요?"

"곤란하진 않아요. 다만 이 일은 개인적으로 인간 대 인간으로 접근해야 하지 않을까 생각합니다. 내가 그 로버트 할리스라는 청년과 아는 사이라면 의미는 있겠죠. 그런데 그와 내가 타인이기는 당신이나 나나 마찬가집니다. 이런 걸 새삼스럽게 말하고 싶진 않지만 우린 서로 민족이나 국적을 넘어 우정을 쌓는데 노력해 왔습니다. 대등한 관계를 서로 만들어 왔다고 믿고 있어요. 이 사건으로 모처럼 만들어 놓은 균형을 깨고 싶지 않습니다."

"지금 그런 어려운 논리 같은 건 생각하고 싶지 않습니다. 깨지면 나중에 다시 세우겠습니다. 나는 다만 협력을 원합니다. 나 혼자의 힘으로는, 당사자이니 만큼 너무 예민하기도 해서 중간에 서 주시면 도움이 되리라 생각했습니다."

"쑨 선생은 어떠세요? 그분이라면 변호사라서 논리전개도 뛰어날 것이고, 오키나와인도 아니고 미국인도 아니니 오히려 최적의 입장이 아닐까 생각됩니다만."

"미국인으로서 미국인의 수치와 대결하는 것이 싫으신 겁니까?"

당신은 자리에서 일어나며 말했다.

"지금 이런 말씀드리기는 실례라고 생각하지만." 미스터 밀러 역시 자리에서 일어나며 처음으로 조심스럽게 말했다. "나는 로버트 할리스가 정말 파렴치한 일을 했는지 안했는지 증거를 갖고 있지 않습니다. 그것을 추궁할 입장 역시 아닙니다. 그런데 당신은 그것을 추궁한다고 해서 이상할 게 전혀 없어요. 쑨 선생도 마찬가지고."

"알겠습니다. 실례했습니다."

"잠깐. 오해하지 말아주셨으면 합니다. 거듭 말씀드리지만 나는 미국과 오키나와의 친선을 위해 노력해 왔습니다. 여기서 도움을 드리지 못해 괴롭지만, 미국인끼리의 균형을 필요 이상으로 깨뜨리지 않는 것이 오키나와 사람들과 친선을 유지할 수 있는 길이도 하기 때문입니다. 이해해 주실 수 있겠습니까?"

"이해하고 싶습니다, 가능한."

그런 종류의 이해라는 것은 과연 무엇일까? 쑨 씨에게 물으면 알 수 있을까? 오가와 씨에게 물으면 알 수 있을까? 혹은 그 둘 중 하나와 이 곳에 함께 왔다면 이야기는 성공했을까? —너는 대문 앞에 다다랐다.

"어머, 가시게요? 이야기는 어떻게 되셨어요?" 미세스 밀러의 목소리가 뒤따랐다.

"모쪼록 따님의 정신적 충격이 크지 않기를 바랍니다."

미세스 밀러의 풍만한 이중 턱이 네 눈에 강하게 들어왔다. 너는 포령布令 형법 1절을 떠올렸다.

"합중국 군대요원의 부녀자를 강간 또는 강간할 의사를 갖고 폭행을 가한 자는, 사형 또는 민정부 재판소가 명하는 다른 형에 처한다."—

만약 그 형법에 준하는 사건이 일어난다면, 만일 그 피해자가 미세스 밀러였다면 그리고 또 가해자가 너였다면, 미스터 밀러의 감정에 어떤 변화가 일었을까? 쑨 씨와 오가와 씨는 어떤 행동을 취했을까? 세간의 오키나와인과 미국인의 교제에 어떤 영향을 미쳤을까? 포장도로를 천천히 걸으며 너는 이런저런 생각을 했다. 미스터 모건의 아들을 찾아다닐 때 본 기억이 있는 정원이 눈에 들어왔다. 저 그늘 아래에서 언젠가 사건이 일어나지 않으리라는 보장은 없다. —하지만 이러한 상상은 더 이상 나래를 펴지 못했다. 멀찌감치 여느 때처럼 허술하게 근무 중인 수위의 모습이 보였다. 너는 쑨 씨에게 부탁해 보는 것을 고려해야 했다.

"내가 배신당한 거죠?"

너는 먼저 오가와 씨의 아파트를 찾아가 말했다.

"첫 시련을 만난 거라고 생각하는 편이 좋을 거예요." 오가와 씨는 조용히 대답했다. "그의 입장에서는 그럴만한 이유가 있었을 거예요. 당신의 입장에서는 그렇게 말하지 못하겠죠. 그 마음도 잘 알겠습니다만."

"화가 난다기 보다 좀 묘한 기분이었어요. 나를 맞이할 때의 표정은 마치 파티의 연장인 듯했죠. 그런데 용건을 꺼내자 순식간에 차가워지며, 아무튼 사무적으로 변했어요. 나도 그들과 어울려 지내면서 논리적인 대화에는 상당히 강해졌다고 생각했습니다만."

"친선이라는 것이 그들 안에서는 매우 추상적이라는 것을 눈치 채지 못하셨나요? 예컨대 파티. 지난번에도 그랬어요. 다 같이 초대 받았지만 그들과 우리 사이에는 상당한 거리가 있었어요. 시간이 지나면서 교류가 많아지긴 했지만, 그건 예의 모건 씨 아들 실종사건이라는 이상한 사건이 터졌기 때문이지요."

"그렇지만 그런 파티의 한계는 애초부터 느끼던 터라."

"서로에게 뭔가 콤플렉스를 느끼고 있기 때문인지도 모르겠네요. 하지만……" 오가와 씨가 자리에서 일어나 수첩을 가져와 보여주며, "이것은 미류米琉친선회 멤버 리스트예요. 예전에 페리 내항 110주년 기념행사 때 처음 조사한 것입니다만……"

"아." 당신은 한눈에 일행을 발견하고는 작게 탄성을 질렀다. "미스터 밀러의 이름이 있어요. 직업은 CIC!"

"그렇습니다. 그렇다면 당신도 이제야 이 사실을?"

"잠깐만요. 지금까지 지내오면서 어째서 여태껏 몰랐던 걸까요?"

"가르쳐주지 않았던 것뿐이겠지요. 당신은 그와 어떤 계기로 처음 만나게 된 거죠?"

"그가 먼저 찾아 왔어요. 누군가에게서 내가 중국어를 할 줄 안다는 말을 들었다며 친하게 지내고 싶다고."

"내 경우와 아주 똑 같군요. 그 정보망 대단하지 않나요? ……자,

이것 말고 나에 관해 또 어떤 비밀을 알고 있을까요?"

오가와 씨는 가볍게 웃었다. 하지만 너에겐 그럴 여유가 없었다.

"그런 것이었군요."

"직업이 뭐냐고 그에게 두 번 정도 물어본 적은 있습니다만……"

"나도 있어요."

"그때마다 적당히 얼버무리며 넘어가더니, 생각해보니 어리석었
군요. 언젠가 그에게 중국어를 어디서 배웠냐고 물어보니 육군에서
배웠다고 했어요."

"나한테도."

"당신은 상하이 학원에서 나는 북경에서 태어나 도쿄에 있는 외국
어대학에서 배웠잖습니까. 그러나 미국 육군에서 중국어를 배웠다
면 그 목적은 과연 뭘까요? 첩보, 선무宣撫 그 둘 중 하나일 가능성이
높은데요? 게다가 직업을 알리지 않은 건 왜일까요?"

"일전 파티에서 처음 만난 사람들 중 몇몇은 자기 직업까지 밝히며
소개하지 않았습니까? 미스터 모건은 당신에게 함부로 툭툭댔지만
그편이 지금 와서 보니 오히려 솔직한 거였네요. 얄궂은 일입니다."

"아이 실종사건 때도 의외로 태연해 보였어요. 미스터 밀러 쪽이
오히려 음험한 느낌이랄까, 결과적으로는 그렇게 말할 수 있지 않을
까요? 정말 바보 같았네요. 명색이 신문기자인데 말이죠. ……GHQ
시대에는 한 미국 말단 관리가 홍콩에 딴 살림을 차리고 어린 딸까지
두었는데, 그것 때문에 중국어를 배운다던 녀석도 있었어요. 이러한
사례들이 선입관으로 작용해 방심한 탓도 있어요. 미스터 밀러의 경

우도 취미라고 생각했지 설마 첩보를 위한 것이라고 생각했겠어요?"

"파티에서 당신은 귀모뤄의 소설을 미스터 밀러에게 소개하면서 중국공산당 작가에게도 존경을 표해야 한다고 했었죠?"

"기억합니다. 존경하라고까지 한 것 같지는 않지만."

"미스터 밀러의 직업을 알게 된 건 그 후였나요?"

"아뇨, 그 전입니다. 알고 난 후 처음 만난 것이 그 파티였습니다. 처음부터 목에 뭔가 걸린 것 같은 느낌이 들어 참느라 애먹었습니다. 그것을 빼내고 싶은 기분이 한번 있었죠. 그래서 술기운을 빌어 농담인척 비꼬았던 거예요. 저항이라고 하기엔 과장이고, 주제넘은 말이지만."

그때 집 밖 계단에서 웅성거리는 소리가 들려왔다. 아파트 아래층이 식당이고 주민들 대부분이 독신이니 그곳에서 식사를 하는 소리일 거라고 너는 생각했다.

"저녁식사 함께 하실래요?"

"아니요, 그보다……"

"알겠습니다. 나중에 쑨 선생과 통화해 보고 내일이라도 같이 찾아뵙도록 하죠."

"승낙해 주시는 건가요?"

"미스터 밀러와 같은 태도일 거라고 생각하셨습니까?"

"단 하나의 희망이라도 가능한 오랫동안 간직하고 싶어 그럽니다."

"그러실 거예요. 뭐라 말씀 드려야 할지. 쑨 선생은 변호사이니 적극적으로 협력해 주신다면야."

"중국어로 맺어진 우정이라는 표현은 낯간지럽습니다만……우정이라는 차원에서 쑨 선생이 도움을 주시면 좋겠습니다."

"저도 그렇게 기대하고 있습니다."

"솔직히 말하면 난 쑨 선생보다 미스터 밀러에게 의지하고 있었어요. 여하튼 미국인이니까요. 나에게 호의적이었고, 무엇보다 저 가족 부대 안을 돌아다닐 때도 미스터 밀러를 생각하면 하나도 무섭지 않았으니까요." 오가와 씨에게 통할 리 없는 말을 당신은 바보처럼 주절거렸다. "내 입장을 가장 잘 이해해주실 분은 그 사람이라고 생각했어요. 이렇게 되고 보니 쑨 선생이 한층 가깝게 느껴져서는……너무 멋대로인 걸까요?"

"아니요, 전혀 그렇지 않아요. 어쨌든 전화를 넣어 봅시다. 그건 그렇고 어떠세요? 함께 저녁식사라도."

"아닙니다. 정말 괜찮습니다. 요즘 아내 혼자 식사하게 하는 것이 마음에 걸려서요."

쑨 씨 집을 방문한 것도 너에게는 처음 있는 일이었다. 전화로 약속을 잡고 아침 9시 넘어 오가와 씨와 함께 방문하자, 쑨 씨는 골프에서 돌아와 아침식사를 막 끝내고 정원에 심어 놓은 불상화佛桑華를 다듬고 있었다. 피어있는 붉은 꽃잎은 물기를 머금어 신선하게 보였다.

"아름답군요!" 네가 이곳에 온 용건을 잠시 잊은 듯 탄성을 지르자,

"오키나와에서는 이 꽃을 내세來世의 꽃이라 부르더군요. 하와이의 하비스커스라는 이름도 로맨틱하지만, 오키나와어의 의미도 역시 로맨틱해요."

쑨 씨는 미망인인 듯 보이는 중년의 메이드를 고용해 혼자 살고 있었다. 관제 기지주택이 아니고, 3년 전 쯤부터 오키나와의 기업가들이 앞 다투어 세운 외국인 임대 주택지대 중 하나였다. 5백동 정도가 구릉을 따라 올라가며 줄지어 들어서 있다. 도장업자가 제멋대로 칠한 듯 벽 색상은 가지각색이었고 도료를 흠뻑 발라도 벽 안 콘크리트가 그대로 훤히 들여다보이는 듯했다. 멀리에서 보면 삭막해 보이지만, 차를 타고 안쪽으로 들어가 보면 오히려 울타리 없는 마을 집들과 잘 어우러져 기지주택과 달리 자유로운 분위기를 풍기고 있었다. 쑨 씨의 집은 그중 가장 위쪽에 자리하고 있다. 차에서 내려 뒤돌아보니 새파랗게 펼쳐진 바다와 바닷가를 가로지르며 하얗게 뚫려 있는 고속도로가 한눈에 들어왔다. 그림처럼 아름다웠다. 전동 가위질 소리와 함께 불상화 꽃이 붉은 색을 띤 채 떨어져 나가자 너는 문득 지난번 쑨 씨가 들려주었던 처자식이 중국대륙에 살아 있다는 말을 떠올렸다. 살아 있다는 말은 거짓말이고 실은 이미 죽은 것을 쑨 씨가 확인하고 이곳으로 건너온 것이 아닐까 하는 의심이 들었다. 그러자 신기하게도 너는 용건을 꺼내기가 한결 쉬워졌다.

애초의 계획은 오가와 씨가 먼저 말을 꺼내주는 것이었는데 그 절차가 생략되었다. 그리고 너는 쑨 씨에게라면 그 어떤 말도 할 수 있

으리라는 자신감 같은 것을, 설명을 하면서 느꼈다. 오가와 씨가 조용히 벽에 걸린 중국풍 산수화를 보고 있었다. 너는 그림은 잘 모르지만, 그 산수화는 폭이 넓고 수묵 사이 군데군데 붉은 빛을 띠고 있었다. 전체적으로 그을린 느낌이 나는 꽤나 오래된 작품 같았다. 깨끗하고 밝은 서양식 방이라 한층 눈에 띄었다. 쑨 씨의 조용하지만 총명함을 띤 눈동자는 깜빡임도 없이 네 눈을 줄곧 응시했다. 너는 이야기의 흐름이 혼란스러워지지 않도록 노력을 기울였다.

"결국, 제가 할 일은." 쑨 씨는 식어버린 커피를 마시면서 말했다. "그 피해자에게 자발적으로 따님의 재판에 증인으로서 출두하도록 설득하는 거로군요?"

"피해자는 이쪽입니다." 너는 절규하듯 말했다.

"그럼, 미스터 할리스로 바꿔 부릅시다." 쑨 씨는 순순히 응하며, "하지만 당신은 나에게 따님의 변호를 의뢰하는 것은 아니지요?"

"아직 정하진 않았습니다."

"류큐정부 법정이라면, 일본어로 해야 하기 때문에 저는 적합하지 않습니다. 오해하지 말고 들어 주세요. 변호인이 아닌 제가 설득한들 효과가 있을까요?"

"하지만 오키나와인 변호사라면 더더욱 들어주지 않을 겁니다."

너는 군인 병원 침대에 누워있을 로버트 할리스의 모습을 떠올렸다. 딸을 고소했으니 의식은 있겠지. 절벽에서 떨어졌다는데 어디를 다친 걸까? 머리일까? 다리일까? 그것 조차 불분명하다. 어쩌면 상처를 입었다는 것 자체가 거짓말은 아닐까? 찰과상 정도를 과장해서 말한 것일지도 모른다. 그렇다면 대단히 뻔뻔하게 우리를 경시하는 것이 된다.

"나 역시도 미국인은 아닙니다. 중국인이나 오키나와인이나 미국인 앞에서 얼마나 차이가 있을까요?"

이 말을 조소로 받아 들여야 할지, 동지의식으로 봐야할지 순간 너는 망설이면서, "다만 분명한 것은 미국인에게 있어 우리 오키나와인은 피지배자이고, 당신들 중국인은 제3자라는 겁니다."

"그렇게 말할 수도 있겠네요. 그럼 제가 설득을 해보죠. 하지만 받아들이지 않으면 어떻게 하실 건가요? 포기하실 겁니까?"

네가 바로 대답할 수 없는 질문이었다.

"제가 마음에 걸리는 것은, 지금 그가 증인으로 출두하게 되면 자기가 따님에게 한 행동을 스스로 인정하는 꼴이 된다는 겁니다. 따라서 절대 그런 모험을 하지 않을 겁니다."

"그럼 처음부터 포기하라는 말씀입니까?"

"제가 포기하라 말라 하는 것은 아니고……이렇게 말씀드리기 괴롭지만, 당신 쪽에서 고소를 단념하는 편이 좋을 듯합니다."

"폭행을 말입니까? 쑨 선생, 딸도 저도 상해죄로 처벌 받는 것은 두렵지 않습니다. 그러나 폭행만은 용서할 수 없습니다. 오히려 이 문제가 더 중요합니다."

"심정은 이해합니다. 그렇기 때문에 더욱 신중하게 생각하셔야 합니다. 경찰 말이 맞아요. 증거를 대는 것이 어렵다는 것은 곧 그만큼 따님이 계속되는 재판으로 가혹한 정신적 상처를 입을 수 있다는 말입니다. 견딜 수 있겠습니까?"

"……이러한 종류의 사건에서 이긴 사례가 없다고 말씀하시려는 겁니까?"

"이긴 예는 있겠지요. 하지만 지금 당신의 경우는 이기고 지는 것이 문제가 아닙니다. 따님의 정신적 안정이 더 큰 문제입니다. 상대는 자신의 범죄는 완전히 덮어두고 오히려 상해죄로 따님을 고소했습니다. 후안무치가 따로 없죠. 그런데다 한술 더 떠서 당신의 고소에는 죄를 부인하고 맞서겠지요. 재판관도 검사도 변호사도 모두 미국인으로 구성된 법정에서 가혹한 심문을 따님이 버틸 수 있으리라고 생각하십니까?"

너는 딸이 지금 CID나 경찰서에서 심문받는 모습을 떠올렸다.

"재판은 얼마나 걸릴까요?"

"공정한 재판일수록 시간이 걸리는 법입니다. 중국 인민에 대해 구舊 일본군과 중국공산당은 아주 간단하고도 짧은 시간에 판결을 내렸지만 말이에요."

구 일본군이라는 말이 옅은 그림자가 되어 너를 엄습했지만 애써 뿌리치고,

"공정하게 한다면 감사한 일입니다. 하지만 이 재판제도가 과연 공정한가요? 군사법정과 류큐정부 법정, 그리고 군인에 대한 증인 환문권을 갖지 못한 재판관……."

"그런 논의라면 그만 둡시다. 군사기지체제라는 것을 논하기 시작하면 당신과 나는 분명히 대립하게 될 테니까요."

"그럴 리는 없을 겁니다. 설마 오해하신 건 아니겠지만 난 공산주의가 아닙니다. 게다가 현 국제정세 속에서 이 오키나와에 미군기지가 불가피하다는 것도 압니다. 하지만 그것과 이것은 다른 문제입니다. 그렇지 않습니까?"

"조금 전 당신은 내게 이 땅에서 제3자에 지나지 않는다고 말씀하셨습니다. 맞는 말씀입니다. 유감입니다만 나는 이 땅에서 정치에 관한 발언권이 없습니다. 당신 입장에서 보자면 이곳에 거주권도 있고, 직업도 있고, 정치권 밖에서 편하게 생활하고 있다고 생각할지 모르겠지만, 나는 그러한 권리에는 취약합니다. 나는 당신들 이상으로 발언에 주의해야만 합니다.

쑨 씨는 그 말을 끝내고 시선을 돌려 벽에 걸린 산수화를 바라봤다. 결국 무슨 말을 하고 싶었던 건지 너는 잘 알고 있었다. 조금 전 로버트 할리스를 설득해달라는 부탁을 받아들이긴 했지만 그것은 결코 마음에서 우러난 진정한 승낙이 아니라는 것을 너는 깨달았다. 무엇이 그토록 조심스러운 걸까? 너는 쑨 씨의 신중함을 이해하기 위해 애썼다. 할리스를 설득하는 것이 법에 어긋나기라도 하는 걸까? 게다가 이번 일은 전적으로 사람의 양심에 관한 일이니 정치와는 상관없지 않은가. 그것도 아니면 혹시 로버트 할리스의 범죄에 관여하는 것으로, 만일 너와 네 딸 일과 별도로 할리스의 공무나 군사상 기밀에 휘말려 난처한 입장에 처하게 되는, 뭐 이런 것들을 두려워하는 걸까? 쑨 씨는 산수화에서 눈을 떼지 않았다. 자신이 태어난 땅에 살 수 없게 된 쑨 씨가, 법률이라는 전문지식 하나만을 무기

삼아 오키나와 내 미군기지에 기대어 살아왔을 그의 복잡한 심경을 생각해 보았다. 오로지 그것만이 그의 삶의 기반일지 모른다. 그런 만큼 불안하기도 했을 것이다. 5백여 동이나 되는 마을에 여러 나라 사람들이 살고 있지만 역시 미국인이 가장 많았다. 그 역시 타국인인 것이다. 여기서 모국의 전통예술작품 등을 보며 산다. 불상화라는 이 땅의 식물을 사랑하긴 하지만 지금껏 너를 초대하지 않았던 생활, 너는 새삼스럽게 쑨 씨와 알고 지낸 그간의 일들을 생각해 보았다. 미스터 밀러의 소개로 알게 되었고, 네가 중국에서 학원에 다녔던 경험도 있고 해서 3년 동안 친하게 지내왔지만, 단 한 번도 쑨 씨의 집을 찾아간 적이 없던 것은 과연 우연이었을까? 쑨 씨의 고독한 사생활에 끼어들만한 자격을 너는 갖지 못했던 걸까? 더구나 집안의 큰일에 도움을 청할 만큼의 정신적 재산을 3년이 지났어도 쌓지 못했던 걸까? 쑨 씨의 모습이 산수화 속 먼 산 너머 안개 속으로 사라져 버릴 것 같았다. 그러한 이미지가 너를 절망시켰다.

네가 오가와 씨를 돌아보자,

"이럴 때일수록 우정을 믿고."라며 오가와 씨가 너를 쳐다보지 않고 말했다. "우리가 오늘 아침부터 일부러 방문하지 않았겠습니까?"

"그러니까요." 쑨 씨는 오가와 씨에게 향했던 시선을 너에게 옮겼다. "병원에 가 봅시다. ……그 정도의 노력은 해야겠지."

마지막 말은 거의 독백 수준으로 자기 자신에게 들려주는 말처럼 너는 느꼈다.

"만나고 싶지 않아."라고 로버트 할리스가 말했다고 한다. 그런 그를 "환자 상태 때문에 만나면 안 된다는 건가? 우리는 꼭 만나야 할 용건이 있소."라며 밀어붙인 것은 오가와 씨였다.

중년연배의 온화해 보이는 주치의가 나오더니, "우측 다리 골절뿐이어서 생명에 별 지장은 없겠지만, 수술한지 얼마 안 되었으니 흥분하는 것은 좋지 않아요. 그것만 약속해준다면."이라고 말했다.

"노력하겠습니다."라고 말한 것은 쑨 씨였다.

온통 흰색으로 칠해 진 밝은 방에는 10명 정도의 백인 환자가 있었다. 로버트의 침대가 가장 끝에 자리한 것이 왠지 너를 안심시켰다.

"용건은 대충 알아." 로버트는 만나자마자 말했다. 그리고 쑨 씨에게, "당신이 변호사요? 일본인?"

"중국인이오." 쑨 씨가 대답했다.

"중국인? 맞다, 중국어가 가능하다고 했었지." 로버트에게 사생활이 알려졌다는 것이 지금도 거짓말처럼 느껴졌다. "중국인이 그녀를 변호한다는 건가?"

"변호는 하지 않아."

"그럼 나한테 무슨 일로 온 거지? 미리 말해 두지만 이 방에 있는 사람은 전부 환자야. 자명한 일을 갖고 길게 얘기하고 싶지도 않고, 환자를 흥분시킬 권리는 당신들에게 없어."

"물론, 우리는 법적으로 당신을 구속하러 온 것도 아니고 또 그 권리도 없어요." 쑨 씨는 차분한 어조를 유지하며 천천히 말했다. "우리도 당신이 흥분하지 않게 천천히 상담하고 싶어요. 이러한 마음을 이해하고 노력해주기 바래요."

"우린 합의 하에 행위를 했고, 배신당한 건 내 쪽이라고."

"그 일을 법정에서 증언해 주지 않겠어요?"

"뭐요?"

"당신은 뭔가 오해하고 있어요. 우리는 아직 당신을 고소하려는 생각은 없어요. 다만 이 사람 딸이 고소당해서 재판을 기다리고 있어요. 그 재판에서 당신이 증언해주지 않겠어요?"

"뭘 증언하라는 거지?"

"당신은 지금 합의 하에 했던 행위 끝에 배신당했다고 말했지요? 그것을 증언해 주겠어요? 물론 당신을 심판하는 법정은 아니지만 딸이 계속해서 고집을 부려 당신의 범죄를 주장한다면, 당신에 대한 평판이 세간에서 좀처럼 사라지지 않을 겁니다. 오키나와 사람들이 어떻게 생각할지, 당신을……."

"어설픈 권유군. 그런 수에 말려들지 않아. 내가 당신 딸 때문에 이렇게 다친 건 틀림없는 사실이고, 오키나와 주민법정에 증인으로 설 의무 따윈 없으니까."

너는 몇 번이나 대화에 끼어들려 했지만 오가와 씨가 소매를 끌어당기며 말렸다. 네 안에는 분노와 절망이 혼란스럽게 뒤엉켜 점점 부풀어 올랐고 분노는 커져만 갔다. 네 눈앞에 있는 저 로버트라는 환자가 바로 얼마 전까지 네 집 방 한 칸을 빌려 여자와 살며 일주일에 두 번 머물며 네 가족과 서툰 일본어로 교제했던 그 남자란 말인가. 가끔 캘리포니아 농장과 가족 이야기를 꺼내어 너에게 그의 가족과도 친분이 있다는 착각을 들게 했던 바로 그 남자란 말인가. 너는 때때로 배우가 배역에 따라 성격을 변화무쌍하게 바꾸는 모습을 의심할 때가 있다. 맨 얼굴이 반드시 진실은 아니라고 논하는 예술론인가 뭔가를 읽은 기억도 있다. 그런데 그것은 예술세계에서나 있는 일이라고 생각했다. 실생활에서도 그런 일이 벌어진단 말인가? 그것은 무엇을 의미하는 걸까? 로버트의 진실은 무엇이란 말인가? 네 가족과 로버트 관계의 진실은 무엇일까? 예전 로버트의 모습에서 로버트가 요트를 타고 파도를 가르면 무척이나 잘 어울릴 거라고 상상한 적이 있다. 여자와는 혼인신고를 했는지 어쩐지는 흘려들어 기억이 나지 않지만, 로버트와 닮은 외모에 사이도 좋은 것 같았다. 그 남자가 네 딸을. 그토록 추악한 행위를.

"애인은 어떻게 됐나?" 네가 물었다.

"당신이 상관할 바 아니잖아?" 로버트는 대답했다. 정떨어지는 대답이 여자와는 이미 끝났다는 분노의 표현인 걸까, 아니면 지금의 상황에서 벗어나려는 의지의 표현인 걸까.

"당신의 권리는……."

쑨 씨가 말을 꺼내려는 것을 네가 막았다. "더 이상 권리나 의무의 문제는 아닙니다. 그만 돌아갑시다."

그러나 쑨 씨와 오가와 씨가 문을 향해 갈 때, 너는 로버트를 향해 말했다.

"합의 하에 한 행위라고 했지? 그런데 나는 절대 믿지 않아. 그걸 지금 이 자리에서 확인했어."

쑨 씨의 제안으로 너희들은 바로 마을로 향하지 않고 근처 골프장에 들렀다. 골프를 치자는 것은 아니고, 잔디밭 위에 앉아 이야기를 하기로 했다. 한 낮이라 골프채를 든 사람은 많지 않았다. 곧 다가올 여름에 어울리는 꽃무늬 알로하셔츠가 바람에 날리는 모습에서 너는 그들이 삶을 즐기고 있음을 느꼈다.

"나는 할 수 있는 한 노력했어요."라고 쑨 씨가 말했다. 반쯤은 혼잣말이었지만 분명히 변명이 섞여 있었다.

"노력해 주셔서 감사해요." 너는 계속해서, "내가 좀 더 참았어야 하는데. 권리라든가 의무라는 말이 오가는 걸 보니 더 이상 참을 수가 없더군요."

"그러셨을 거예요. 그러나 이해해 주셨으면 합니다. 이 두 단어에는 인간이 역사 속에서 겪어 온 무수한 고통의 흔적이, 그리고 그 고통을 극복하는 주술 형태로 표현되고 있는 겁니다. 법률가의 나쁜 버릇일지 모르지만 현대생활에서는 이것이 유일한 해결책인 경우가 너무 많아요."

"그러나 이번 경우는 그것으로도 해결될 것 같지 않군요. 있어 마땅한 권리가 없고 마땅한 의무도 없으니."

"악법도 법이라는 걸 말하고 싶진 않지만, 우리 법률가에겐 그것이 없다면 일을 할 수가 없어요."

"이 법을" 오가와 씨가 끼어들며, "비판해 보시죠. 법정에서 말고 여기서."

"유감입니다. 난 제3국인이에요. 좀 전에 말씀드린 것처럼 말입니다."

"제3국인이 아닌 중국인 입장에서 라면 어떠세요?"

"무슨 말씀인지?"

"중국은 전쟁 시 일본군으로부터 피해를 입었습니다. 지금 오키나와 상황을 보면 그런 감정도 이해할 수 있지 않을까요?"

그때 쑨 씨는 오가와 씨 얼굴을 지그시 바라봤다. 그의 얼굴에 순간 분노 같은 그림자가 드리워지나 싶더니 곧 사라지고 서서히 슬픈 표정으로 바뀌어 너를 놀라게 했다. 아차 했지만 때는 이미 늦었다. 쑨 씨가 조용히 입을 열었다.

"당신은 내가 두려워한다고 말씀하셨습니다. 나는 오늘 아침 사건에 대해 듣자마자 이미 그런 생각을 했습니다. 하지만 가능한 감정을 숨기려고 애썼습니다. 하지만 지금은……." 쑨 씨는 새삼스럽게 두 사람 얼굴을 번갈아 보고는, "아니, 다시 여쭙지요. 1945년 3월 20일에 당신들은 어디서 뭘 했습니까?"

너와 오가와 씨는 무심코 얼굴을 마주 봤다.

"나는."

오가와 씨가 먼저 대답했다. "북경 중학교를 아직 졸업하지 못했어요. 3월 20일은 아마도 수학여행으로 몽고에 가 있었던 것 같아요."

"나는." 네가 말을 이어받았다. "그 전 해에 학원을 졸업하고 군 입대 후 장교가 되어 남경 주변에서 군사훈련을 하고 있었습니다."

대답을 하면서 너는 그제야 쑨 씨의 질문이 심문이라 느꼈다. 그에게 뭔지 모를 개운치 않은 것을 보고하는 느낌이 들었다.

"나는 말이에요." 쑨 씨는 너희들의 이야기에는 반응을 보이지 않고 말했다. "충칭 근처 w라는 마을에 살고 있었어요. 충칭으로 가려고 했는데 아내가 그만 병으로 몸져눕는 바람에 늦어진 것이죠. 그때가 3월 20일이었습니다. 4살 된 장남이 행방불명이 된 것입니다. 집 근처에서 아이들끼리 놀고 있었는데 저녁 무렵 집으로 돌아가려는데 아이가 없어진 것을 알았습니다."

이야기를 들으면서 너는 가족부대 안 철조망 앞을 떠올렸다. 별이 빛나던 밤하늘 아래서 쑨 씨는 그 일을 들려주었다. 너는 쑨 씨가 어린 장남을 찾으며 어두운 밤길을 헤매는 모습을 미국인 가족부대 안 포장도로를 응시하며 상상했었다. ―그 기억은 아주 오래된 것 같지만 불과 2, 3일 전 일임을 너는 깨닫고 잠자코 다음 이야기를 기다렸다.

"3시간 쯤 찾아 다녔을까요. 일본군 헌병대에서 아이를 보호하고 있더군요. 아이를 찾았을 때의 기분이란 정말 뭐라고 하면 좋을까요. 설령 보호하고 있던 것이 아니라 **유괴**였다 할지라도 그때의 기분은 감사함으로 넘쳐났습니다. 그리고 장남을 데리고 완전히 어두워진 거리를 지나 집으로 돌아왔습니다. 그때 아내는 이미 일본 병사에게 강간당한 후였습니다."

"그런……." 너는 놀라 소리쳤다. "그 마지막 부분은 일전에 말하지 않았어요."

"그땐 여기까지 이야기할 필요가 없었죠. 그보다는 이 말은 가능한 하고 싶지 않았어요."

"하지만 당신이 정말 하고 싶었던 말은 바로 그 부분이죠?"

"정말 하고 싶은 말을 현실에서는 하면 안 되는 것들이 요즘 같은 시대에는 너무 많아요."

"당신은 그럼." 오가와 씨가 말했다. "당신 부인이 일본군에게 그런 일을 당했으니, 이번 사건도 포기하라고 말씀하시는 겁니까?"

"쌍방 책임으로 돌려 없었던 일로 하는 것은 좋지 않아요."

쑨 씨는 부드러운 눈빛으로 오가와 씨를 봤지만 오가와 씨는 아랑곳하지 않고,

"당신은 비겁해요. 내가 중국을 거론한 것은……."

"현실이라고 하는 것은 이런 식으로 봐야 한다고 생각합니다. 당신은 일본 대 중국의 관계를 미국 대 오키나와의 관계에 대입시켜 하나의 진실을 제시했습니다. 그리고 그때 당신은 일본이 중국에 했던 행위를 비판하는 듯한 태도를 보였습니다. 그런데 내가 봤을 때 당신의 이해는 너무 추상적이에요. 당신이 구체적으로 그 관계를 이해하려 한다면 당신이 겪었던 중국에서의 생활, 중국인과 일본인의 관계를 직접 보고 들은 실제적인 예에서 생각해야 해요. 3월 20일에 당신은 몽고 여행 중이었다고 했죠. 거기서 몽고 사람들이 당신을 어떤 태도로 맞았는지 떠올려 보세요. 그곳에 주둔해 있던 일본인 병사와 몽고 인민의 관계가 어땠는지 떠올려보세요."

"중학생이었기 때문에 깊은 속까지는 잘 모르겠지만, 몽고 사람들은 우리에게 매우 친절했습니다. 적어도 우리에게는."

"마음에서 우러나온 친절이었을까요?"

"그건 모르죠."

너는 한 기억을 떠올렸다. 그것은 3월 20일에 있었던 일이 아니라, 그보다 8개월 전, 네가 군대에서 훈련을 받고 있었을 때의 일이다. 무더운 여름날, 행군연습에서 너는 낙오되었다. 부대원들로부터 뒤처진 사람은 너 외에 한 명이 더 있었다. 대륙의 여름은 무더웠다. 대원들 가운데 몇몇은 행진하다가 길가 논에 신발 채 발을 담그기도 했다. 너와 그 전우는 아무리 발버둥 쳐도 부대를 따라잡지 못하게 된 것이 오히려 마음 편했다. 전선 최후방에 있는 병사들에게 위기감은 없었다. 도중에 민가 한 채가 나타났다. 두 사람은 물을 마시고 싶었다. 수통에는 물이 한 방울도 없었다. 두 사람은 가벼운 마음으로 민가에 들어가 물을 부탁했다. 초로의 부부 같아 보이는 두 사람만 있었다. 그들은 너희의 부탁을 받고는 바로 찻잔에 무언가 가득 담아 너희에게 바쳤다. 차갑게 식은 고량 죽이었다. 그 모습이 네게는 정말 바치는 것으로 비춰졌다. 속으로는 '이 겁쟁이 병사 놈, 퉁양빈東洋兵め[10]'이라고 생각했음에 틀림없지만, 과도한 친절을 머금고 일부러 미소 짓고 있는 듯한 얼굴에서 너는 열등감을 느꼈던 것이다. 남김없이 맛있게 배를 채우고 "쎼쎼"라는 말 한마디 남기고 나서는 뒷모습을 보고 민가 사람들은 뭐라고 수군댔을까?

"그런데 나는……."

오가와 씨가 뭔가 말하려는 것을 가로막으며,

---

10 동양 병사를 낮추어 이르는 말.

"당신은 아무런 나쁜 짓도 하지 않았다고 말하고 싶겠지만, 당신 눈앞에서 일본인이 중국인을 대하는 태도에 대해 당신은 비판적이지만 무관심으로 가장한 적은 없습니까?"

"그런데 그건, 당신이 지금 이 땅에서 취하고 계신 태도와 같아요."

"맞습니다. 부끄럽게 생각합니다. 나도 언젠가 참회하지 않으면 안 되겠지요. 그래도 나는 당신들의 책임을 추궁하지 않을 수가 없어요. 당신은……." 쑨 씨는 네게 시선을 돌려, "장교가 되어 병사들을 훈련을 시키면서 부하 병사가 중국인에게 어떻게 행동하는지 충분히 관찰했나요?"

"역시 비겁하군요." 오가와 씨가 소리쳤다. "그런 이야기로 화제를 돌려 지금 당면한 문제로부터 도망치려하는군요."

"그래요." 쑨 씨는, 거의 울 것 같은 표정으로, "다만 당신들이 당연히 생각해야 할 문제를 생각하지 않았던 것을 말했을 뿐입니다. 물론 내가 옳았다고는 하지 않았어요."

넌 잠자코 있었다. 왜 잠자코 있었던 걸까? 넌 자신이 없었던 걸까? 쑨 씨에게 이의를 제기할 자신이 없었던 걸까? 부하 하나가 중국 행상인을 상대로 소매치기한 일이 불거져 불의를 참지 못하고 그만 엄하게 꾸짖었다. 나중에 이 일을 알게 된 중대장이 오히려 너를 꾸짖었을 때 한마디도 반론하지 못했던 기억을 떠올렸다. 그것은 어쩌면 3월 20일의 일이었을지도 모른다. ─그렇다고 해서 그 일 때문에 쑨 씨에게 이의를 제기하면 안 된단 말인가? 대체 네가 당면한 문제는 뭔가? 딸의 굴욕을 고발하는 일이 아니었던가? 쑨 씨로부터 네 과거의 죄를 추궁 당했다고 해서 네가 너의 주장을 외칠 권리가 없어지는 것은 아니다. —너는 그러나 계속해서 침묵을 지켰다. 네 귀에 쑨 씨의 말이 무한한 잔향이 되어 계속해서 울리는 것 같았다. 아니 그보다도 잔향을 들으며, "딸 사건을 고소한다 해도 이미 절망적이다."라는 선고가 동시에 내려지는 느낌이 들었다. 그것은 어느 틈엔가 너를 그곳에 가두고 있던 고독감 탓이었으리라. "그것과 이것은 관계가 없다."며 네 마음 어딘가에서 타이르고 있었다. 그러나 너는 그 목소리에 머리를 흔들었다. 점점 더 세게 머리를 흔들었다.

"저쪽에." 쑨 씨가 먼 곳을 가리키며 말했다.

"두 사람이 걸어오는군요. 한 사람은 미국인, 한 사람은 오키나와 이군요. 두 사람은 꽤 거리를 두고 있지만 동료로 보이는 군요. 대화를 나누고 있긴 한데 이곳에서는 들리지 않으니, 어쩐지 두 사람의 사이에 거리가 느껴집니다. 바로 그겁니다. 우리들 관계가."

세 명은 일어섰다.

오가와 씨가 걸으면서 네게 속삭이듯 말했다.

"감상에 빠지면 안 돼요. 이건 이거고 저건 저거. 구분하지 않으면."

그러나 너는 그의 말을 들으며 그가 파티에서 말했던 궈모뤄의 이야기를 떠올렸다.

"궈모뤄의 『파도』라는 소설에 중일전쟁이 한창일 때 적군의—즉 일본 비행기의 폭음을 들은 어머니가 울고 있는 자신의 아이를 목 졸라 죽이는 장면이 나오죠."

그때 너는 말했다.

"오키나와에도 그런 일이 있었어요."

그리고 그 다음 말을 하려고 했지만 말하지 못했던 일을 너는 다시 떠올렸다.

"어떨 때는 일본군이 그랬어요. 일본군이 같은 방공호 안에서 오키나와인 아기를 총검으로 찔렀어요."

다만 여기서도 너는, 군대와 관련이 있을지 모르는 오가와 씨 앞이라 그 말을 입 밖으로 내지 못했다.

딸이 돌아왔다. 네가 쑨 씨와 오가와 씨와 헤어져 집에 도착한지 얼마 안 되어 모습을 나타냈다. 아내는 저녁준비를 하려던 참이었다. 딸은 현관에 들어서서 너희들 얼굴을 보자 가볍게 미소를 지었다. 아련한 미소였다. 그런 딸의 표정을 본 적이 없던 너는 놀랐다. 이제는 예전으로 돌아갈 수 없다는 그런 표정이라고 너는 느꼈다. 그러나 다음 순간, 이틀간의 심문을 받은 상태치고는 안색도 나빠 보이지 않았고 복장도 나갈 때 그대로인 것이 정말 이상했다. 심문이 어떻게 이루어지는 것인지, 상상도 할 수 없는 것이었기에 그만큼 두려웠고 밤에 잠도 제대로 잘 수 없었다. 게다가 미스터 밀러나 쑨 씨에게 이전에 생각지 못했던 벽을 발견했던, 지난 3일 간을 겪은 후였다. 너는 딸이 돌아왔다는 안도감보다 지금까지 어떻게 지내왔는지, 그걸 먼저 알고 싶었다.

그러나 딸의 대답은 너희 부부를 더욱 놀라게 했다. 딸은 밤늦게까지 심문을 받긴 했지만 하룻밤도 안 되어 석방되었고, 다음은 시市에 있는 경찰서로 이관될 것이라고 했다. 딸은 그대로 집으로 오지 않고 친구 집에 가서 묵었다. 몇 달 전 고자그ザ시로 이사해 전학 간 친구라고 막힘없이 설명했다. 집으로 돌아오기 싫었다. 지금껏 한 번도 외박한 적이 없는데 처음으로 집에서 마음이 떠났다. 부모님이 안타까운 시선으로 바라보는 것이 견딜 수 없었다. 담담하게 그렇게 보고하는 딸의 마음을 헤아리기까지 너는 괴로워했다. 딸이 처음으로 외박한 일을 너는 수상히 여겼다. 게다가 고자라는 곳이, 또 그 친구라는 아이가 불량하지는 않은지. 그리고 부모님의 안타까워하는 시선이 두려웠다는 건 너무 순진한 발상이 아닌가. 순진하지 않았다면 솔직하게 고자에 갔었다고 보고하지 않았을 것이다. 너는 미스터 밀러나 쑨 씨에게서 받은 **믿기 어려운** 무언가를 딸에게서도 받은 것 같은 느낌이 들었다. 그런 느낌이 들자 너는 초조해졌다. 너는 지난 이틀 간 있었던 일을 딸에게 말했다. 미스터 밀러와 쑨 씨의 협력을 얻어 로버트를 증인석에 서게 하고 그와 동시에 그를 고소하려고 생각하고 있다고.

그러자 갑자기 딸의 얼굴에 웃음기도 우려도 사라지더니 크게 소리쳤다. "그만! 그만, 그만 하라고요!"

다음 날, 너는 딸을 데리고 시에 있는 경찰서로 갔다. 전에 만났던 중년의 경관이 딸을 취조하는 동안 옆방에서 기다렸다. 두 시간 정도의 취조가 끝나자 경관은 네게 지금 바로 딸의 신병을 불구속 상태로 검찰에 송치할 것이며, 변호사 선임에 대해 묻고, 마지막으로 고소는 어떻게 할 것인지도 물었다. 너는 딸을 바라봤다. 딸은 고개를 숙이고 있었다. 너는 경관을 향해 깊이 고개 숙여 인사하고 일단 보류하겠다고 말했다.

뭔지 모를 맥 빠진 기분으로 우선 쑨 씨와 오가와 씨에게 전화로 보고했다. 쑨 씨는 고소를 포기한 건 다행이라고 거듭 말하고 재판 상담에는 충분히 협력하겠다고 말했다. 이어서 오가와 씨에게 전화를 하니, 역시 그렇게 되리라고 생각은 했지만 그래도 그 편이 좋지 않겠냐며 애매한 대답이지만 마치 일이 다 해결되기라도 한 듯 맞장구를 쳐주었다.

딸은 다시 학교에 다니기 시작했다. 사건은 다행히 알려지지 않았지만, 검찰청의 심문과 재판을 기다려야 했다. 언젠가 온 천하에 알려 지겠지만 그 죄가 결코 떳떳하지 못한 것이 아니라는 자신감이 왠지 모르게 딸이나 네게 용기를 북돋아 주었다. 미스터 밀러에 대한 분노와 불만도 조금은 누그러졌다. 그리고 열흘 정도 지난 어느 날, 미스터 밀러에게서 토요일 오찬 모임 통지가 왔다. 오가와 씨가 전화로 전해주었을 때 전혀 망설임이 없진 않았지만 미스터 밀러가 어쩌면 사과하고 싶어 하는 것일지 모른다는 오가와 씨의 설득에 클럽에 가기로 했다. 미스터 밀러와 어떻게 이야기의 실마리를 풀어가야 할지 조금 걱정되기는 했지만 막상 나가보니 그것은 아무런 문제가 되지 않았다. 미세스 밀러도 같이 있었다. "따님이 건강한 모습으로 다시 학원에 나온 걸 보고 안심했어요."라는 그녀의 인사에 그냥 애매한 미소를 지어 보였다. 미스터 밀러는 다른 두 사람을 붙들고 지난 번 파티에 대한 감사의 말을 전하고 있었다.

그도 그럴 것이 지난 번 파티 이후 처음 만나는 자리인 것이다. 불과 며칠 안 되었는데 왠지 꽤 오랜 시간이 지난 것 같았다. 이런 생각을 하고 있을 때 어느 틈에 밀러 부부와 오가와 씨, 쑨 씨 네 사람이 오키나와문화론에 대한 이야기를 나누기 시작했다.

"아내가"라며 미스터 밀러는 일부러 너를 향해, "지난 번 화제 가운데 오키나와 문화론이 가장 재미있었다고 하더군요. 그래서 바로 얼마 전 박물관 견학을 다시 하고 왔답니다."

그 일을 짐짓 잊은 듯한 표정으로 말하는 것을 선의로 받아들여야 할지 어떨지, 아니면 이게 맞는 걸지 모른다는 등의 생각으로 갈팡질팡 하면서,

"이 문제는 우리 오키나와인들끼리 논쟁을 벌여도 좀처럼 가닥이 잡히지 않는 어려운 문제에요."

너는 적당히 맞장구 쳤다. 그 논쟁이 몇 세기 동안 평행선을 달려 왔는지 따위를 생각하면서, 다른 한편으로는 쑨 씨가 골프장 저 멀리에서 걸어오던 두 사람을 가리키며 했던 말을 떠올렸다.

"야아, 전부 모이셨군요." 갑자기 말을 걸어온 사람은 요령 좋아 보이는 남자 링컨이었다. 그는 너희 하나하나를 가리키며 "국제친선이라면 이런 자리가 최고지요."

그리고는 한숨 돌리는가 싶었는데, "아, 맞다. 일전에 미스터 모건 아들 사건 있었잖아요. 모두를 당황하게 했던 사건. 그 건으로 미스

터 모건이 메이드를 고소했다고 합니다."

"뭐라고요? 정말입니까?"

너희는 포크를 접시에 소리 나게 내던졌다.

"정말이에요. CID에 다니는 친구가 그러더군요. 물론 지금은 참고인 자격으로 출두해 조사 받고 있다고 하는데. 뭐 그다지 기분 좋은 사건은 아니네요. 죄가 없는데 고소한 것이라면 곤란하겠지만, 실제로 유괴든 뭐든 하려던 정황이 밝혀지면 그냥 넘어가선 안 되겠지요."

너는 미스터 밀러부터 시작해 차례로 세 명을 둘러 봤다. 세 명 모두 링컨의 이야기에 언짢은 얼굴을 하고 입을 다물고 있었다. 파티의 친선 분위기는 링컨 혼자만 이어가고 있었다. 오가와 씨도 쑨 씨도 밀러 부부도, 물론 네 **사건**을 즉각 떠올린 것이 분명하다.

오늘의 이 갑작스런 모임은 틀림없이 오가와 씨가 말한 것처럼 그것을 포함해 미스터 밀러가 너를 위로하는 자리일 거라고, 너는 다시 한 번 굳게 믿었다.

"정말 이상한 밤이었어요. 우리는 아주 재미있었지만요. 인생이란게 결국 그런 거죠. 덕분에 동료를 바람 맞혔죠. 오늘 이곳 스페셜 요리는 **오리**찜구이에요. 나는 오리를 최고로 좋아한답니다."

링컨은 스테이지 쪽으로 돌아갔다. 네 눈앞을 백인 남자가 넥타이를 고쳐 매며 왼쪽에서 오른쪽으로 스쳐지나 갔다. 조금 떨어진 맞은편 테이블에 외국인 부부로 보이는 사람들이 지금 막 오키나와인 부부로 보이는 사람들과 웃으면서 인사를 주고받았다. 네 뒤편에서 아이 소리가 들려 돌아보니 외국인 가족 테이블이었다. 마침 디저트로 아이스크림이 나와 웨이트리스가 아이들에게 나눠주고 있는데 한 아이가 자기가 주문한 것과 다르다며 징징대고 있었다. 함께 온 메이드가 웨이트리스에게 일본어로 사정을 설명하고 있었다. 이야기 중인 메이드의 두 팔을 징징대던 아이가 검지로 꾹꾹 찌르고 있었다.

점점 손님이 늘어나 테이블은 만원이 되었다. 너는 그날 밤 모건 2세와 메이드의 식사 광경을 떠올리며, 네 딸과 로버트 할리스가 시내에서 했다던 저녁식사 자리도 떠올려 보았다.

"대체 오키나와와 중국의 교류는 몇 세기부터 시작됐을까요?"

미스터 밀러가 느닷없이 너에게 물었다.

"그 문제가 그렇게 흥미로운가요?"

네 어조가 돌연 분명하고 단호하게 바뀌었다.

"네?" 미스터 밀러는 조금 당황해 하면서도, "원래부터 역사를 싫어하진 않았어요. 이 기회에 문화교류 역사라도 연구해볼까 해서요."

—   그만두는 편이 좋겠습니다.

밀러 —   네? 왜요?

—   이 기회에, 라고 말씀하시는데. 나는 그 기회라는 의미를 저는 믿지 않습니다.

밀러 —   당신…….

—   일전에 당신이 거절했던 일을 쑨 선생께서 대신해주셨습니다.

밀러 —   ……그랬군요.

- 당신은 쑨 선생이라면 아주 적임자일거라고 말씀하셨습니다. 그런데 그 쑨 선생도 정면에서 협력할 수 있는 사건이 아니었습니다.

밀러- 그랬군요. 당신에게는 안 된 일이지만 그럴지도 모르겠네요.

- 그런데 그것이 정말 자연스러운 일일까요?

밀러- 네? 무슨 뜻이죠?

- 내가 그를 만났을 때 그가 내게 보여준 처신을 말하는 겁니다. 내가 미국인에게 모욕당했다고 당신에게 말하면, 당신은 어떤 감정을 느낄까요?

밀러- 그 모욕의 성질에 따라 다르겠죠. 그리고 당시의 환경에 따라서도.

(미스터 밀러가 허리를 꼿꼿하게 세웠다)

- 내가 외국인에게 모욕당한 것은 전쟁 이후 두 번째에요. 첫 번째는 1945년 9월. 당시 나는 8월 현지에서 제대를 하고 상하이에 살고 있었는데, 어느 날 인적 드문 포장도로를 걷다가 맞은편에서 오던 백인 청년으로부터 공격을 당했어요. 그가 내 옆을 지나가다 갑자기 주먹으로 내 배를 세게 내리쳤어요. 나는 '일교日僑[11]'라고 쓴 완정을 차고 있었죠. 그때 나는 아픈 배를 움켜잡으며 전쟁

---

11 외국에 사는 일본(상)인.

에 패배했음을 온몸으로 느꼈지요.

쑨―　중국인은 전쟁이 끝난 후에도 일본인들에게 친절했는
　　　데…….

　―　맞아요. 놀랍게도 오지에서 진주해온 중국군대가 특히
　　　친절했어요. 우리는 그들 덕분에 패전국민이라는 실감
　　　을 별로 느끼지 못했죠. 그래서인지 그 외국인에게 배를
　　　맞았을 때 정신적으로 더 충격이었어요.

밀러―　그가 미국인이었나요?

　―　모르겠습니다. 상하이에는 다양한 국적의 사람들이 모
　　　여 있었으니까요. 미국인이 아니었을지도 모릅니다. 그
　　　러나 당시 나는 그를 미국인이라고 확신했습니다.

밀러―　잠깐만요. 당신이 피해를 입은 것은 안타깝기 그지없지
　　　만, 당신의 결론은 너무 감정적입니다. 미국인일지 어떨
　　　지 모르는 가해자를 미국인이라고 단정해 버리는 것은
　　　당신이 미국에 패배했다는 의식 때문입니다. 이번 사건
　　　만 해도 그때 겪은 감정을 나에게까지 감정적으로 연결
　　　시키는 건 당신답지 않아요.

　―　너무 감정적이었을지도 모르겠네요. 그러나 로버트 할
　　　리스는 도가 지나칠 정도로 논리적이었어요. 그에게 내
　　　부탁을 들어줄 의무는 없습니다. 지금의 오키나와 법률
　　　로는 딸의 재판에 그를 증인으로 환문할 권리는 없다?
　　　그렇게 딱 잘라 선언했습니다. 그 이치는 나도 알고 있

어요. 그러나 내 입장에서는 로버트 할리스의 말이 너무 가혹합니다.

밀러- 논리에는 때로 희생이 따릅니다.

-      쑨 선생하고도 그 점에 대해 이야기했습니다. 쑨 선생도 어쩔 수 없이 논리에 따르는 것이라고 말씀하셨어요. 그런데 사람들은 정말 논리에 충실히 따르며 살아갈까요? 아니, 논리적으로 행동해야 하는 것과 감정적으로 행동해야 하는 것을 생활 속에서 엄격히 구분하며 살아갈까요?

오가와- (일본어로) 그 다음 말은 하지 않는 편이 좋아요.

-      (일본어로) 고마워요. 그러나 아직 본론에 들어가지 않았어요. (중국어로) 방금 오가와 씨가 한 말의 의미를 알아 들으셨나요? 그는 내가 우리의 안정된 균형을 깨뜨리기라도 할까봐 걱정하고 있어요. 그러나 어쩔 수 없는 일이라고 생각합니다. 이 안정은 가식적인 안정입니다. 미스터 밀러, 당신은 내가 다른 미국인에게서 받은 피해 때문에 당신에게까지 감정적 영향을 미치는 것이라고 생각하시겠지만, 그러나 당신이 다른 미국인에 비해 얼마만큼 나와 가까울까요? 예를 들어 당신은 당신의 직업에 대해 정확하게 말씀하신 적이 없었습니다. 내가 질문까지 했지만 당신은 얼버무리며 피해 갔습니다.

밀러- 다른 뜻은 없어요. 직업상 어쩔 수 없었습니다.

- 지금 나는 당신에게 다른 뜻이 있었다고 밖에 생각할 수 없습니다. 당신의 직업을 알게 된 이상 그렇게 생각하는 것은 당연합니다. 당신과 나 사이의 거리는 아직 아주 멉니다.

쑨− 내가 모처럼 노력해온 것을 당신이 다 파괴하려 하고 있군요.

− 쑨 선생, 당신은 노력할 필요가 없었어요. 아니, 그 노력은 훌륭하지만, 그전에 해야 할 일을 당신은 게을리 했습니다.

밀러− 무슨 노력인가요? 쑨 선생.

쑨− 종전 직전에 장蔣 총통이 군대를 비롯해 전 국민에게 훈시를 내렸습니다. 우리는 전쟁에서 반드시 이긴다. 이기면 일본국민과는 반드시 사이좋게 지내라. 우리 적은 일본의 군벌이지 일본 인민이나 대중은 아니다……

− 나도 들었습니다. 그래서 우리는 그러한 호의에 마음껏 응석부렸습니다.

오가와− 그러나 사실 중국인 대부분은 그 원한을 잊은 게 아니지 않나요?

밀러− 그건 어쩔 수 없어요. 잊고 싶다고 잊을 수 있는 것이 아니니까. 아무리 대의명분이 분명해도.

쑨− 원한을 잊고 친선에 힘쓰는 것—20년간의 노력이 바로 그것입니다. 그것을 당신이 파괴했어요.

－   내가 아닙니다. 오가와 씨도 아니지요. 로버트 할리스가
        그것을 파괴했어요. 미스터 밀러가 파괴했어요. 미스터
        모건이 파괴했어요.

밀러－   미쳤군요. 친선의 논리라는 것을 모르는군요. 두 국민간
        의 친선이라 해도 결국은 개인과 개인이 아닌가요? 증
        오도 마찬가지에요. 한편에서는 증오의 대결이 있기 마
        련이에요. 그것도 아주 많이요. 그런데 또 다른 한편에
        는 친선이 있어요. 우리는 그러한 친선관계를 가능한 많
        이 만들려고 해요. 인간관계도 마찬가지에요. 지금은 증
        오해도 언젠가 친선을 맺는다는 희망을 갖는 거죠.

－   가면이에요. 당신들은 그 친선이 마치 전부인 양 가면을
        만들어요.

밀러－   가면이 아닙니다. 진실입니다. 그 친선이 전부이길 바라
        는 소망이 담긴 진실입니다.

－   일단은 훌륭한 논리군요. 그러나 당신은 상처를 입은 적
        이 없으니 그 논리에 아무런 파탄도 느끼지 못하는 것입
        니다. 한번 상처를 입어보면 그 상처를 증오하게 되는
        것도 진실입니다. 그 진실을 은폐하려는 것은 역시 가면
        의 논리지요. 나는 그 논리의 기만을 고발하지 않을 수
        없어요.

밀러－   어떻게요?

－   로버트 할리스를 고소할 겁니다.

오가와— 당신, 고소를 단념하지 않았던 가요…….

—   가면의 논리에 속았다고 할까요. 마음 속 깊은 곳에서
        느끼고 있었지만, 왠지 그 가면을 받아들이려고 했어요.
        모욕과 배신을 왜 그토록 잊으려고 했는지, 이젠 정말
        화가 나려고 합니다. 아직 늦지 않았어요. 철저히 추궁
        해 갈 겁니다.

쑨—   따님만 괴로울 뿐이에요.

—   각오한 바에요.

쑨—   나는 미스터 밀러의 가면의 논리가 지금도 옳다고 생각
        합니다. 당신의 상처가 내가 가진 상처에 비해 가볍다고
        는 생각하지 않아요. 그러나 나는 괴로워하면서도 그것
        을 참고, 가면을 쓰고 살아 왔어요. 그렇게 하지 않으면
        살 수가 없어요.

—   그러나 당신 역시 얼마 전 그 가면을 벗을 수밖에 없었
        죠. 오가와 씨의 요구는 단순한 계기에 불과합니다. 당
        신은 스스로 그것을 벗었어요. 그리고 맨얼굴로 우리를
        응시하고 추궁했어요. 20년간 가면을 벗을 기회를 기다
        린 듯한 말투였지요. 나는 지금 그걸 하려고 합니다. 당
        신은 골프장에서 미국인과 오키나와인이 침묵한 채 평
        행선을 걷고 있는 모습을 지적하셨지만 사실 그럴 필요
        가 없었어요.

쑨—   나는 필요했다고 생각합니다.

－   쑨 선생. 나를 눈뜨게 한 사람은 바로 당신입니다. 나라
에 속죄하는 일이나 내 딸의 속죄를 요구하는 일은, 하
나입니다. 이 모임에 와서야 그것을 깨달았다는 것이 한
심하지만, 이 기회에 서로에게 불필요한 관용을 베풀지
않는 것이 가장 필요하지 않을까요? 내가 고발하려는
것은 사실 미국인 한 사람의 죄가 아니라 칵테일파티 그
자체입니다.

밀러－   인간으로서 슬픈 일이네요.

－   미스터 밀러. 포령 제 144호, 형법 및 소송 수속 법전 제
2·2·3조를 알고 계시나요?

밀러－   제 2 · 2 · 3조?

－   나중에 한번 보세요. 합중국군대요원의 강간죄. 그것이
있는 한, 당신의 소망은 모두 허망에 불과해요. 안녕히
계세요.

너는 클럽을 빠져나왔다.

클럽 앞에 내걸린 현수막이 펄럭이고 있었다.

Prosperity to Ryukyuans   류큐인에게 번영이 있기를,
and may Ryukyuans   류큐인과 미국인이
and Americans always be friends. 언제나 친구이기를 바란다.

파티가 있기 일주일 전 치러졌던 페리내항 100주년 행사 때 만들

어진 것이었다. 글자 하나하나를 꼼꼼히 새겨 읽은 후, 너는 경찰서를 향해 발을 옮겼다.

한 달 후, M 골짜기 상해사건 현상검증이 있었다. 딸은 피고인으로 자리했다. 특별히 허가를 받아 참관할 수 있게 된 너는, M 골짜기의 분위기가 매우 평화롭게 느껴졌다. 평소라면 낚싯대를 든 여행객 너덧 명은 볼 수 있었겠지만 그날은 그마저도 보이지 않았다. 먼 바다를 지나는 배를 빼고는 생활의 생동감 같은 것은 보이지 않았다. 산호초에서 솟아오른 벼랑 아래로 철썩이며 밀려오는 파도소리가 울적하게 들릴 뿐이었다. 그런 풍경을 배경으로 인간의 추악한 욕정을 재현한다는 것은 아무리 생각해도 어울리지 않았다. 너는 다시금 땅이 꺼지는 듯한 슬픔을 느꼈다. 그러나 참아야만 했다.

딸은 재판관의 지시에 따라 검증해갔다. 검사의 현장검증이 이루어지자 너는 용서할 수 없었다. 지금 딸이 검증했던 것을 다시 반복할 때마다 너는 앞서 한 것과 일치하지 않는 건 아닌지 신경이 곤두섰다. 로버트 할리스는 증인출석을 거부했고 딸은 시종 혼자서 증언해야만 했다. 원피스 차림의 딸은 바다 바람에 머릿결을 휘날리며 손짓으로 가공의 상대를 만들어 가며 촘촘한 심문에 응하고 있었다. 휴식하며 머물던 장소에서 행위를 한 장소로, 그리고 싸움을 벌인 장소로 이동해 갔다. 그 과정에서 몇 차례 다시 반복하라는 지시가 있었고 이에 따르려 노력하는 딸을 너는 지켜보았다. 그 검증은 적어도 한 번은 거쳐가야 하는 것이었다. 로버트 할리스를 고소한 이상 재판을 위한 증언에 적극적으로 임할 각오가 되어 있어야 한다—. 고소했다는 사실을 전하자 딸은 아무 말도 하지 않았다. 그 침묵이 네게 묘한 용기를 주었다. 때를 놓치지 않고 고소가 꼭 필요하다는 것을 너는 끈기 있게 설명했다. 네가 20년 전 대륙에서 겪었던 일까지 끄집어내 말하는 이유를 딸은 이해했을까? 아내는 옆에서 이제 와서 그런 말이 무슨 소용이냐며 마음을 졸이고 있다. 딸이 입을 다물어 버리자 너는 더욱 집요하게 말을 이어갔다. 말이 계속될수록 훗날 이 고소로 인해 딸아이가 받게 될 극심한 고통이 상상되었다. 그리고 그 고통 받는 모습이 상상 저편에서 역류하며 너를 공격해 오자 순간적으로 후회가 밀려들기도 했지만, 그것은 역시 순간의 감정이었다. 이런 일에 패배하면 인간으로서의 의무를 배신하는 것이라고 너는 스스로에게 되뇌었다. 그런 각오가 지금은 되어 있다. 그래서 너는 견뎌내는 것이다.

　다만 너는 아직 깨닫지 못했겠지만, 딸은 무슨 이유로 너의 20년 전 죄를 속죄하고 괴로워해야 하는가. 아마 딸도 그 이치를 눈치 채지 못했을 것이다. 딸의 입장에서는 앞으로 펼쳐질 고통의 무게가 얼마나 될지가 문제이지, 그런 이치 따위는 아무래도 좋은 것이다. 그러나 너는 그것을 생각하지 않으면 안 된다. 두 개의 재판에서 딸은 패소할 것이다. 지금까지 딸이 느꼈을 괴로움을 너도 함께 하면서 그것을 생각해야 한다. 지금 딸이 검증에 검증을 되풀이 하면서 확인하고자 하는 것은 과연 무엇일까? 그것이 딸의 고통과 너의 과거의 죄, 그리고 지금의 분노와 어떻게 연결될 수 있는지. 딸의 동작

하나하나 속에서 그것을 탐색해 가지 않으면 안 된다……

　너는 아직 그것을 알아채지 못했다. 다만 너는 딸의 동작에서 눈을 떼지 않았다. 가끔 찰나적으로 이렇게 평화로운 풍경 속에서 어떻게 그런 일이 일어날 수 있었는지, 지금 딸이 허공에 그리고 있는 로버트 할리스라는 인간은 정말 생존하는 인물인지 등등의 의문들이 마음속을 스쳐지나갔다. 아니면 이 아름다운 풍경이 망상인 걸까? 쑨 씨가 중국 고향을 고백하며 말했듯, 역시 생명의 위기 앞에서 자연 풍경 따위는 존재하지 않는 걸까. ─그러나 지금 실제 딸은 벼랑에 한쪽 팔을 걸치고, 눈동자 깊은 곳까지 물들일 것만 같은 푸른 바다를 배경으로, 햇볕에 그을린 다른 한쪽 팔을 높이 들고 있다. 그 동작은 저 **추악한 자**를 필사적으로 벼랑 아래로 밀어 떨어뜨리려던 바로 그 순간의 동작일 것이다. 먼 바다 모래톱에 흰 파도가 일렁인다. 너는 숨죽이며 딸의 전신을 응시한다. 그리고 아마도 미스터 밀러와 쑨 씨가 방청하고 있을, 다가올 재판에도 힘차게 싸워주기를 기도한다. 거기에 허망함은 없다……

신의 섬
神島

『신의 섬』 배경이 된 도카시키 섬 전경

* 소설의 원제목은 「가미시마(神島)」다. '가미시마'라는 명칭은 실제 존재하지 않는 '가공(상상)의 섬'으로 오키나와의 비극을 압축하고 있다. 이러한 측면을 부각시키려는 의도에서 「신의 섬」이 라는 제목으로 바꾸었다.

1

섬에 나 있는 유일한 포장도로가 마을에서 산을 둘러싸고 3킬로 전방 나이키ナイキ기지까지 이어져 있다. 그 도로 입구에 서서는 기지시설이 산에 가려져 보이지 않는데, 그것이 후텐마普天間 댁 거실에 앉아 있으니 잘 보였다. 산골짜기 능선이 교차하는 아래로 기지基地시설이 단독으로 소유한 넓은 잔디가 저 멀리로 아름답게 내다보였다.

"구태여 여봐란 듯 말이오, 여기서 보이지 않아도 좋으련만."

후텐마 젠슈普天間全秀는 말로만 웃었다. 5부로 자른 머리는 완전한 백발로 눈썹도 반쯤 희었고, 볼도 다미나토 신코田港眞行가 기억하는 것보다 여위었다. 전체적으로는 아직 건강해 보이긴 하지만 역시 고생한 모습이었다. 다미나토는 살피는 기색으로,

"기지가 생길 때, 반대운동은 있었습니까?"

"아니, 없었소. 일사천리로 건설됐어요."

"선생님께선 그때……."

누군가 한 사람쯤은 반대까지는 아니더라도 섬을 앞세워 풍조를 따라가선 안 된다고 말하는 이가 한 명쯤은 있어도 좋겠다고 생각한다. 그리고 그 한 사람은, 그 전쟁 당시 섬 국민학교 교장으로 철저한 국민교육의 실천자였던 후텐마여도 좋겠다고 생각한다……

"23년 만인가?" 젠슈는 다른 말을 꺼냈다. "어때요? 다미나토 군. 23년만의 오키나와는."

거꾸로 질문을 해왔다. 그렇게 말하며 따라주는 맥주를 컵에 받으며 다미나토는,

"놀라울 따름입니다. 동생한테 계속 놀림 받는 중입니다."

그야말로 나하那覇항에 도착해서 일주일 동안은 놀라기만 하고 놀림 받는 일의 연속이었다는 생각을 했다.

집을 떠난 것은 쇼와 19(1944)년 9월의 일이었다. 가미시마神島 국민학교 소개疎開 학생들을 인솔해 규슈九州로 건너갔다. 그 무렵 거뭇거뭇하게 솟아 있던 무성한 후쿠기福木[01]에 둘러싸여 있던 유서 깊은 생가는 이제 없다. 3백 평이나 되던 집터는 도시계획으로 줄었고, 지붕 기와에 이끼까지 덮인 오래된 집 대신 화려한 페인트칠을 한 벽돌집이 세워져 있었다. 우리 집 같지 않다고 말하자 동생은 당연하지 내가 세운 집인걸, 23년이나 방치했던 장남에게는 그리워할 권리도 없다고 말하며 웃었다. 듣고 보니 그런 것도 같다. 일부러 고향을 버리려고 한 건 아니었지만 소개지에서 그곳 여자를 만나 결혼한

---

01 나하 시를 상징하는 나무로, 잎이 넓은 타원형으로 생긴 고추나물과 상록고목.

후 그대로 눌러앉아 버렸다. 재산을 처분하는 것도 동생에게 맡겼다. 하루 빨리 가미시마로 돌아오고 싶다고 말하자 동생은 가미시마도 나이키 기지인가 뭔가가 생겨 버려 더 이상 형이 있었을 때의 가미시마가 아니라며 다시 웃었다.

"형태도 확실히 변해 버렸지⋯⋯."

젠슈는 먼 산을 응시하던 시선을 고정한 채, "그런데 사람 쪽이 더 변했어."

어떻게 변했는지 묻고 싶었지만 참았다.

섬에 오면 섬 집단자결集團自決에 대한 이야기를 들어보고 싶다고 동생에게 말하자, 글쎄 섬사람들이 전쟁 때 일을 과연 기억하고 있으려나, 그보다는 말하고 싶어 하지 않을지 몰라, 이 말은 별로 웃지 않고 말했다. 식료품, 잡화 수입을 하고 있는 동생은 장사에 바빠 전쟁 따위는 잊어버렸다며 별로 말하지 않는다. 정말 잊어버린 걸까, 잊고 싶다고 생각하는 것뿐일까, 다미나토로서는 잘 알지 못했다. 가미시마 사람들은 어떨까, 그때부터 조금씩 신경이 쓰이기 시작했다. 그러자 가미시마에서는 자신을 어떻게 생각하고 있을지도 새삼 신경 쓰였다.

소개하기 전 4년 동안, 이 가미시마 국민학교에 근무했었다. 소개지로 인솔해 간 아이들은 열 명이다. 섬을 출발하던 날, 소학교 직원과 학생 총 2백 명을 교장이 데리고 와서 배웅했다. 상급생은 죽창 훈련 도중 빠져나온 듯 죽창을 지닌 채였다. 섬은 훌륭하게 지켜낼 테니 이 열 명을 잘 부탁한다며 후텐마 교장은 갑판에 올라 다미나

토에게 말했다. 열 명 모두 결원 없이 무사히 돌려보낸 것까진 좋았
지만 자신은 그곳에 남아 다른 학교 교원이 된 것이 새삼 마음에 걸
렸다.

"무슨 그런 말씀을, 다 잊어버렸어요. 선생님도 건강하시죠?"
라고 말한 것은 교장의 아들 젠이치全─였다. 오늘 아침, 섬으로 출발
하는 배 안에서 우연히 만났다. 전쟁 전에는 냄새나는 작은 목조선이
었는데 훌륭한 철선으로 바뀌어 있었다. 한 시간 내내 작은 흔들림도
없던 것에 놀랐는데, 후텐마 젠이치의 변한 모습에 또 한 번 놀랐다.
분명히 중학교 2학년쯤 늑막염으로 학교를 그만둔 후, 하는 일 없이
빈둥대다 군대에도 징집되지 못하고 죽창 훈련도 받지 않았다. 늘 창
백한 얼굴을 하고 있었다. 아버지 젠슈가 보내 온 편지에서 건강하다
는 소식은 들었지만 직접 본인을 마주하고 보니 살아남았구나 하는
새삼스러운 생각이 들었다. 마을에서 부촌장을 맡고 있다며 스스로
자랑스러운 듯 말했다. 시대를 잘못 타고 태어났어요, 상급학교에도
가지 못하고 말이에요,라는 등의 말을 했지만 그것은 그냥 하는 말이
고 기지 수입 덕에 철선을 마을에서 경영할 수 있게 되었다는 따위의
말들이 본심 같았다.

"전쟁 때 그야말로 고생은 했지만 말이에요. 언제까지 그것에만 매
달려 있을 순 없지 않겠어요?"
라는 젠이치의 말에, 다미나토는 다소 안도감을 느끼며 섬에서 집단
자결에 관한 이야기를 듣기란 의외로 어려울 것 같다는 생각을 했다.

가미시마의 집단자결은 오키나와 전기戰記로 유명하다.

126

1945년 3월, 오키나와 근해로 들어온 미군은 우선 가미시마에 상륙했다. 섬에는 수비대로 일개 중대 삼백여 명과 비전투원으로 조직된 방위대 칠십 명, 조선인 군부 약 이천 명이 있었다. 그 중대장인 구로키黑木 대위로부터 미군 상륙 하루 전에 촌장 앞으로 명령이 내려졌다. 비전투원은 아카도바루赤堂原에 집결하라는 것이었다. 아카도바루는 마을 남쪽 산에 가려져 보이지 않는 움푹 패인 곳이다. 그때는 얼마 되진 않지만 감자와 토란이 심어져 있었는데 식량이 턱없이 부족한 요즘 같은 시대에 대부분이 오수유吳茱萸[02]로 덮여 있었다. 삼면은 잡목림으로 둘러싸여 있고, 다른 한쪽은 구릉을 등지고 묘지가 조성되어 있었다. 낮에도 혼자 오기는 적막한 곳인데 수많은 도민들이 그곳에 목숨을 구하려 집결했다. 그곳은 군이 있는 호壕와 가까웠다. 아카도바루 한 켠에 작은 하천이 흐르고 있었고, 호 안에 있는 병사들이 매일처럼 그곳에 물을 길러 나왔다. 그곳을 종결지로 정한 것은 군이 도민의 생명을 안전하게 보호해주기 위함일 것이라고 그들은 굳게 믿었다. 다른 곳에서 호를 파고 피난해 있던 사람들도 상당히 많은 수가 모여들었다. 오후 4시, 움푹 들어간 곳이라 해가 머무는 시간은 짧다. 집결은 했지만 머무를 곳은 마련하지 못했다. 까마귀가 가끔씩 커다란 날개짓 소리를 내며 날아드는 것을 올려다보며 사람들은 불안감과 기대감이 교차하는 표정을 하고 있었다. 그곳으로 군에서 미야구치宮口 군조軍曹[03]라는 이가 와서는 촌장

---

02 쥐손이풀목 운향과에 속한 낙엽 활엽 교목.

을 데리고 나갔다. 촌장은 잠시 뒤 돌아와서 명령을 전달했다. "군은 최후의 병사 한 사람까지 섬을 사수할 각오를 하고 있다. 그 식량을 확보하기 위해 도민은 자결하라"라는. 그리고 한 세대에 한 개의 수류탄이 배급되었다. 사람들 사이에 동요는 있었지만, 얼마 뒤 누군가가 수류탄의 신관을 빼고 그것을 가슴에 안고 냇가에 있던 여러 명의 사람들과 함께 산화하자, 그것이 연쇄반응을 일으켜 여기저기서 폭발을 일으켰다. 불발로 성공하지 못한 사람은 면도칼로 자신의 목을 긁거나, 혹은 괭이로 아이 머리를 내리치는 이도 있었다. 그리고 날이 저물 무렵까지 329명이 자결을 하고, 자결을 피해 마을로 돌아간 몇 안 되는 이들 가운데는 다음 날 자결해 하천 하류에서 피가 발견되기도 했다. 호에 숨어 있던 우군 부대는 오키나와 전투沖繩戰 종결 후 한 달 동안이나 저항을 계속해 7월 중순에 이르러 구로키 대위 이하 살아남은 장병 전원이 투항했다.

가미시마의 전투는 오키나와 전투 전체에서 보면 일부에 지나지 않으나 비참했던 오키나와 전투를 예고하는 서막으로 유명하다. 그러나 기록으로 남아 있는 것은 많지 않다. 한 권의 전기본戰記本 서장에 간략하게 기록되어 있을 뿐이다. 섬사람들의 섬세한 심리 같은 건 읽을 수 없다. 그것을 알고 싶다고 다미나토는 생각했다. 아직 전기본이 얼마 간행되지 않던 십수 년 전, 구로키 대위가 홀로 탈출했다는 이야기가 전해지면서 다미나토는 충격을 받았다. 그 후 두세

---

03 구旧 일본 육군의 하사관 계급의 하나.

128

권의 기록을 보고 그렇지 않았다는 것을 알았다. 이것 말고도 촌장과 국민학교 교장이 군의 수족이 되어 도민들에게 자결을 권하고 자신들은 살아남았다는 이야기도 전해졌다. 이 이야기는 십 년쯤 전 본토 몇몇 신문사 주최로 단체로 오키나와 현지를 시찰했던 한 기자에게서 직접 들은 것이다. 그때 다미나토는 후텐마 교장과 아는 사이라는 것을 그 기자에게는 말하지 않았다. 왠지 이야기가 확장되고 깊어질 것 같아 무서웠던 것이다. 다만 그때부터 언젠가 한번은 진상을 살펴보고 싶다는 생각을 하게 되었다. 진상이라고 해도 역사를 뒤집는다거나 하는 대단한 것이 아니라 단편적인 기록으로 끝나지 않는, 도민들의 심리 상태를 알고 싶었던 것이다. 그것을 파악하지 못한 채 틀에 박힌 기록을 납득해 버리는 것은 무섭다는 생각이 들었다.

그런 마음에서 다시금 후텐마 젠슈에게 편지를 보내 보았지만, 그에게서 온 답장에는 가족 중에 나이 든 아내가 죽었다는 것, 아들 젠이치가 결혼해서 손자를 낳았다는 것, 그리고 소개에서 돌아온 다미나토의 제자들 대부분이 본섬 고등학교로 진학해 가미시마로 돌아오지 않았다는 따위의 일들이 간략하게 적혀져 있을 뿐이었다. 속마음을 알 길이 없었다.

"당시의 촌장은 전쟁 이후 사망했어요. 현 촌장은 알고 계실지 모르겠네요. 지나 도쿠에知名德永라고 저보다 다섯 살쯤 선배입니다만."

젠이치는 배 안에서 그런 이야기를 했다. 그 말 속에 전쟁의 상처 따위 전혀 없었다. 그런 후텐마 젠이치에게서 그의 아버지 젠슈의 심리 상태를 살펴볼 리 만무했다.

"이번 위령제에 다미나토 선생님이 참석하신다는 소식에 모두들 기뻐하고 있어요. 환영회가 있을 거예요. 우리 아버지도 흔쾌히 나오실 겁니다."

젠이치는 이런 말들도 했다.

가미시마 소·중학교와 다미나토가 근무하는 소학교가 자매교를 맺은 것은 4년 전 일이지만 섬 전몰자 위령제에 초대 받은 것은 처음이다. 모두 소개의 인연으로 이루어진 것으로 아직까지 다미나토가 그 연결 끈이 되고 있다는 사실이 다소 낯간지러웠다. 오키나와가 전쟁 이후 섬들 가운데 가장 힘들게 생활하고 있는 것을 생각하면 그 연결 끈이 되고 있는 것만으로 조금은 속죄하는 기분이 들기도 하고 그것에 자족하고 있는 자신이 부끄럽기도 했다. 거기다 후텐마 젠이치의 명쾌하고 밝은 기운이 더해지니 왠지 짐을 덜어 놓은 것 같은 기분이 되기도 했다.

"아버님은 전쟁 이후 계속 은거 중이신가요?"라고 물어보니, 젠이치는,

"살아남은 것만으로도 덤이니,라는 말씀을 하세요. 그 당시 교장의 나이로는 젊은 편이어서 전쟁 후에도 일을 하려면 할 수 있었지만, 우선은 저도 일을 갖게 되었고, 소시민으로 먹고 사는 데는 걱정없었으니까요."

라고 말했다.

이렇게 그들이 완전히 새로 태어난 기분으로 전후의 생활을 시작한다면, 기지가 생긴다고 해도 정신적으로 이렇다 저렇다 할 만한

일이 없을지 모른다. 다만 다미나토가 기억하는 후텐마 젠슈와 그 미국군 기지와의 공존생활이라는 것이 연결이 되지 않을 뿐이었다.

"본섬에는 가끔 나가시나요?"

다미타토는 후텐마 젠슈에게 물어 보았다.

멀리 나이키 기지의 흰색 건물이 석양에 비춰 보였다.

"겨우 근래 들어서, 일 년에 한 번 정도."

"그렇군요. ……나이 들고나니, 오히려 이곳저곳 다니게 되셨나 봅니다."

다미나토는 흔한 인사말을 건넸다. 그러나 전쟁 이후 십수 년이나 섬을 나가지 않았다는 것은 생각해 보면 범상한 일은 아니다. 다른 사람들처럼 관광을 해보고 싶은 기분도 들지 않았단 말인가?—

다미타토는 성급하게 후텐마 젠슈의 심경을 분석하는 일을 멈추었다. 나이 든 옛 교장의 표정은 온화했고, 오히려 20년 전에 비하면 사람을 품을 수 있는 표정처럼 보였지만 분명하게 거절하지 않았을 뿐, 한번에 깊이 들어가려고 하면 슬며시 뒤로 돌아 도망가려는 모습이었다.

젠이치는 다미나토를 배에서 숙소로 안내하고, 서둘러 발길을 자택으로 돌려 아버지에게 소개하고는 그대로 나갔다. 오늘 밤 바로 다미나토 선생의 환영회를 합시다,라고 했으니, 아마도 연락하러 간 것이 틀림없다. 다미나토에게 시간의 여유가 생겼다. 젠슈는 애써 잡지 않고 나중에 자신도 합류하겠다는 말을 하며 현관까지 배웅했다.

그때 다미나토는 미야구치 도모코宮口朋子라는 여자를 처음 봤다.

다미나토가 유리문을 열자 거기에 도모코가 서 있었다. 다미나토의 모습에 조금 놀란 듯했지만, 무표정하게 눈인사만 건네고 바로 젠슈에게,

"이분이 선생님을 뵙고 싶다고 해요."

라며, 조금 하이톤의 맑은 목소리로 말했다. 그 뒤로 젊은 남자가 서 있었다.

"요나시로与那城라고 합니다."

라며, 젊은 남자가 가볍게 목례했다.

다미나토는 그 청년도 이 집에 볼 일이 있었구나 하며 조금 의외의 기분이 들었다. 젊은 카메라맨 느낌으로 맵시 좋은 폴로셔츠에 감싸인 육체는 탄력이 있었다. 그 청년을 다미나토는 배 위에서 봤다. 갑판에서 그 요나시로라는 청년이 주홍색 가로줄무늬 블라우스에 흰색 바지 차림을 한 여자와 밝게 웃고 있는 모습을 봤다. 지금 그 청년이 몇 시간 지나지 않아 다른 여자와 함께 눈앞에 서 있다. 두 명의 여자 모두 야마토ヤマト04 사람이라는 것은 누가 보더라도 알 수 있는데 아마도 저 주홍색 가로줄무늬의 여자와는 성격이 상당히 달라 보인다. 가슴 부근의 프릴장식이 잘 어울리는 눈앞의 여자에게 다미나토는 괜스레 얼굴이 붉어졌다.

"돌아오는 길에 문 밖에서 만났어요."

도모코는 거듭 확인하듯 말했다. 그 말에는 대답하지 않고 젠슈는,

---

04 일본 본토를 일컬음. 이에 대응하는 오키나와는 '우치나ウチナー'라 칭함.

"다미나토 군. 미야구치 도모코 씨라고 나가사키長崎 현에서 처음 왔어요. 좋은 처자요. 우리 집에 머물고 있다오."

라고 소개하자, 도모코는 어딘지 신비롭고 묘한 성숙한 느낌으로, 다미나토에게 인사를 했다.

"역시 위령제로?" 다미나토는 인사 대신 물었다.

"예, 뭐……."

미야구치 도모코는 수줍어했다.

"저는……." 요나시로 청년이 부끄러운 듯 우물거렸다.

"부촌장님께 늘 신세 지고 있습니다. 가이난海南 영화사에 근무하고 있습니다."

후텐마 젠슈는 그의 얼굴을 2, 3초 간 응시하더니 표정을 바꾸지 않고,

"잘 오셨소."

라고 말했다.

요나시로보다 오히려 미야구치 도모코 쪽이 안도한 듯 젠슈의 등 뒤에 서 있던 젠이치의 아내에게,

"사모님, 목욕이 늦어졌어요. 지금 바로 할게요."

라고 말하고는 안쪽으로 급히 들어갔다.

다미나토는 현관을 나섰지만 생각난 듯 뒤돌아 후텐마 젠슈에게 말했다.

"하마가와浜川 아주머니께서도 건강하시다고."

"아아……."

젠슈의 얼굴이 한층 밝아지며,

"들러 가겠소? 틀림없이 기뻐할 텐데."

"어떻게 지내시는지."라는 말과 함께 다미나토는 덧붙였다. "배 위에서 젠이치 군에게 들었어요."

"그랬군……."이라고 말하고 젠슈의 표정이, 다시 닫혔다.

다미나토의 눈앞에 돌연 그 주홍색의 가로줄무늬 여자의 단단하게 긴장된 두 팔이 어른거렸다. 선실에서 다미나토가 후텐마 젠이치와 이야기를 나누고 있을 때, 옆에 있던 노파가 자리에 누우려고 하자 거기에 놓여 있던 가방이 방해가 되었던 모양이다. 곤란한 듯, "선생님" 하고 노파는 다미나토에게 말을 걸어왔다. 그 도회풍 가방을 어떻게 좀 해달라는 부탁이었다. 주위를 돌아보았지만 주인인 듯한 사람은 없었다. 다미나토도 어떻게 해야 좋을지 몰라 우물쭈물하고 있으려니,

"그거 제 거예요. 이리 주세요."

갑자기 젊은 여자 목소리가 들려 왔다. 살집이 좋은 몸을 주홍색 가로줄무늬 블라우스로 감싼 여자가 흰색 팔을 쭉 뻗어 다미나토가 반사적으로 집어 건네준 가방을 재빨리 가져갔다. 그녀가 선실을 빠져 나가자 후텐마 젠이치가 "하마가와 댁 며느님이에요."라고 일러 주었다. 그 후 다미나토는 갑판으로 나가 그 여자가 요나시로 청년과 웃고 있는 것을 본 것이다.

"어쨌든 들러봐 주시오."

젠슈의 말은 거기까지였다. 젠슈가 하고 싶지만 못 다한 말이 있음

을 다미나토는 어렴풋이 느꼈다.

한 면이 석양으로 물든 하늘에 산 능선과 기지시설이 또렷한 실루엣이 되어 비춰 보였다. ──다미나토가 갑판에서 처음 본 두 사람은 난간에 기대어 함께 사과를 먹고 있었는데 다 먹고 난 다음 그 심을 한낮의 반짝이는 바다 저 멀리로 던져 버렸다. 그 사과 심이 포물선을 그리며 날아간 하늘 저편으로 섬 기지시설이 아주 작고 단단한 점이 되어 보였던 일을, 다미나토는 지금 새삼스럽게 떠올렸다.

2

다미나토가 하마가와 댁을 방문하기 전, 미망인 하마가와 야에浜川ヤエ는 며느리 요시에와 입씨름을 하고 있었다. 며느리라고는 하지만 외동아들은 그녀를 호적에 올리기도 전에 죽어 버렸다. 기무라 요시에木村芳枝라는 이름을 바꾸지 않은 채였다.

대략 한 달 전의 일이었다. 도쿄에서 돌연히 섬을 찾아 온 것은 야에에게 두 번째 놀라움이었다.

처음은 2년 전, 아들이 대학을 졸업하고 고향에 돌아오는 대신 도쿄에서 직업을 구한 것까지는 좋았지만 그곳 여자와 결혼했다는 소식에 야에는 하루 종일 식음을 전폐할 정도로 놀랐다. 오빠인 후텐마 젠슈와 상담을 해보기도 했지만 달라진 건 없었다. 반년쯤 지나, 후텐마 젠슈 앞으로 온 편지에 사상적으로 의기투합했기 때문에 결혼한 것이라고 말했지만 구체적으로 어떤 경위인지는 아무도 짐작하지 못했다. 다만 어슴푸레하게 도쿄라든가 야마토라는 **마력**을 느낄 뿐이었다. 오키나와에서도 대학은 다닐 수 있지만 굳이 도쿄 대학에 가라고 꼬드긴 것은 젠이치였다. 군용지 값으로 '10년 치 선불 10年分前払い'[05]이라는 제도가 생기면서 받은 돈은 절약해서 남겨두었고, 논밭도 얼마간 처분했다. 섬 노로돈치祝女殿內[06]라는 유서 깊은 가문이었기에 재산은 있었다. 외동아들을 멀리 떠나보내는 것은 참기 어려운 심정이었겠지만, 그래도 마음먹고 아들의 원을 따라주었던 것은 역시 남편이 사망한 탓도 있었다. 남편이 사망하고 아들까지 보내고 나면 적적하긴 하겠지만 그보다는 아들이 대학을 나와 훌륭한 노로돈치 가문을 지켜주었으면 하고 바랐다. 대학에 보낸 아들이 그것 때문에 집을 떠나게 되리라는 생각은 미처 하지 못했다. 거기다 노로돈치 며느리는 노로 직을 맡아 섬의 신사神事를 섬기지 않으면 안 되는데 야마토 며느리가 그것이 가능할 리 없다고 생각하니, 그녀는 정신이 아득해졌다. 조카인 젠이치에게 그 책임을 추궁하자 젠이치는 시치미 뚝 떼며 말했다.

"도쿄에 가지 않아도 그렇게 될 운명이었어요, 고모."

"운명이란 게 뭐니, 운명이라고 하면서 책임을 회피하려나 본데.

---

05 1954년 3월, 미 민정부에 의한 군용지료 '일괄지불一括払い, Lump—Sum Payment' 정책을 일컬음. 한 번에 토지임대료를 지불함으로써 군용지를 확보한다는 정책이었지만, 사실상 헐값에 군용지를 매수하려는 토지매수정책의 일환으로 오키나와 주민들의 거센 반발을 불러일으킴.

06 영내 번영과 평화를 기원하는 등의 공적인 제식을 담당하는 여사제 노로祝女가 머무는 공간.

오키나와에 있었으면 적어도 야마토 며느리는 보지 않아도 됐을 거야."

"이런 말까지 하고 싶진 않지만요, 고모. 지금 대학 나온 며느리라면 야마토 사람이 아니더라도 노로의 대를 이어갈 사람은 아무도 없어요."

"그런 일까지 네가 걱정하지 않아도 된다. 노로돈치가 당주堂主를 잃고, 재산도 갉아 먹고, 그것만으로도 조상을 뵐 낯이 없는데 아들까지 대학에 보내 놓으니 배신을 하고 말이야."

"그러니까 좀 더 분명히 해 둘 필요가 있어요. 이제야 말하지만 말이에요. 세상은 더 이상 노로를 필요로 하지 않는다니까요. 나라에서 돈도 나오지 않게 된 것이 그 증거지 않겠습니까?"

"그건 나라가 없어졌으니까 어쩔 수 없는 일이야. 그렇더라도 마을의 신은 지켜야 하지 않겠니?"

"마을의 신이라고 하지만, 마을 사람들은 축제에 참가하는 사람이 해마다 줄고 있지 않습니까?"

"줄긴 했지만 대가 끊기거나 하진 않을 거야. 나 혼자라도. ……거기다 오가키大垣 선생님이 일본 정부에 신청해서 뿌리가 끊어지지 않게 해주신다고 했고."

"오가키 선생님은 학자에요. 축제를 없애고 싶지 않은 마음에서 일거에요. 그리고 정부라는 데는 그렇게 간단하게 돌아가는 곳이 아니에요."

오가키 기요히코大垣清彦──대학교수, 민속학자로 오키나와 고대

신사와 생활을 연결시킨 연구를 위해 5년 동안 연간 한 번씩 여름방학 무렵 이곳을 찾았다. 학문을 위한 것만이 아니라 오키나와가 좋아서 매년 온다고 한다. 역시 하마가와 야에와의 교제가 가장 많았다. 야에는 비밀은 어디까지나 비밀로 절대 발설하지 않는 타입이다. 그럼에도 오가키는 노여워하지도 포기하지도 않고 인내심 강하게 교제한다. 그러나 그러면 그렇지,라고 젠이치는 생각한다. ─결국은 야마토인 학자의 도락道樂이다.

"고모도 오가키 선생님을 전적으로 신용하는 건 아닐 텐데요."

"니들보다는 나아. 세상이 변했다고 신을 소홀히 하고 말이야."

"제 힘으로도 어쩔 수 없는 일이에요. 신은 더 이상 예전의 신이 아니에요. 시대의 흐름에 뒤떨어져서는 안 되죠. 가미시마 노로돈치의 장남이라 하더라도 학문을 할 권리는 있는 것이고, 섬에 묶이지 않고 성장할 권리는 있을 테니까요."

그렇지 않아,라고 야에는 마음속으로 고개를 저었다. 말로는 젊은이를 이길 수 없지만 자신의 신념은 확고하다. 야마토인 며느리든 아니든 해야 할 일은 해야 할 일이다, 어떻게든 노로의 대를 잇게 해야 한다. 며느리는 아들의 아내다. 남편을 전쟁으로 잃고 홀로 키워온 아들인 것이다. 게다가 우리 집 내력은 어렸을 때부터 들었을 테고, 싫다고 할 리 없다 ─고 생각하며 아들의 귀향을 기다렸다.

그리고 두 번째 놀라운 일이 찾아 왔다. 기무라 요시에가 하마가와 겐신浜川賢信의 유골을 들고 야에 앞에 나타난 것이다. 아무런 예고도 없었다. 야에는 마침 오전 밭일을 마치고 점심을 먹으러 집에 돌아온 참이었는데 처마 밑에서 갑자기 한눈에 보기에도 도회풍 여자가 나타났다. 그 얼굴은 아들이 보내준 사진에서 본 적이 있어 바로 알아보았지만, 같이 와야 할 아들은 작고 흰 상자가 되어 가슴에 안겨 있었다. 그것을 보고 잠시 말을 잃었고 결국 식사를 하지 못했다. 아들은 교통사고로 죽었다고 **며느리**가 전했다.

　장례식을 마친 다음 날, 야에는 요시에에게 다시금 호적에 들어올 건지 어떤지를 물었다. 요시에는 분명하게 들어갈 의사가 없다고 대답했다. 야마토인이라고 반대했으면서 겐신이 죽은 지금에 와서야 새삼스럽게 호적에 올리는 것은 이상하지 않느냐고 말했다. 야에는 수긍이 안 가는 것은 아니지만, 그렇지만 외롭다고 말했다. 앞으로 혼자서 나이를 들어간다고 생각하니 외로워서 안 되겠다고 말했다. 한 달만 있겠다고 요시에는 대답했다.

　"모순이라는 생각에 화도 났지만 정에 마음이 약해졌어."
라고 요시에는, 배에서 알게 된 요나시로 아키오与那城昭男에게 경위를 말했다.

　"과연 앞으로 벗어날 수 있을까? 섬의 신에게 붙잡힌 게 아닐까?"

　"시험하는 거야?"

　"내 운명을 말이야. 그래서 엊그제 몰래 탈출해서 나하에서 놀다 왔어."

　그것 때문에 입씨름을 한 것이었다.

　"나하에 가서 또 어디에 남자라도 만들고 온 게지?"
라고, 야에는 말했다.

"남자를 만들거나 말거나 어차피 이 집에 있을 날도 얼마 남지 않았으니 상관할 필요 없지 않아요?"
라고, 요시에는 지지 않고 대꾸했다.

그러자 야에는 얼굴이 일그러지며 눈물을 흘렸다. 요시에는 그대로 참고 있었다. 그리고 다음 말을 기다렸다. 예상과 달리 야에는 소곤소곤 잘 들리지 않는 목소리로 중얼거렸다.

"위령제까지 유골을 어떻게든 찾아야 해."

아버지의 유골이었다. 요시에는 겐신에게서 그의 아버지의 죽음에 대해 단순히 섬 전쟁으로 죽은 것이라고만 들었는데, 그 **비밀**에 대해 섬에 도착하고 얼마 안 되어 알게 되었다.

하마가와 겐료浜川賢良는 마을 면사무소 산업과에 근무하고 있었다. 수비대가 들어오면서 마을 산업과는 거의 군의 식량 공출에 매달렸다. 본섬에 있는 사단 병점에서 보급하는 것으로는 턱없이 모자랐다. 특히 적이 상륙하기 직전에는 섬은 군민과 함께 자급자족을 하도록 강제했는데, 섬에서 생산하는 것만으로는 도저히 그만큼의 인구를 먹여 살릴 수 없다는 것을 알게 된 구로키 대장은 도민에게 자결을 명했다. 섬사람들이 대거 아카도바루 혹은 여기저기 흩어져 있는 호 안에서 수류탄이나 칼, 면도칼로 자신의 목숨을 끊거나 서로를 죽이고 있을 때, 하마가와 겐료는 처자식을 데리고 도망갔다. 하마가와 야에만 알고 있는 비밀의 호——산 깊은 곳에 있는 노로가 기도하는 곳으로 산호초 자연암으로 만들어진 깊고 음습한 동굴에 숨어들었다. 본래 노로만 들어 갈 수 있는 장소였기 때문에 야에는 주저했지만, 이때만큼은 남편의 뜻에 따라 아들과 함께 세 명이 몸을 숨겼다. 세 가족만의 호라는 것을 알게 된 것은 이틀이 지나고서였다. 이틀째 되던 날 죽지 못한 사람과 죽음에 이르지 못하고 피범벅이 된 사람들이 밀려들었다. 그리고 다시 일주일 정도 흘렀다. 식량 궁핍이 극에 달했다. 호에 있던 사람들은 교대로 밤이 되면 밖으로 나가 손에 잡히는 대로 감자를 주워왔다. 어느 날, 대수롭지 않은 잡담을 하던 중 하마가와 겐료가 산업과 직원이라는 것을 군인이 알게 되었다. 하사관 하나가 겐료에게 면사무소에 비상식량을 비축해놓았을 테니 그것을 가져 오라고 했다. 그런 건 없다고 겐료는 말했다. 하사관은 분명히 그런 게 있다고 들었다고 장담하며 당신은 그걸 알았기 때문에 집단자결을 피해서 온 거라고 추궁했다. 그리고는 마침내 겐료를 무리하게 끌고 찾으러 나섰다. 둘은 그대로 돌아오지 못했다. 섬에 전투가 완전히 종료되어 살아남은 사람들이 포로가 되어 모여들었을 때, 야에는 남편의 소식을 들었다. 소식이라고는 하지만 마지막 모습을 봤다는 이가 있었던 건 아니다. 언제 어디서 소철蘇鐵[07] 뿌리를 캐는 모습을 보았다는 사람이 있었고, 병사에게 끌려가는 뒷모습을 목격했다는 이도 있었다. 때와 장소를 맞춰보고 막연하게나마 지역을 한정해 보니 그 부근을 배회하다 사망한 것으로 보

---

07 1920년대 세계적 불황과 함께 설탕가격 폭락으로 일본이 주도하던 오키나와 제당업에 커다란 타격을 입었고, 이로 인해 오키나와 사회는 극심한 식량부족 상태에 빠짐. 이른바 '소테쓰 지옥蘇鐵地獄'이라 하여 소철의 독소를 빼지 않고 식용하여 많은 사람들이 죽음에 이르기도 함. '소테쓰'는 오키나와의 기근과 빈곤을 상징함.

인다. 폭사인지 아사인지 아니면 살해된 건지—.

전쟁 이후 몇 년이 지나 섬에서 겨우 생활다운 생활을 할 수 있는 기반이 마련되자 유골 수습이 시작되었다. 격감한 인구와 세대에 해외에서 이주해 온 사람들 몇몇이 가세했다. 그들이 유연, 무연의 유골들을 주워 모았다. 형식적으로 숫자만 맞춘 유골을 거두어갈 사람이 있으면 전달하고 나머지는 무연불無緣佛로 모셨다. 전쟁의 기억은 그것으로 일단락되었다. 섬사람들은 풀만 무성한 밭을 다시 경작해 비옥하게 만드는데 주력하기 시작했고, 바다에 나가는 사람들은 면사무소와 함께 정부에 요청하여 어선을 늘려갔다. 하마가와 야에 혼자만의 전후가 이 무렵부터 시작되었다. 일하는 짬짬이 산에 올라 곡괭이질을 하고 있는 그녀의 모습을 사람들은 목격하게 되었다. 가끔 그녀의 곡괭이에 인골이 발견되기도 했지만 그녀는 그것을 무연불로 모실 뿐이었다. 그것이 15년이나 계속되고 있다.

"서글픈 얘기군……." 요나시로 아키오는 말했다. "유골이라고 해도 아버지 것인지 아닌지 증거가 없을 텐데."

"그게 있다는 거야."

"있어? 유골에?"

"유골이 아니라 마가타마勾玉[08]와 함께 묻혀 있을 거라고."

"마가타마? 그게 뭔데?"

"노로의 신의 도구라고 하던데. 염주 같은 거라고."

---

08 곡옥. 노로가 제식에서 사용하는 도구.

"신의 것이라는 말이군. 그러고 보니 들어본 것도 같아. 일본 신화인가 어딘가에서. 흠, 여기에도 그런 것이 있나보군."

"집을 나설 때, 그것 하나만 신의 증표로 가지고 나갔다고. 그것을 아버지가 군인에게 끌려 갈 때 쥐어 보냈다는 거야."

"무슨 이유로?"

"부적 대신인 거지."

"그렇군."

"수정으로 만들어져 있어 썩지 않는대. 그래서 그것이 발견되면 그 주변에 있는 유골이 아버님 것이 틀림없다는 거야."

"그렇게 아름다운 것이라면 누군가 주워 갔을지도 모르지 않나?"

"그런 말도 소용없어. 어쨌든 그런 사연이 있어. 오로지 그걸 목표로 열심히 살아오신 거니까."

"아들도 그 작업을 함께 했나?"

"어머님 말씀은 했다고 해. 단지 그는 아버지 이야기를 하고 싶어 하지 않았어."

"집념이 강하네. 그런데 그 마음을 이해할 것 같기도 해. ─그 어머님 말이야."

"난 정말 모르겠어. 이제 와서 죽은 사람이 살아 돌아오는 것도 아니고."

"그런데 오키나와에서는 과거는 아직 계속해서 살아 있으니까."

"과거가 살아 있기는 어떤 사람에게나 마찬가지 아냐? 나한테도 있으니까. 그래도 나는 그것을 끊어버리지 않으면 살아갈 수 없다고 생각해."

"그래서 하마가와 겐신의 고향을 버리고, 도쿄로 돌아가 다시 분발하려는 거군."

기무라 요시에는 그 말에는 대답하지 않았다. 그 다음 일에 대해선할 말이 없었기 때문이다. 도쿄로 돌아가서 앞으로 어떻게 할지 아직계획한 것은 없었다. 그러나 할 말이 없었던 건 그런 이유만이 아니었다. 자신의 삶 내부의 것까지 말하는 것은 어차피 불가능한 일이라는 생각이 있었다. 하마가와 겐신과 의기투합하여 함께 살았던 일 년간도, 예컨대 겐신은 아버지와 어머니에 대해 말할 때 깊이 있는 이야기는 일부러 피했다. 그녀 또한 자신의 가족에 대해 겐신에게 숨긴것이 있었다. 그렇다면 무엇으로 기가 통했느냐면 그와 같은 비밀을가졌던 것이 서로 통한 거라고 그녀는 대답할 수밖에 없다.

하마가와 야에의 삶에 대해서도 요시에는 그렇게 대응했다. 겐신은 몇 번인가 "우리 엄마는 신이야."라고 말했다. 어떻게 신일 수 있냐고 되물으려 하면 "그런데 변변치 않은 신이야." 신이라고 하니 조금은 신비한 분위기이겠거니 하고 왔지만 의외로 평범한 보통 여자에 지나지 않는 것을 보고 처음은 실망했다. 그것도 아주 초짜라는것을 알게 된 건, 15년이나 유골 찾기를 계속하고 있는 것을 알게 된이후였다. 이렇게는 더 이상 따를 수 없다는 생각이 들자 하마가와가문과 자신을 분명히 구분 지었다. 하마가와 야에의 삶에 개입하는것도 그만두었고 야에가 시어머니 노릇하려는 것도 거부했다.

그것이 야에는 참을 수 없었다. 야마토 며느리 따위는 애초부터 이 집과 어울릴 수 없다는 생각이 마음 한 켠에 있었다. 그런데 눈앞에 있는 여자가 외아들의 아내였던 여자라는 생각이 들자 아들이 이만큼이나 성장해 죽었으니 이 여자를 잃으면 그와 동시에 가장 사랑하는 아들마저 자신을 완전히 떠나버릴 것 같은 기분이 들어 두려웠던 것이다.

"남편이 죽었다고 해서 멋대로 바람을 핀다거나 하면 벌 받는다."는 따위의 며느리가 싫어할 만한 말을 내뱉는 것도 정들지 않은 며느리지만 무리하게 자신이 겪어온 금욕적 생활에 들어오게 함으로써, 자신을 고독으로부터 보호하는 방패막이로 삼고자 하는 마음의 표출이었다.

다미나토 신코가 방문했을 때 입씨름은 일단 끝난 듯 보였지만, 아직 서로에게 노여움이 남았던지 얼마 동안 말도 하지 않고 야에는 저녁 식사 준비를 위해 부엌에, 요시에는 여행가방을 열어 나하에서 사온 물건들을 다시 정리하고 있던 참이었다. 그 어색한 분위기를 다미나토는 느꼈다. 그가 처음 인사를 했을 때 하마가와 야에는 깜짝 놀라며 눈에 희미한 눈물이 맺혔지만 기무라 요시에는 물 위의 기름처럼 어색하게 형식적인 눈인사만 나누고는 여행가방에서 손을 떼지 않았다. 방은 다타미 8조 가량의 거실 안쪽에 위치한 3조 크기다. 아들 방이었던 듯 입구 쪽에 눈에 띄는 요즘 유행하는 화려한 커튼이 쳐져 있었다. 며느리가 한 걸까, 이 집과는 너무나 안 어울린다는 인상을 다미나토는 받았다. 8조 방 중앙에는 이 집의 불단과 노로 신을 모시는 곳인 듯, 3개의 양석陽石을 세운 작은 봉당이 있었다.

커튼은 그 바로 옆에 늘어져 있었다.

다미나토는 섬에서 교사 생활을 하던 3년 동안 이 집에 하숙을 했다. 그 무렵은 별실을 갖춘 큰 집이었다. 다섯 평 정도의 별실에 다미나토는 혼자 머물렀다. 그 별실도 이제 없고 본채도 원래 집보다 훨씬 작아져 있었다. 집의 기초석이 그대로 남겨져 있는 것을 다미나토는 새삼스러운 기분으로 둘러보았다. 3년간의 생활은 여유로웠다. 전쟁도 막바지로 접어들었다고는 하나 학생들을 데리고 해변에서 낚시를 드리우거나, 산으로 구아바를 따러 가기도 한 것을 생각하면 역시 '섬의 평화'라는 것이 있었다. 식량이나 의복도 통제되고, 옛 풍속인 정월대보름날 밤을 기해 '정월 돼지正月豚'09를 삶는 목가적인 풍경은 더 이상 찾아볼 수 없게 되었다. 산을 걷다 보면 스테이플 화이바 옷은 땀으로 범벅이 되어 찝찝했는데 지금은 덴마크산 소시지 통조림통이 나뒹굴고 산 위에 희고 빛나는 나이키 기지가 자리하고 있는 것을 보니 그때가 진정한 **섬**이었다는 생각을 한다. 그 무렵 하마가와 겐신은 아직 학교를 다니지 않았는데 맨발로 다미나토를 따라 용수지에 낚시를 가기도 했다. 그 아이가 대학을 졸업했다는 것만으로도 감개가 무량한데 그 며느리가 이 도회풍 여자라니 다미나토는 현기증이 날 것 같았다. 화려한 꽃무늬 커튼의 하늘거림과 그 옆에 조용히 놓여 있는 신의 양석을 다미나토는 가만히 번갈아 보았다.

---

09 정월대보름에 먹는 음식으로, 집에서 사육하던 돼지를 삶아 만든 요리.

"선생님, 사모님은?"

하마가와 야에가 묻는 말에 다미나토는 조금 찔렸다. 소개지에서 그곳 여자를 아내로 맞았다는 것이 야에 앞에선 너무 경박해 보일 것 같았다. 그러나 조심스럽게 사정을 말하니 하마가와 야에는 의외로 아무렇지도 않게 덧붙여 아이 이야기를 묻고는,

"그거 잘됐네요."

라고 말했다. **잘됐다**는 것은, "전쟁의 화를 입지 않아 잘됐다"는 뜻으로, 다미나토는 받아들였다. 그리고 멋쩍음을 감추려는 마음 반으로,

"아주머니는 그런데, 홀로 되셔서 힘드시겠어요."

라고 말했다. 하마가와 부자의 죽음은 화제에서 건너뛰려 했다. 일부러 그걸 말하는 건 너무 가혹한 것 같아 배려하는 마음에서였다.

"모처럼 며느리도 먼 곳에서 왔지만 이대로 잘 지낼 것 같지 않아요."

그 의미를 다미나토는 잘 알 것 같았다. 생활 감각이 너무도 **다른** 야마토 사람과 같이 살아갈 일을 겁내고 있음을 다미나토는 바로 알아차렸다. 다미나토는 문득 시선을 요시에 쪽으로 돌렸다. 완전히 방언으로 이야기를 나누었기 때문에 요시에에게는 통할 리 없었다. 그러나 요시에는 재빨리 야에를 훔쳐보았다. 그 시선의 예리함에 다미나토는 잠시 흠칫했다. 야에는 요시에에게 통할 리 없다고 방심하는 걸까, 아니면 통해도 별로 상관없다는 뻔뻔함으로 일관하는 걸까, 요시에를 신경 쓰지 않는 듯 얼굴은 다미나토 쪽으로 향해 있었다. 그런 시의와 무시가 이렇게 간단히 일어날 수 있다는 것도, 다미나토는

간파했다. 하마가와 야에와 기무라 요시에 사이의 일들을 자세히 들은 바 없고, 두 사람과 만난 시간도 얼마 되지 않았지만 다미나토에게는 당연한 것처럼 생각되기도 했고 이상하게도 생각되었다. 그는 문득 자신이 야마토 여자를 아내로 삼은 것에 대해 지금이라도 야에가 다시 따져 물을 것 같은 불안을 느꼈다. 자신들 부부 사이에 그런 위화감이 있었다고 생각되지 않는다. 그러나 추궁해 오면 "아무렇지 않습니다"라고 대답하면, 하마가와 야에의 고민을 너무 이해하지 못하는 듯해서 꺼림칙했다. 그러나 야에는 다른 화제로 돌려서 다미나토를 또 한 번 놀라게 했다.

"우리 집 양반도 야마토 군인에게 살해된 것 같아요. 그렇기 때문에 그 유골 찾는 일을 며느리가 돕는 건 의무라고 생각해요."

그리고 유골 수습이 아직 끝나지 않았다고 말했다. 다미나토의 생각이 갑자기 복잡하게 회전하기 시작했다. 앞으로 돌고, 뒤로 돌고, 좌우로 흔들리는 것처럼 혼란했다.

"야마토 군인에게 살해되었다."라는 것은, 있을 수 있는 일이라 생각한다. 그러나 야에가 그렇게 확신하는 모습은 무슨 증거라도 있어서일까. 그렇다면 그 유골 수습을 며느리가 돕는 것은 의무라는 건 또 무슨 뜻일까. 야마토 사람이기 때문에 하마가와 아버지를 죽인 자의 책임을 연대로 짊어져야 한다는 것일까. 이런 식으로 연대책임을 진다는 것이 어느 정도까지 타당한 것일까. 야마토 사람들이, 아니 며느리가 이해할 수 있을까. 자신은 조금은 이해할 수도 있을 것 같긴 한데, 하마가와 야에는 어떻게 저렇게 아무런 저항감 없이 생각할 수 있는 걸까. ──여기까지 지벅거리며 생각을 계속해 가던 중, 다미나토에게 지금 이야기와 관계없는 일화가 떠올랐다.

그의 모친 쪽 숙부는 의사였다. 다미나토가 어렸을 때, 그때까지 다른 현에 있는 병원에서 근무하던 숙부는 고향으로 돌아왔다. 어머니의 고향은 농촌이다. 외조부모는 하나뿐인 아들 숙부에게 논밭을 팔아 의사 공부를 시켰다. 아들이 출세해 귀향할 날만을 고대했다. 그러나 숙부가 데리고 온 며느리는 야마토 사람이었다. 소시민인 조부모는 일단은 소박하게 환영했지만 점점 말이 없어졌다. 아들 내외와는 따로 살았고 며느리 쪽도 조부모에게 말을 거는 일은 거의 없었다. 그녀가 의식적으로 피한 것은 조부모만이 아니라 마을 사람들 모두였다. 그녀와 그들과의 **차이**는 예를 들면 조상을 섬기는 행사가 많은 오키나와의 생활에 있었다. 행사를 위해 지출되는 경비의 낭비가 너무 많으니 절약을 하자는 며느리와 이를 받아들이지 않겠다는 조부모의 입장 차이다. 이것이 또 마을 사람들에게 전해져 "저 야마토 며느리는 조상을 소홀히 한다"며 마을에서 수군거리는 목소리가 들리게 되었다. 뒤에서 험담을 하면서도 야마토 사람에게 뭔지 모를 소외감을 느끼던 마을 주민들은, 병원에 진찰이라도 받으러 가면 간호사를 돕고 있는 사모님에게 머리만 연신 조아릴 뿐 이야기가 잘 통하지 않아 그녀를 초조하게 했다. 그녀는 남편을 따라 오키나와로 건너왔는데 3, 4년이 지나자 남편에게 심한 질투를 느끼게 되었다. 의사협회 모임으로 마을에 외박이라도 할라치면 반드시 부부싸움이 되었다. 마을 사람들로부터 고립되어 남편만 의지했기 때문이라고들 했다. 오키나와에도 전쟁의 그림자가 가깝게 다가오자 현 밖으로 소개해 가는 사람들이 늘었지만 숙모는 소개하려고 하지 않았다. 숙부는 군의요원이었기 때문에 소개가 허락되지 않았지만 숙모와 그의 대를 이을 어린 아들은 소개했어야 했다. 조부모는 핏줄이 끊어지면 안 된다고 생각해서 그러기를 바랐고 그녀도 아들을 데리고 친정에 가면 오키나와에서 느꼈던 거북함과 고독감으로부터 벗어나 해방될 수 있었을 것이다. 그런데 왜 소개하지 않았던 걸까. 그 이유를 다미나토로서는 그 당시 도무지 알 수 없었다. 그가 소개할 것으로 생각하고 인사차 들렀을 때, 숙모는 입으로는 "나도 소개하고 싶어."라고 말했지만 본심은 그렇지 않다는 것을 다미나토는 간파했다. 그 진의를 다미나토가 계시처럼 깨닫게 된 것은, 어머니의 친정 사람들—조부모와 숙모와 아들, 거기다 군의로 현지 소집에 응했던 숙부가 모조리 남부 전선에서 전사하고, 일가의 핏줄이 한때 끊겼다는 이야기를 들었을 때였다.

'숙모님은 이러한 운명을 예감한 것은 아닐까. 그녀가 운명으로 주어진 가정에서 고독을 피할 수 없게 되자 남편에게 기대려는 마음이 너무 강하여 질투가 심해졌고, 소개해 간다고 해도 안심하고 남편을 두고 떠날 수 없었기 때문이었을지 모른다. 그렇다고 하더라도 목숨을 걸고 섬에 남아 있겠다는 심정은 아마도 마을 사람들로서는 이해하기 어려웠을 것이다. 설령 섬에서 그대로 전쟁에 목숨을 잃는다 해도 그때는 아마도 남편도 그럴 것이며, 자신 또한 고독으로부터 자유로워질 것이다, 가능한 그러고 싶다는 염원이 의식 밑바닥에

숨어 있지 않았을까……'

다미나토의 어머니도 돌아가셨다. 다미나토는 이러한 상상을 동생과 재회했을 때 말했다. 동생은 잠시 생각에 잠긴 후 말했다.

"나는 숙모님이나 할아버지, 할머니가 피난 다니면서 서로 잘 도왔을까 하는 쪽이 더 궁금해."

그도 그렇군, 이라고 다미나토는 생각했다. 평화로운 일상에서 따로 살았던 조부모와 숙모 가족이 죽기 직전까지 동거하며 운명을 같이 한 것 역시 뭔가를 암시하고 있는 것처럼 생각되었다.

—다미나토는 하마가와 야에와 그녀의 남편 겐료가 섬에 전쟁이 한창일 때 야마토 군인들과 어떻게 지냈을지 그것이 알고 싶었다. 그러나 야마토 며느리 앞에서 그런 질문을 하기가 꺼려졌다.

3

여름의 늦은 석양이 온통 마을을 감싸 안을 무렵, 다미나토는 하마가와 댁을 나왔다. 공민관公民館에서 환영회를 한다며 마중을 나와 있었다. 마중 나온 젊은 남자는 다미나토 앞에 서서는 굵은 목소리로,

"도카시키 야스오渡嘉敷泰男입니다."

라고 말했다. 그 젊은 남자가 눈앞에 선 순간, 다미나토는 그가 소개한 제자 가운데 하나라는 것을 어렴풋이 기억해 냈다. 그 기억이 틀리지 않았음을 알게 되자 섬에 도착한 후 숨 막힐 것 같았던 몇 시간이 비로소 사라진 것처럼 느껴졌다. 섬이 그를 환영해 주고 있음을 처음

으로 실감했다.

"이곳 학교에 근무하고 있습니다."

라는 말을 들으니, 그런 기분이 더 강해졌다. 제자들을 다른 사람의
손에 맡겨 섬으로 돌려보냈다는 꺼림칙한 기분이 20년 동안 그를 엄
습했다. 이번 섬에 건너올 때에도 20년간의 공백과 부끄러웠던 기억
을 떠오르지 않을까 마음이 쓰였다. 그런 걱정이 한번에 사라지는
듯한 느낌이었다. 도카시키 야스오가 섬 학교 교사라는 것이 왠지
다미나토의 공백을 메워주는 것 같은 기분마저 들었던 것이다. 다미
나토는 도카시키와 나란히 걷는 밤길이 20년 전 그때처럼 느껴졌다.
낮에 봤다면 분명히 다른 풍경이었을 것이다. 초가지붕이나 기와지
붕 대신 블록이나 함석지붕이 늘어난 것도 그러했다. 그러나 밤은
그것들을 감추어 다미나토를 20년 전으로 쉽게 불러들였다. 공민관
까지는 조금만 더 걸으면 되었다.

"아이들 울음소리는 역시 들리지 않는군."

다미나토는 느닷없이 말했다.

"네? 무슨 말씀이세요?"

도카시키는 무심히 회중전등 빛으로 주위를 비춰 보았다. 다미나
토는 웃으며,

"얼마 전 어딘가에서 읽었는데, 전쟁 전에는 시골 마을에서 저녁
길을 걸으면, 여기저기서 아이들 울음소리가 들렸다는군. 주부들이
바빠서 아이를 돌봐줄 수 없었기 때문이지. 그러던 것이 전쟁 후에
는 들리지 않게 되었어. 라디오나 텔레비전 소리로 가득 채워졌지.

그만큼 세상이 안정되고 사람들의 삶도 좋아진 거겠지."

"거기까진 몰랐습니다. 그렇게 말씀하시니 그 아이 울음소리는 제 기억에도 조금 남아 있습니다."

"역시 전쟁 이후 변한 것 같나?"

"글쎄요……." 도카시키는 처음 그런 화제와 마주한 것처럼, "변화라고 한다면, 지금 선생님께서 말씀하신 것처럼 변한 것도 같습니다. 그런데 이상하게도 일상생활에서는 그런 느낌은 전혀 없습니다."

"자네, 대학은 어딜 나왔나?"

"류큐琉球대학입니다."

"섬 밖을 나간 적이 없으니, 변화를 모르는 건지도."

"선생님의 눈에는 상당히 변한 것처럼 보이십니까? 풍경이 아니라, 사람들의 정신 말입니다. 마을 사람들 인상이라든가."

"나는 지금 하마가와 아주머니를 만나고 오는 길이네."

"아아, 그분은 특별해요……." 도카시키의 말투는 다미나토가 놀랄 정도로 분명했다. "그분은 우연한 사고를 너무 많이 겪으셔서요."

"우연한 사고? 아들이 교통사고로 사망한 것은 그렇다 치더라도, 아저씨가 전쟁에서 사망한 것도? 섬사람들은 그렇게 말하나?"

다미나토의 어조가 조금 조급해졌다.

"아닙니다. 전쟁에서 돌아가신 걸 말하는 게 아니라, ……그러니까 하마가와 아주머니는 자신의 남편이 야마토 군인에게 살해당했다고 확신하고 계세요……."

"그렇지 않단 말인가?"

"그건 모르겠습니다. 그러나 그렇든 그렇지 않든 그렇게 확신하는 것이 이미 그 아주머니의 불행의 징조이죠. 그런데다 아들마저 죽은 거예요. 그 며느리가 야마토 사람이라는 것이 하나의 불행한 우연인 겁니다. 아주머니의 머릿속에 남편이 야마토 군인에게 살해당했다는 이미지가 강하게 각인된 건, 바로 그 무렵이었어요."

"아주머니는 남편의 유골을 찾아 15년 동안이나 산을 헤집고 다니신다는군. 그건 우연이라기보다 뿌리 깊은 불행의 징조라는 건가?"

"밖에서 보면 그렇게 보일 겁니다. 그런데 그 생활을 계속해 오신 아주머니는 어느 정도 즐기고 계신 듯해요."

"즐긴다고?"

"그런 것을 시작한 동기는 슬픈 마음에서였을지 모르지만, 그런데 예컨대 산 지형을 잘 외워 두었다가 불발탄 줍기를 할 때 모두에게 여러 가지 참고가 될 만한 것들을 알려주기도 하거든요. 뭔가 전문적인 일을 즐기고 있는 듯한 분위기도 있어요."

"그러나 위령제에는 전혀 참석하려 하지 않는다고 하지 않은가?"

"그것도 처음에는 약간 위화감이 들었던 모양입니다만, 요즘은 익숙해졌어요. 마을에서는 그렇다고 해서 이렇다 저렇다 말하는 사람은 이제 없어요."

그것은 **익숙해지는 것**이지 정신적 평화를 얻은 것과는 다르지 않은가, 라고 다미나토는 생각했다. 이 도카시키 야스오라는 청년은 후텐마 젠이치와 상당히 비슷한 생각을 하고 있는 듯했다. 후텐마 젠이치가 배 안에서 하마가와 야에에 대한 이야기를 굳이 꺼낸 것 역시,

전쟁을 겪은 이 섬에 예전과 같은 평화는 더 이상 없다, 있다고 해도 자칫하면 붕괴될 요소가 여기저기 산재해 있음을 대변해 주는 것이라는 생각을 했다.

다미나토는 도카시키의 얼굴을 훔쳐보았다. 궁핍한 소개지 생활로 모든 것이 부족하겠거니 하고 찾아온 고향의 섬이었다. 그런데 막상 와보니 도카시키 야스오의 성장 과정에 대체 어떤 체험이 쌓였기에 이렇듯 **평화롭기 그지없다**는 식으로 말할 수 있는 건지 알고 싶어졌다. 어두워서 그 얼굴은 보이지 않았다. 다미나토 안에 도카시키의 성장한 현재의 얼굴은 아직 익숙하지 않았고 어둠 속에서 그의 어렸을 때 얼굴이 떠올랐다. 다미나토에게 기억 하나가 떠올랐다. 규슈의 소개지에 도착했을 때, 무엇보다 그들을 감동시켰던 것은 당시 '긴메시銀メシ'라 불리던 흰쌀밥이었다. 면사무소 앞에서 커다란 주먹밥을 받아든 아이들은 말없이 그러나 눈을 반짝거리며 그것을 먹었다. 그 아이들 가운데 도카시키 야스오도 있었는데, 뭔가를 발견하고 놀란 듯 작은 탄성을 지르며 일어서는 바람에 손에 쥐었던 주먹밥이 떨어졌다. 마을 사람들이 다른 것으로 바꿔 주겠다는 말을 뿌리치고 주먹밥에 묻은 흙을 정성스레 털어내고 다시 먹기 시작했다. 나중에 무엇 때문에 놀랐냐고 물으니, 수줍은 듯 건너편에서 걸어오는 여자가 자신의 어머니와 너무 닮아 자기도 모르게 말을 걸려다 그랬노라고 대답했다. 그 가난함이 나이 든 하마가와 야에의 생활 속엔 아직 남아있는데, 젊은 도카시키 야스오에게는 더 이상 없는 걸까,라고 생각하니 다미나토는 이상한 기분이 들었다.

"도카시키 군, 부모님은 건강하신가?"

다미나토는 물어 보았다.

"예? 아 네, 건강하세요." 도카시키 야스오는 아무렇지 않은 듯 대답했다. "어머니는 목에 면도칼 상처가 희미하게 남아 있어요. 아버지는 상처가 없는데 말이죠."

"……."

다미나토는 꿀꺽하고 말을 삼켰다. 양친이 건강하다는 것은 질문할 때부터 예상한 일이었다. 오히려 그 예상을 확인하기 위한 질문이었다. 그리고 그것이 성공했다고 생각한 순간 생각지 못한 방향의 대답이 돌아왔다. 다미나토가 놀란 것은 그러나 그 의외의 대답 때문만은 아니었다. 도카시키가 아무렇지도 않다는 듯 말을 마무리했기 때문이었다. 다미나토는 뭔가를 말하려고 말을 찾았다. 그러나 이러한 상황에 맞는 말을 준비하지 못했다. 다른 화제를 만들어 보려고 그는 다시 한 번 도카시키에게로 시선을 향했다.

"여기입니다."

도카시키가 불쑥 말했다. 그 순간 도카시키의 얼굴이 빛 속에 비쳐 보였다. 그러나 두 사람은 이미 마을 사람 열 명이 모인 공민관의 잡음 속으로 흘러 들어가고 있었다. 도카시키의 표정에는 아무런 그늘도 없었고, 조금 전 말한 것을 잊은 듯,

"모두의 얼굴을, 선생님 기억하고 계신가요?"
라고 웃으며 말했다.

그리고 얼마 되지 않아 다미나토는 도카시키에게서 그늘을 찾아

낼 기회를 완전히 잃어 버렸다. 다미나토는 모여든 사람들과 재회의 인사를 하거나 처음 만난 사람과 인사를 나누는 사이 이른바 **고통의 생활**을 겪어 온 그늘진 표정을 발견하기는 어려웠다. 도카시키는 그들의 이야기 속에 때론 끼어들기도 하고 때론 온화한 표정으로 듣고 있었다.

학교장 다마키 젠코玉城善光만 현 밖에서 왔다. 다마키는 사범학교에서 다미나토보다 3기 선배였다. 전쟁 때는 고향인 중부의 초등학교에서 남부 끝까지 도망쳐 목숨은 건졌다는 말을 꺼낸 후 전쟁에서 선배들 대부분이 죽는 통에 자기 같은 이가 교장이 되었다고 했다. 그리고 다미나토에게도 이곳에 있었다면 벌써 교장이 되었을지 모른다고, 어쩌면 이 학교는 지금쯤 다미나토의 것이 되었을지 모른다는 등의 말을 했다.

촌장 지나 도쿠에知名德永는 후텐마 젠이치와 배 안에서 이야기를 나눌 때는 생각이 나지 않았는데 그도 그럴 것이 다미나토가 이 섬에 왔을 땐 만주에 파병되어 없었기 때문이다. 다미나토가 지금 살고 있는 곳에 그와 같은 군 출신자가 있는데, 그 사람 이름을 대며 아느냐고 물어 보았다.

섬에 있는 두 개의 마을 가운데 한 곳의 구장이 출석했다. 사람 좋아 보이는 그 구장은 자신의 딸도 다미나토의 인솔로 소개했었다고 말했다. 고향으로 돌아와 류큐대학을 졸업하고 교사가 되었으며 본 섬 사람과 결혼해 벌써 두 아이의 엄마가 되어 지금은 나하에 살고 있다고 했다.

농협장은 이 섬에서는 본섬처럼 기지 덕분에 농경지를 갈아엎는 일 없이 오히려 기지 부대에 적은 양이긴 하지만 채소를 파는 이른바 '기지수입'을 올리고 있다. 그런 의미에서는 오히려 전쟁 전보다 농가경제가 좋아졌다고 할 수 있는데, 다만 사탕수수를 심어도 이것을 분밀당 공장으로 반입하려면 본섬으로 가져갈 수밖에 없다. 섬에 작은 분밀당 공장이 있지만 규모가 작아 생산성이 떨어지므로 본섬만큼 돈을 벌 수 없어 그것이 분할 따름이다. 부디 선생님이 본섬에서 섬 사정을 소개할 기회가 있다면 편향된 보고가 아닌, 이 실정을 있는 그대로 전해 달라는 당부를 다분히 연설조로 말했다. 그 연설조 말투에서 다미나토는 소개지로 출발하던 날 장행식壯行式에서 당시 촌장이 소개 아동을 격려했던 어조를 떠올렸다. 그것을 떠올리는 한편, 그 당시 '사타야砂糖室'라 불리던 흑설탕집이 지금은 '함밀당 공장'이라는 다소 격식을 차린 이름으로 불리게 된 연유가 궁금하여 "사타야가 있던 자리는 옛날 그대로인가요?"라고 물었다. 이 질문은 20여 년이라는 간격을 조금이라도 메워 볼 요량에서 한 말이었다. 그런데 그 마음은 쉽게 거절당했다. "사타야 말씀인가요? 선생님. 그런 것은 더 이상 없어요. 기계공장이에요. 섬도 문화화되었으니까요. 공장장이 제 부하랍니다." 그렇게 말하고 농협장은 웃었다. 얼마간 허풍 끼도 있는 성격이라는 것이 느껴졌다. 다미나토는 말도 없이 갑자기 시험당하는 듯해서 조금 머쓱해졌다.

　농협장은 "가쓰오부시 공장만큼은 아직 전쟁 전에 비해 조금도 발전하지 않았어요, 농협장은 제당공장이 돈벌이가 안 된다고 하는데 어협보다는 아직 나아요."라고 말하며 처음으로 모두를 웃게 했다. "그래도 근대적인 가다랑어 배를 샀으니 훌륭한 자본가가 아닌가요?"라고 말한 것은 부촌장 후텐마 젠이치였다. "부촌장은 늘 그렇게 말하죠. 개발금융공사와 절충을 이뤄낸 수완은 인정해 줄 테니 이젠 그만 좀 하시죠."라며, 농협장이 과장되게 양손을 내저었다. 다시 한바탕 웃음이 일었다. 이 분위기가 사그라지기 전에 청년단장이 일어나서 자기소개를 했다. "선생님께서 이 학교에 계셨을 때는 아직 입학 전이었습니다만, 하마가와 겐신 군이 다니고 있어 놀러 가곤 했습니다. 지금은 기지부대에 근무하면서 청년단장을 맡고 있습니다."라고 말하고 자리에 앉았다.

"청년단원은 몇 명입니까?"

라고, 다미나토가 질문했다.

"15명입니다. 남자 8명에 여자 7명입니다."

라고 단장이 대답하자 부촌장이,

"단장과 여자 5명이 부대에 근무하고 나머지는 면사무소에 다니거나 교사예요."

라고 주석을 달았다. 거기에 농협장이,

"섬에 남아 있는 남자는 모두 장남들뿐이라는 말도 해야지."라고 냉소 띤 말을 하고는 다미나토를 향해 "정말 큰일입니다, 선생님. 젊은 남자나 여자나 농업을 할 만한 자가 없으니 오키나와는 어떻게 되겠습니까?"

"야마토도 마찬가지에요."

"그래도 오키나와만큼은 아니겠죠. 제가 재작년에 농협시찰로 본토에 갔습니다만 거기에는 농촌 청년이 아직 연구그룹 같은 것도 꽤나 많던걸요."

"여기도 있지 않습니까?"

청년단장이 다소 정색을 하며 말했다.

"있긴 하지만 자네도 알다시피 모두 부업이지 않나."

"부업이라도 상관없지 않나요? 농업을 본업으로 하는 사람은 연세 드신 분들뿐이니 하는 수 없죠."

"그렇지." 어협장이 말을 거들었다. "부업이라도 그룹 활동을 하니 훌륭한 거야. 가다랑어 배는 부업으로라도 타는 이가 없네."

"어협장은 늘 자기 쪽으로 이야기를 끌고 간다니까."

라는 후텐마 젠이치의 말에 웃음을 되찾았다.

다음은 학교 PTA 회장을 겸하고 있는 면사무소 총무과장, 나하시 출신이지만 섬 측후소장으로 부임해 오면서 섬 유지모임에 늘 함께하고 있는 남자다. 수 년간 생활개선 보급에 힘쓰고 있으며 요 근래 신문을 떠들썩하게 장식하고 있는 프로판가스 가격 문제로 본섬에 드나드는 날이 많아졌다는 초로의 만년 부인회장, 생활개선보급원으로 정부 농림국에서 파견되었지만 일을 부인회장에게 빼앗겨 버려 활동 전략을 다시금 짜야 한다며 젊은 나이임에도 주눅 들지 않고 말하는 여자, 그런 자기소개들이 이어지는 가운데 다미나토는 20여 년 전 섬의 평화를 되돌아보는 듯했다. 이 외에 3명, 다미나토의 인솔로 소개한 학생들 부모가 말은 별로 없었지만 그래도 조용히 웃는 얼굴로 감사와 환영의 마음을 표했다. 그 표정을 보니 이 섬에 부임해 왔을 때의 환영회 분위기가 떠올랐다.

소개한 학생은 모두 10명이었는데, 그중 한 명이 도카시키, 그리고 오늘 3명의 부모와 만났으니 다미나토는 그렇게 계산하고 나머지 6명에 대해 물었다.

"그 학생들은 더 이상 섬에 없어요. 부모가 모두 사망해 버린 탓도 있을 거고."

나이든 총무과장이 이렇게 대답했다. 마을 호적계에서 40년 근무하며 섬 개개인의 일이라면 전쟁 전 일부터 가장 잘 알고 있다는 사실을, 다미나토는 떠올렸다.

"사망했다면, ……전쟁으로?"

"모두 전쟁에서 그랬죠."

"자결했나요?"

다미나토는 자신도 모르게 조급해졌다.

"게 중에는 폭격에 당한 사람도 있겠죠?"

총무과장은, 확인하는 듯한 얼굴로 주위를 둘러보았다.

"어느 쪽이든, 거의 마찬가지에요……." 어협장이 허리를 굽히며, "일본군에게 살해당한 사람도 있고."

"정말, 있었어요?"

"있어요, 그런 경우……." 어협장은 다미나토의 즉각적인 반응에 쑥스러운 듯, "하마가와 어저씨도 그랬을걸, 요."

어협장은 마지막 부분에서 역시 누군가의 동의를 얻으려는 듯한 얼굴을 했다.

"정말로, 본 사람은 없지……." 농협장이었다.

"그렇지, 부촌장?"

후텐마 젠이치는 고개를 끄덕였다.

"정말 아무도 본 사람이 없을까요……." 다미나토는 천천히 둘러보며, "본 사람이 없는데, 어떻게 그런 이야기가 나왔을까요……."

순간 조용해졌다. 그 조용한 분위기 속에 조심스럽게 부인회장이 천천히 말을 꺼냈다.

"종전 직후에 바로 퍼진 이야기예요. 처음 누가 말을 꺼냈는지 모르지만, 그런데 필시 무책임한 근거 없는 말이 아니라 누군가가 정말은 알고 있지만 단지 그것을 분명하게 말하지 않는 거라고 생각해요, 네."

모두를 이해시키려는 듯한 말투였지만 그걸로 납득할 사람은 없을 거라고, 다미나토는 생각했다.

"나로서는 상상도 할 수 없는 심경이 있었을 테지만……." 다미나토는 거의 자문자답처럼, "혹시라도 동포끼리 서로 죽이는 형국이 될 수 있으니까요. 분명하지 않은 이야기는……."

"분명하지 않은 편이 좋을 거요……." 소개한 학생의 부모이며 태생부터 소시민인 노인이었다.

"예컨대 우리 아이가 소개지에서 오키나와의 전쟁은 오키나와 현민이 스파이 짓을 해서 진 거라며 괴롭혔다고 해요. 선생님도 기억하고 계시지 않습니까? 그런데 그걸 누가 어떻게 말한 거냐고 분명

162

하게 말하라는 건 무리지 않습니까? 전후 20년이나 지났으니 새삼스러운 기분도 들고요."

"……."

"하마가와 야에 씨가 말이에요……." 부인회장이 말했다. "전쟁 후 얼마 안 되어 남편 유골 찾기를 시작해서 고집스럽게 계속해 오고 있어요. 언젠가는 비가 쏟아 붓는데도 하고 있더군요. 그걸 보면 진실을 알고 있어도 말하지 못하는 게 아닐까요?"

"그 말씀은……." 다미나토는 **집단자결**이라는 말을 꺼내려던 걸 겨우 삼키고, "**전쟁** 당시 상황을 조사한다고 해도 진실은 조사하지 못할 거란 말입니까?"

"그 부분은 미묘한 문제여서 말이죠……." 촌장이 고심 끝에 말하기를,

"면사무소에서 2, 3년 전에 전쟁기록을 모았어요. 주민들 편에서 본 자료로 말이죠. 그런데 뭔가 어딘가 부족한 거예요. 예컨대 집단자결이라 해도 자신이 도끼를 휘둘러 가족을 죽이고 자기만 가까스로 살아남았다는 것을 솔직하게 말할 사람은 없을 거고 목격자라고 해도 지금 살아 있는 사람의 일을 적나라하게 말할 사람도 없고 말이죠."

"결국 추상적인 기록만 만들어지게 되는 건가요?"

촌장은 말없이 끄덕였다.

추상적인 것이라도 좋으니 우선 한번 그 기록을 보여준다면 다시 조사할 것이 나올 거라고 다미나토는 생각했다. 분명한 것을 듣지

못한다는 것은 그만큼 과거의 진실이 잔혹하기 이를 데 없었다는 의미가 아닐까? 아니면 현재 연대의식이 약해진 것이 아닐까? 그렇지 않다면 어떤 의미에서 연대의식이 강해진 걸까? 다미나토는 점점 판단이 흐려지고 있었다.

"선생님⋯⋯." 청년단장이 말을 걸어왔다. "너무 파고들지 않는 편이 좋을 듯합니다. 본토에서 오신 분들은 처음부터 자극이 너무 강해서 열심히 여러 일에 깊이 관여하려 하지만 결국은 아무런 도움이 안 되니까요."

"아무런 도움이 안 된다, 무슨 뜻이죠?"

"솔직하게 말씀드리면, 본토에서 오신 분들은 오키나와 사람의 마음을 아무리 조사해도 진실을 알아내기 어렵다는 거죠."

"나 스스로는 오키나와 사람이라고 생각하는데요."

다미나토는 웃었다.

"아, 그건 알지만."

청년단장은 순진하게 얼굴을 붉혔다.

"말하자면 반半 오키나와 사람이겠죠⋯⋯." 도카시키가 마침내 입을 열었다. "어긋난 부분이 있는 건 틀림없지만 말이에요."

젊음에서 오는 솔직함 때문인지 그들의 자극적인 말들이 다미나토에게 결코 불쾌하지 않았다. 그렇다고 그대로 받아들일 수 있는 것도 아니었다. 감정적이 아닌 이성적으로 받아들이기에는 아직 시기상조라는 생각이 들었다. 자신이 어긋난 걸까, 그들이 어긋난 걸까, ─하마가와 야에와 그 며느리와의 대립을 떠올리고, 후텐마 젠슈의 침묵을 생각했다.

다미나토는 후텐마 젠슈 쪽을 보았다. 젠슈는 처음부터 자리에 있었지만 아직 한 번도 발언하지 않았다는 것에 문득 생각이 미쳤다.

"반갑습니다……." 다미나토는 조금 과장된 미소를 지으며 젠슈에게 말을 건넸다. "귀향한지 얼마 안 되는 신입이어서 아무런 자격이 없네요. 선생님."

"조금 자나면 익숙해질 거요."

후텐마 젠슈는 그렇게 말할 뿐이었다.

"그러고 보니……." 다미나토는 다시 젠슈의 말을 끌어내려는 듯, "선생님 댁에 미야구치라는 아가씨 말인데요, 아버님이 이 섬에서 전사했다는 건가요?"

"예, 그렇소."

"그래서 이 섬에 친밀감을 갖고 있는 건가요?"

"글쎄 친밀감을 갖고 있는지 어떤지는 모르겠소만, 아버지가 전사한 것에 대해 조사하고 싶다고 해서 잠시 우리 집에 머물게 한 거라오."

"그래서 어느 정도 조사가 되었답니까?"

"어려울 거요……."

후텐마 젠슈는 거기서 급하게 입을 다물었다.

"처음은 마을 사무소로 편지를 보내 왔어요……." 촌장이 말을 이어 받았다. "일이 어렵게 된 것이, 미야구치 군조라 불리던 사람이 두 명이 있어서요. 둘 다 성 이외의 이름을 기억하는 사람이 없어서 누가 도모코 씨 아버지인지 알 수 없어요."

"둘 다 전사했나요?"

"한 명은 전사한 것이 분명합니다. 그걸 본 사람이 있으니까. 다른 한 사람은 행방불명인거죠."

"이렇게 작은 섬에서?"

"복원復員해서 집으로 돌아오지 않았다면 전사를 확인한 사람이 없는 이상, 그렇게 생각할 수밖에 없지요. 이렇게 작은 섬이지만 아무도 안쪽까지 들어가 본 적 없는 동굴도 있고, 바다에서 나룻배로 탈출하는 것도 가능하고 그만큼 혹독한 전쟁 속에서 인간이 시도하지 않았던 건 아마 없었을 거예요."

"사진은 있지 않나요? 따님이 가져온 것이……."

다미나토는 후텐마 젠슈와 촌장을 나란히 보았다. 후텐마 젠슈는 변함없이 아무런 반응을 보이지 않았다. 촌장은 미안한 듯,

"봤습니만. 나는 전쟁 때 여기에 있지 않아서……."

"다 같이 보면 필시 알 수 있을 텐데요……." 다미나토는 자신도 모르게 정색을 하면서, "설마 얼굴도 같진 않을 테니까요."

"그게……." 촌장은 곤란한 듯 주위를 둘러보았다. "전쟁 무렵은 다들 마르거나 수염이 덥수룩해서……."

말끝을 왠지 흐렸다.

"그래도……."

다미나토는 말하기를 멈추었다. 이 이상 아무리 추궁해도 소용없는 일이라는 것을 겨우 알아챘다. 섬사람들이 뭔가를 숨기고 있는

166

모습이 보였다. 그것은 어쩌면 어느 한쪽 미야구치 군조가 불명예스
러운 일을 했다는 의미일까? 그것이 미야구치 도모코의 아버지라는
걸까? 숨겨할 정도의 행위라면 이를테면 어떤 걸까? 그것은 또 후텐
마 젠슈의 침묵과도 관련이 있는 걸까?

　──다미나토 신코의 눈앞에, 지금까지 예상하지 못했던 그림자가
어느새 검게 드리우고 있었다. 그것은 섬의 유명한 집단자결이라는
역사적 사건과 관련이 있는 건지 없는 건지 알 수 없지만 작은 충격
만으로도 섬사람들 마음 한구석에서 삐져나와 어느새 거대한 괴수
로 변하여 다미나토를 습격하려 한다.

　다미나토는 불과 얼마 전까지의 마음의 짐──섬에 전쟁의 그림자
같은 건 남아있지 않은 것 같다며 불만을 가졌던 것이 자기 혼자만
의 결론이었음을 조용히 반성했다.

　"파파 씨!"

　갑자기 문 쪽에서 어색한 일본어가 들려 왔다. 기지에 있는 군인인
듯했다. 누구를 가리켜 '파파 씨'라고 부른 건지, 아마도 누가 되든
상관없었을 테지만 어둠 속에서 불쑥 튀어 나온 젊고 하얀 얼굴은
완전히 무방비로, 거기에는 꽃봉오리에서 막 피어난 꽃과 같은 싱그
러움만 있었다.

　"저기, 반장!"

　농협장이 청년단장을 부르자, 기지부대에서 노무반장을 맡고 있
는 청년단장이 알아들었다는 듯 벌떡 일어나 군인 앞으로 나갔다.
그리고 두세 마디의 말을 주고받았다. 군인의 말 속에 "스몰 피쉬"라

는 단어가 들어 있는 것만 다미나토는 알아들었다. 청년단장이 대충 대응한 다음 뒤를 돌아보았다. 그가 말을 꺼내기 전에,

"피래미 먹이가 필요하단 거지?"

농협장이 잽싸게 말했다.

"네."

"조금 있으면 달이 뜨니 낚시는 무리라고 일러주게."

"알려 줬어요."

"그랬군. 거기까진 못 알아들었네."

모두가 웃음을 터뜨렸다. 어협장이,

"통역 없이 혼자 하시지."

라고 놀렸다.

"나 혼자 있을 때는 한다니까."

"대신 한 시간은 걸릴걸."

군인은 제쳐두고 만담이 오가자, 청년 단장이,

"어떻게 할까요?"

"사부로三郎의 집을 알려주게. 사부로는 얼마간 보관하고 있을게 야."

청년 단장이 그대로 일러주자 군인은 "땡큐"라고 말하고 돌아갔다.

"미군 병사가 종종 저렇게 마을에도 나옵니까?"

다미나토는 작은 이물질을 삼킨 것 같은 기분이 되어 물었다.

"네, 사이가 좋아요……." 농협장이 대답했다. "한번은 가다랑어 배에 올라타서는 말이에요. 꼭 데려가 달라고 해서 태워 갔더니, 해가

지자 몇 시에 섬에 도착하느냐고 묻는 거예요. 3일 동안 돌아가지 않을 거라고 했더니 방금이라도 울 것처럼 해서는."

"그래서 되돌려 보냈나요?"

"돌려보내지는 못하죠. 나는 일하러 간 거니까요. 그대로 3일 동안 끌고 다녔어요."

"군에서 소동은 없었나요?"

다미나토는 청년 단장에게 물었다.

"출항한 날이 마침 일요일이어서 소동이 있었는지 어땠는지 잘 모르고. 다음 날 일찍 구장區長이 부대에 보고해서 부대에서도 확실히 파악했을 겁니다."

"난 배가 나가는 걸 봤어요……." 사람 좋아 보이는 구장이 말했다. "이건 분명하게 부대에 말해 놓지 않으면 우리가 오해를 살 수 있으니까요."

"오해를 사다니요, 무슨?"

"아니……." 구장은 조금 당황한 듯, "뭐 특별히 어떻게 된다는 건 아니고요. 혹시 있을지 모를 만일에 대비한다고 할까."

"분명하게 말하면 군인이 마을에서 살해된다든가, 유괴된다든가……."

"큰일 나죠. 그런 일이 생기면……." 후텐마 젠이치가 옆에서 버럭 화를 내며 부정했다.

"그런데……." 다미나토는 시험하듯 웃으며, "가끔은 그렇게 해보고 싶은 기분이 들지 않나요?"

"전혀요. 평화로워요. 바Bar도 있고, 폭력은 일어나지 않아요."

후텐마 젠이치는 아주 진지한 얼굴로 말했다. 조금 화가 난 듯했으나, 표현하지 못한 기분까지 다미나토는 읽어 내었다.

"아무래도 말이에요, 다미나토 선생님⋯⋯." 농협장이 또 불쑥, "선생님은 굳이 어려운 말들을 꺼내시는데, 그런 말은 일주일 정도 계시다 보면 곧 알게 될 거예요. 그보다 오늘 밤 옛날 이야기나 하시죠. 이렇게 학부모님도 오셨고 걸어 다니는 사전인 총무과장도 있고, 안성맞춤 아닙니까? 아주 많이 변했지요?"

다미나토는 쓴웃음을 지을 수밖에 없었다. 너무 성급했나 하는 생각을 했다. 그러고 보니 표면적으로는 위령제에 참석하려는 목적으로 왔지만 자신의 옛 지인이나 제자와의 추억을 떠올리는 일을 먼저 했어야 했을지 모른다. 이 두터운 의리를 소유한 이 섬사람들에게는 자신이 보인 지금과 같은 성급한 태도는 **물정을 모르는** 여행자가 하는 행동으로 비춰졌을지 모른다 ─다미나토는 조금 어깨의 힘을 빼는 듯한 기분으로 후텐마 젠슈를 돌아보았다. 다미나토로 하여금 뭔가 비밀을 갖고 있을지 모른다는 생각을 불러 일으켰던, 후텐마 젠슈가 처음으로 여유 있는 미소를 다미나토에게 보냈다.

"실례합니다!"

둔중한 목소리가 들려오더니, 갑자기 문 앞에 나타난 얼굴이 있었다. 다미나토는 그 얼굴을 본 기억은 있지만 이름은 떠오르지 않았다.

"무슨 일이죠? 도바루桃原 씨?"

총무과장의 말에, 아아, 도바루 히로시桃原弘라는 이 사람도 소개한

170

학생의 아버지라는 사실을 떠올렸다. 그는 인사를 하려고 옷매무새를 가다듬고 있었다. 그런데 도바루 노인은 누군가를 찾으려는 듯 시선을 두세 번 빙 둘러보더니 실망한 어조로 말했다.

"무라이村井 씨가 오신다고 들었습니다만······."

"뭘 그리 머뭇거리나, 자네."

농협장이 갑자기 굵고 탁한 소리를 내자,

"도바루 씨에요······."

총무과장이 멋쩍은 미소를 띤 얼굴로, "무라이 고쵸伍長[10]는, 가고시마를 막 출발했다고 해요. 내일모레 도착할 예정이에요. 위령제는 그 다음 날이니까요."

"아, 그런가. 뭔가 잘못 들었나보오"

"도바루 아저씨······."

도카시키 야스오가 아주 진지한 표정으로 말했다. "다미나토 선생님이 오셨어요. 히로시弘 군 선생님 말이에요."

"아이고——······."

도바루 노인은 갑자기 거의 수영하듯이 문지방을 넘었다. "진짜네. 다미나토 선생님, 잘 지내셨어요?

노인은 거리낌 없이 기다시피 다가와서는 다미나토의 양손을 잡았다. 놀랍도록 거칠고 단단한 손을 잡으려니, 이 노인도 어렵게 살아남은 사람 가운데 하나일거라는 생각을 했다.

---

10 구舊 일본 육군 하사관 계급의 하나.

"왜 내게 아무도 다미나토 선생님 오신다는 말을 하지 않은 거요."

도바루 노인은 진정하고 자리에 앉자, 그것이 평소의 모습인 듯 완고하고 진지한 표정이 되었다.

"아주머니께 말씀 드렸는데……."

도카시키가 다시 말을 보태어, "아저씨가 무라이 고쵸만 생각하고 계셔서 그런 거 아니에요?"

그러자 모두가 와자지껄 웃음을 터트리며, 다미나토는 옆에 있는 교장에게서 도바루 노인이 전쟁 때 수비대였던 무라이 고쵸라는 사람과 특별히 친하게 지내서 이번 위령제에 무라이가 온다는 연락을 받고 매우 기뻐했다는 말을 들려주었다.

"그런데, 도바루 씨도……."

라며, 농협장이 말했다. "무라이 고쵸와 끊으려야 끊을 수 없는 사이죠?"

"그건 자네……."

도바루의 표정에 자신감이 넘쳐흘렀다. "나는 아무래도 무라이 고쵸에게 은혜를 입었으니까. 이 섬사람들은 말이야, 집단자결이 어떠니 하며 야마토 사람들을 나쁘게만 말한다니까. 야마토 사람 중에도 좋은 사람도 있다고. 같은 인간이니까."

갑자기 긴장된 침묵이 흘렀다. 모두 어떤 형태로든 반응을 보이고 싶어 했지만, 서로 견제하고 있는 모습을, 다미나토는 느꼈다.

"저, 부촌장님……."

문 앞에 또 사람이 찾아왔다. 그 사람은 섬에 하나밖에 없는 여관 주인이라는 것을 다미나토는 바로 알아봤다.

"요나시로라는 젊은이가, 이 모임에 자기도 참석해도 될지 물어보고 오라고 해서요."

"음, 그건 어떨지……." 부촌장은 갑작스러운 상황에 조금 귀찮다는 듯, "뭐, 상관없을 거 같기도 한데."

"뭔가 특별히 말하고 싶은 것이 있나 본데?" 촌장이었다.

"뭐, 그런 게 아닐까요."

여관 주인은 알 수 없다는 듯한 얼굴을 했다.

"그만, 그만……." 농협장이, 내쫓으려는 듯 "요나시로라면, 그 영화 만든다는 청년이지? 그 인간 수상해요, 부촌장, 사상적으로 이상하다니까. 젊은 교사들에게 뭔가 바람을 넣고 있는 것도 같고. 교장 선생님, 어떠세요? 아무래도 도카시키 군. 이런 자리에 불러들이지 않는 편이 좋아."

몹시 취했다는 생각과 함께 다미나토는, 어제 그 요나시로 아키오가 후텐마 젠슈와 어떤 말을 주고받았을까, 하는 생각에 미쳤다.

4

다음 날, 다미나토 신코가 공식적인 인사를 하러 마을 사무소를 찾았다. 그보다 앞서 요나시로 아키오가 손님으로 먼저 와 있었다. 다미나토는 인사를 마치고, 응접실에서 요나시로와 촌장, 부촌장이 이야기를 나누는 것을 방청했다. 처음은 사양하려 했지만 촌장과 부촌장이 만류했다. 섬 관광영화를 찍으려 하니 외부 사람의 의견도 듣고 싶다는 것이었다. 요나시로도 같은 생각이라고 했다. 다미나토는 전날 밤, 농협장이 이 청년을 꺼림칙하게 여기는 것을 들은 바도 있고 이 젊은 남자가 섬을 배경으로 관광영화를 제작하겠다고 하는 데에 놀라움 반 호기심 반으로 방청하기로 했다.

요나시로는 편집 원안 같은 것을 피로했다. 그것은 아직 대본 형태는 아니었고 어떤 관점에서 어떤 소재를 다룰 것인지 편집 원안을 짜는 단계였다. 따라서 거기에 쓰여 있는 항목 정도로는 전문가가 아닌 다미나토로서는 그것이 어떤 영화가 될지 잘 알 수 없었지만 그럼에도 다미나토는 처음부터 의문이 하나 생겼다. 이 섬을 관광영화로 만든다고 하는데 이 섬 전체에서 소재를 아무리 끌어 모은다해도 영화로 만들기에는 너무 빈약하지 않을까, 하는 것이었다. 그러나 그 의문은 얼마 안 있어 풀렸다.

원안을 넘기던 부촌장 후텐마 젠이치가 말했다.

"여기에 '하마가와'라고 메모되어 있는 건 뭐죠?"

"아……." 요나시로는 고개를 끄덕이며, "하마가와 야에 씨라고 계시죠? 그 아주머니의 유골 찾기에 관한 이야기를 하나 넣으려고 생각해서요……. 실은 그 이야기를 어제 처음 들어서 급하게 메모만 남겨두었어요."

그러자 젠이치의 표정이 갑자기 진지해지며,

"그 이야기는, 우리 아버지게 들었나요?"

"아니요. 며느님한테요. 요시에 씨라고 있죠?"

"빠르군, 역시."

젠이치의 말투가 갑자기 바뀌더니, 남자들만의 농담을 했다.

"아니에요, 같은 배에 탔을 뿐이에요."

요나시로 아키오가 정색을 하며 수줍어했다. 다미나토는 배 위에서 보았던 요나시로와 요시에의 한없이 밝게 이야기를 나누던 모습과 하마가와 댁에서 마주한 요시에의 굳은 표정을 동시에 떠올리고, 요나시로가 아마도 어젯밤 사이에 뭔가를 생각하고 '하마가와' 관련 일을 메모한 것이 아닐까 하는 억측을 해 보기도 했다. 그러한 행동을 요나시로 아키오라는 청년과 연결시켜 생각하는 것이 다미나토에게는 아직 조금 부자연스럽게 생각되었지만, 영화제작이라는 조금은 평범하지 않은 일과 관련시켜 보면 뭔가 알 것 같은 기분도 들었다. 그건 그렇고 후텐마 젠이치도 뭔가 신경이 쓰이는 모양이었다. 젠슈와 요나시로와 사이에서 어떤 이야기가 오갔을지, 다미나토는 새삼 신경이 쓰였다.

"하마가와 아주머니의 유골 줍기를 어떻게 찍으려는 거죠?"

"물론 실제 모습을 재현해 보일 겁니다. 거절하면 숨어서 찍을 수도 있습니다. 그러나 요시에 씨에게 설득해 보도록 할 겁니다."

"그 며느님이 하는 말은 들어주지 않을 거요."

"그럼, 부촌장님이 부탁 좀 해 주세요. 촌장님이라도."

요나시로의 강한 태도에 상대편 두 사람은 쓴웃음을 지었다.

"그런데 제재가 너무 어둡지 않나요? 아무리 전쟁의 흔적을 제재로 삼는다 해도."

"제재는, 전쟁 흔적이 아니라 전쟁이에요. 전쟁의 상흔이니까 전쟁과 같은 거죠."

촌장과 부촌장이 얼굴을 마주 보았다. 다미나토는 이야기가 이상하게 돌아가고 있다는 생각이 들었다. 뜬금없는 이야기라는 생각이 드는 한편, 요나시로가 영화를 만든다는 의미를 이제야 알 것 같은 기분이 들었다.

"관광영화라고 말씀하셨는데……." 다미나토는, 염려스러운 듯 누구를 지칭하지 않고, "어떤 취지의 것인가요?"

"관광영화는 관광영화에요……." 젠이치는 한풀 꺾인 목소리로, "오키나와 안이 지금 관광유치 붐이잖아요, 선생님. 이 가미시마도 빈곤에서 벗어나기 위해서는."

"그런데 유치한다고 해도 판매할 만한 토산물이나 제대로 된 숙소도 없지 않나요."

섬에 전문 여관이 달랑 하나, 그것도 전쟁 전에는 없었으니 그나마 나아진 건가,라고 다미나토는 생각하던 참이었다.

"지금 만든다고 해도 팔리지 않을 테니. 유치할 수 있다는 전망이 있어야 만드는 겁니다."

"과연, 오랜만에 그런 여유로운 이야기를 듣는군. 역시 섬은 좋아."

지난 밤 낙천적인 사람들의 대표가 후텐마 젠이치이고 촌장일지 모른다는 생각을 하던 중,

"반은 농담이에요. 진심을 말하면 말이에요, 가미시마를 잊고 싶지 않아서예요, 오키나와 안에서, 혹은 일본 안 사람들에게."

"전쟁의 섬으로?"

"그렇죠. 막대한 희생을 치른 섬으로 말이죠."

"그런 거라면……." 다미나토는 요나시로를 돌아보았다. "요나시로 군이 조금 전에 말한 건 틀리지 않을 거예요."

"그렇습니다. 이론적으로는 틀린 게 없습니다. 단지 그 이론에만 입각한다면, 현실적인 문제로서는 별로 좋지 않은 면도 생길 거예요."

"현실적인 문제라면 — 어떤?"

"아까 이상한 농담을 했는데 솔직하게 말하면 앞으로 수중익선水中翼船을 띄우거나 수족관을 만든다거나, 외자를 유치해 도박장을 만들려는 사업가도 있는 거 같으니까요. 앞으로 몇 년 후에는 이 섬의 성격을 크게 바꿔 놓을 구상이라고 할까. 그런 기대를 갖고 있는 거죠……."

"그렇게 되면 또 거꾸로 전쟁의 섬을 호소하는 것이 이상하지 않을까."

"아니죠. 양쪽 모두 필요해요, 선생님. 그보다 이처럼 아름다운 섬에 그처럼 혹독한 전쟁이 있었다는 것을 호소하는 것으로 지금의 아름다운 섬의 모습이 보다 강렬하게 인상에 남게 될 거고, 장래의 관광유치에 힘을 싣게 되는 겁니다. 현실과 동떨어진 걸까요……."

마지막 부분에서 후텐마 젠이치는 수줍게 웃었다. 본인은 그렇게 과장은 아니라는 자신이 있는 모양이었다. 그 꿈이 그렇게 비현실적인 것은 아나나 장밋빛 관광시설의 꿈과 전쟁의 상흔을 연결시키려

는 발상이라는 것은, 잘 이해가 되었다. ―다미나토가 선뜻 판단하지 못하고 있자, 요나시로가,

"그런데 부촌장님. 다시 확인해 두고 싶은데, 이 영화의 제작비용은 모두 우리 회사가 투자하는 것으로 하고 마을 예산은 나오지 않는 거죠?"

"물론입니다……." 젠이치는 요나시로의 솔직한 발언을 오히려 가볍게 맞받으며 "그래서 편집방향에 대해서는 마음대로 불평을 할 수 없겠군. 그런데 마을사람들의 협력을 얻으려면 그들의 의향을 무시할 수 없겠죠?"

"마을사람들의 의향이라면 어두운 이야깃거리는 좋아하지 않을 거란 말씀입니까?"

"미군기지도 있고 말이죠."

"미군기지를 비방하거나 하는 일은 전혀 없을 테니 상관없지 않을까요? 전쟁의 상흔이라는 것은, 그들과 관계없는 이 섬의 진실이니까요."

"그래도 미군과의 전쟁이었으니."

"오히려 일본군과의 문제겠죠, 이 섬의 비극은."

"그런데 진실은 그 비극을 잊고 싶어 하는 데에 있어."

"이상하군요. 당신은 조금 전 이 비극의 섬을 잊지 않고 싶다고 말했어요. 그래서 매년 섬만의 위령제에도 계속 참가하고 계시구요. 말씀이 모순되지 않나요?"

"당황스럽군……."

후텐마 젠이치는 머리를 감싸 쥐고 촌장과 다미나토를 돌아보았다. 그 표정에는 모순 때문에 당황한 그림자는 보이지 않았다. 자신이 말한 것을 상대가 이해하지 못했다는, 당혹감만 있었다.

"그러니까 말이오, 요나시로 군……." 촌장이 말을 이어 받았다. "부촌장이 말하는 것은 대체적으로 마을 당국과 마을 지도자층의 의향이기도 하지만 그건 결국, 전쟁의 비극을 두 번 다시 반복하는 것은 싫으니 잊어선 안 되지만 거기에 너무 얽매여 눈앞의 현실이나 발전에 방해가 되어선 안 된다는 뜻이에요."

"답변을 드리자면 촌장님. 사실을 말하면, 여러분은 전쟁 자체를 아예 없었던 것으로 치부하고 싶으신거죠? 잊어선 안 된다는 것은 거짓말이죠?"

"무슨 말인가? 최근엔 마을사무소에서 기록을 모은 일도 있다네."

"그런데 그 기록에는 사람들의 생생한 육성이나 외침은 나오지 않아요. 제가 들은 이야기만 하더라도 여러 가지 비참한 체험이 있었어요. 엄마가 아들 머리를 돌로 내리쳐서 깼다거나……."

"그런데, 요나시로 군." 촌장이, 노여움을 간신히 억제하려 노력하는 표정을 보이며 "그런 잔혹한 이야기는 분명 기록으로서 어느 정도 의의를 가질지 모르겠네만, 평화에 도움이 될지 어떨지는 의문이네."

"도움이 되고 말구요."

"견해가 다른 것 같네."

"견해가 다르기보다 제가 볼 때, ……여러분은 그런 잔혹한 이야기가 이 섬의 기지체제에 방해가 된다고 생각하는 거겠죠? 평화를 주장하면 미군에게 미움을 살 것이라고 생각하는 건가요?"

"설마, 평화는 미국에서도 바라는 바가 아닐까?"

"그건 겉으로만 그렇게 보일 뿐이에요."

"아무튼 잔혹한 것이 평화에 도움이 된다는 것은 우리는 믿지 않네. 이 섬은 어디까지나 평화로운 관광의 섬으로 만들어 갈 것이니, 그런 전쟁 당시의 잔혹한 기억은 서로에게 증오만 불러일으킬 뿐 그래선 안 된다고 보네."

"그건 마을 사람들 사이를 말씀하시는 겁니까?

"누구라도 그러하네. 과장을 좀 하자면, 전 세계인 사이에서도 말이네."

요나시로 아키오는 촌장과 부촌장의 얼굴을 물끄러미 바라보았다.

"그거야말로 견해가 다르네요……." 요나시로는 잠시 사이를 두고 말했다. "제 생각에는 그 잔혹한 기억과 정면에서 대결할 때 비로소 진정한 평화를 구축할 에너지가 생겨난다고 생각해요. 여러분 생각은 명확하지 못하다고 생각해요."

"할 수 없지 않나. 자네는 아직 학생 기분에서 벗어나지 않아서 그리 말씀하시는 거라고 생각하네. 그런데 작업은 어떻게 할 작정인가?"

"제가 묻고 싶은 말입니다만……." 요나시로는 펼쳐 놓은 서류를 정리하며, "저는 어쨌든 예정된 프로그램대로 일을 하겠습니다. 거기다 마을의 협력을 얻을 수 있다면 감사하고, 얻지 못하더라도 할 수 없는 일이라 생각합니다."

"그런데 마을 축제 장면 같은 걸, 자네 혼자 힘으로 사람을 모을 수 있나? 움직일 수 있겠나?"

"못할 것도 없다고 생각합니다, 돈만 들이면."

"글쎄, 어떨지……." 후텐마 젠이치는 장난스럽게 "예컨대 마을의 신성한 연중행사 장면을 돈만으로 재현시킬 수 있을까?"

"염려하지 않으셔도 됩니다……." 요나시로는 발끈하며 "어쨌든 해 보겠습니다."

"자자, 진정하세요……." 후텐마 젠이치는 자리에서 일어나려는 요나시로를 향해 이번엔 진지하게 "오해하지 말아요. 지금은 예를 들자면 그렇단 말이에요. 마을에서도 가능한 협력하도록 할게요. 자네의 순수한 열정을 이해하니까. 그러나 그 협력에는 한도가 있을지 모른다는 그런 이야기에요. 어찌되었든 농사와 어업을 주로 하는 인습적인 마을이니까요."

"알겠습니다. 그럼."

요나시로는 납득했는지 어떤지 알 수 없는 얼굴로 응접실을 나가려 했다.

"자네, 어디로 갈 건가?"

다미나토는 자리에서 일어서며 물었다.

"학교로 가려고요."

"나도, 함께 갑시다."

"잠깐만요, 선생님……." 젠이치가 막아서며 "지금 이야기, 선생님의 의견을 묻고 싶습니다만."

"조금 시간을 주시죠……." 다미나토는 답했다. "그런 모순은 비단 오키나와에만 한정된 것은 아닌데 역시 이곳만의 특수한 사정이 있는 듯해요. 그 점이 흥미롭네요."

요나시로와 다미나토는 나란히 마을 사무소를 빠져 나왔다.

"그다지 특수한 사정이랄 것은 없어요……." 요나시로는 아직 조금 석연치 않은 모습으로, 발걸음을 옮기며 다미나토에게 말했다. "오키나와 전체가 그래요. 철저하지 못한, 칠칠치 못하죠."

"그러나 섬사람들의 풍부한 인정이라고 보면 역시 특수한 사정은 아니랄 수 있겠네요."

"인정이 풍부하다는 말씀인가요……." 요나시로는 한여름의 태양을 한껏 머금은 하늘을 눈부신 듯 올려다보았다. "좋은 것처럼 보이지만, 오히려 퇴폐적인 것이죠. 특수한 사정이라면 그럴지도 모르지만, 나쁜 의미의 특수한 사정이라면, ……어젯밤, 공민관에서 선생님의 환영회를 하지 않았습니까? 참가하고 싶다고 했는데, 거절당했습니다……."

"알고 있어요."

"그런 모임이라면, 이 섬의 르포 재료로 적당하다 싶어 부탁했습니다만, 보기 좋게 거절당했습니다."

"당신의 사상을 방심할 수 없기 때문이라는 것이 이유였던 거 같아요."

다미나토는, 요나시로 아키오에게 조금씩 호감을 갖기 시작했다. 대화가 잘 통할 것 같단 느낌이 들어 반응을 시험해 보고 싶은 생각도 있었다.

"그러니까요. 제대로 이야기도 나누어 보지 않고, 결론을 내려 버리죠. 콤플렉스예요."

"그런데, 자네 역시도 섬사람들의 기분을 조금 더 이해해 보려는 마음이 부족하지 않았나요?"

"선생님은 언제 오키나와에 오셨습니까?

요나시로 아키오는 느닷없이 화제를 바꾸었다.

"1주일 정도 전에요. 왜요?"

"전쟁 전에도 이 섬에 계셨다고 들었어요. 섬사람들은 변했나요? 변하지 않았나요?"

"어젯밤에도 어떤 사람이 그런 질문을 했어요. 내가 하마가와 아주머니가 그렇게 변해서 놀랐다고 솔직하게 말하니, 그건 사고라고, 그 사람이 말했어요."

"**사고**라고요?"

"모르겠죠? 묘한 표현이어서."

"아니, 압니다. 섬은 일반적으로는 예전과 마찬가지로 평화롭다는 뜻이죠? 그러나 껍데기 속 평화에요. 껍데기에 숨어 있다는 점에서는 예나 지금이나 변함이 없겠죠. 하마가와 아주머니의 이야기, 저는 아직 만나 보지 못했지만 껍데기 속 사고에요. 따라서 그 사고만 보면 큰 변화처럼 보일 테지만 껍데기 밖에서 보면 바뀐 게 없는 거죠."

"자네는, 이 섬과의 인연이 오래되었나?"

"오래되진 않았어요. 2, 3개월 전에 와서 4, 5일. 그 다음이 어제 온 거죠. 그런데 이 섬만이 아니라 오키나와는 어디든 비슷한 것 같아요."

"내가 하고 싶은 말을 자네가 말해 주었군."

다미나토는 웃었다.

저편에서 중년의 여자가 한 명, 어린 여자아이를 데리고 스쳐 지나갔다. 엄마와 딸인 듯했다. 엄마는 출항을 알지 못하는 모습이었지만, 가볍게 눈인사를 했다.

"방금 저 사람들……." 요나시로가 다시 말을 꺼냈다. "저런 식으로 눈인사를 하잖아요. 언뜻 보기에 친밀감을 갖고 있는 듯 보이지만, 그 내실은 역시 외지에서 온 사람을 소외시키는 거예요. 소외시키면서 그것을 숨기려고 아름다운 얼굴을 만드는 거죠. 그 기만을 저는 견딜 수가 없어요."

"그럴까? 내 눈에는 섬사람들이 상냥하게 보이는데."

"그런 식으로, 외지에서 온 사람들은 말해요. 그런데 다미나토 씨가 그렇게 말씀하시면 제 귀에는 거짓말처럼 들려요. 당신도 솔직히 말하면 소외감을 느끼고 계실 거예요."

"……."

다미나토의 마음 깊은 곳에서 이번엔 약간의 출렁임이 있었다. 어젯밤 이래의 기분을 들켜버린 듯한 약간의 낭패감마저 들었다.

"……옳은 말일세."

변명하지 않고 솔직하게 말했다.

"그런 건 어떻든 괜찮다고 생각해요……." 요나시로의 어조가 마치 가르치는 듯했다. "본토에서 온 사람은 대부분 그러니까요. 그런데 그 본심을 목구멍 안쪽으로 밀어 넣으려고 하죠."

"무슨 뜻?"

"이해하기 어려운 것을 다 이해하지 못하는 것은 스스로가 나쁘기 때문이라고 믿어 버리는 것 말입니다."

그건 조금 아니라고 다미나토는 생각했다. 요나시로의 생각엔 약간의 편견이 있는 것 같았다 ─ 다미나토를 본토에서 왔다는 이유만으로 야마토인과 동일하게 생각하는 것도 그렇고, 다미나토가 **이해**라고 한 말을 **동정**이라는 의미로 받아들인 듯하다. 그렇다면 요나시로야 말로 다미나토와 다른 형태의 어떤 종류의 고정관념을 갖고 있는 것은 아닐까…….

"나는 집단자결의 심리를 알아보고 싶네."

다미나토는 말했다.

"그건 아마 어려울 겁니다……." 요나시로는 바로 말했다. "보시는 것처럼 섬사람들의 심정으로는."

"후텐마 젠슈 선생님은 뭔가 알고 있는 것 같단 느낌도 들긴 하는데."

후텐마 젠슈의 이름이 자연스럽게 나왔다.

"저도 같은 생각입니다. 섬의 지도자였다고 하니."

"난 전에 그 사람 밑에서 일한 적이 있기 때문에, 인물 됨됨이를 잘 알고 있다고 생각해요."

"그럼, 좋지 않나요?"

"오히려 안 좋아. 뭔가가 틀림없이 있긴 있는데 동정심이 먼저 들어서. 나는 섬사람들을 버리고 간 사람이니."

"저로서는 그런 기분을 잘 이해할 수 없지만, 아니면 후텐마 선생님의 그늘을 보면 같은 심정일지 몰라요."

"자네는, 선생님께 뭔가 들은 것이 있나? 어제……."

"듣지 못했어요. 아들 젠이치 씨가 협조적이어서 아버님도 협력해 줄 것이라 생각했습니다만."

"그 부자는 다르군."

"그런데 역시 조금도 다르지 않을지 모릅니다."

"무슨 뜻?"

"조금 전에 부촌장이 그렇게 논쟁하고 제게 변명하잖아요. 생각이 근본적으로 다르다고 분명하게 단언하면서 일단은 협력한다고 하잖아요. 그 아들도 선이 명확하진 않아요."

"그럴지도 모르겠군. 사람은 좋으니까 협력은 할 거요."

"그건 아무래도 상관없어요. 제가 조만간 아버지의 비밀을 꼭 파헤쳐 보일 거예요."

"묘수라도 있나?"

"그 여자예요, 나가사키 현에서 왔다는."

"미야구치 도모코 씨라고 했나?"

맞장구를 치며 다미나토는 요나시로 아키오의 옆얼굴을 바라보았다. 부러운 세대라는 생각이 들었다. 배 갑판에서 기무라 요시에와 대화하며 즐거워 보였던 표정이 겹쳐졌다. 순진한 사람이라고 생각

했는데 어느 사이엔가 대화를 리드해 가고 있었다. 기무라 요시에와
는 아마도 시시콜콜한 이야기를 했을 테지만 지금 또 미야구치 도모
코를 어떻게 리드해 가려고 하는 걸까.

"선생님, 위령제를 어떻게 생각하세요?"

"어떻게 생각하다니?"

"그 미야구치 씨라는 여자는 위령제에 참가하기 위해 왔다고 하지
요?"

"아버지가 전사할 때의 모습도 알고 싶다고 하더군."

"거부감이 드네요."

"무슨?"

다미나토는 어떻게 맞장구를 쳐야 할지 몰랐다.

요나시로 아키오는 그대로 침묵했다. 다미나토는 다음 이야기를
찾지 못하고, 완전히 요나시로에게 포위되어 버린 상태로 발길을 옮
겼다. 언덕 위에 있는 학교로 올라가는 길에 갑자기 피로감을 느꼈다.

'도대체 이 청년은, 학교에 무슨 일로 가는 걸까⋯⋯.'

불현듯 그런 생각이 들었다. 다미나토는 인사하러 가는 길이다. 그
런데,

"이 벼랑 위에 서 있으면요 선생님, 아래에서 불어오는 바람에 조
선인 군부나 위안부의 외침이 실려 와 들려오는 것 같은 느낌이 들어
요."

학교 뒤편 언덕 위에서, 느닷없이 그렇게 말했다.

"조선인?"

언덕에는 쇠파이프로 철책이 둘러져 있었다. 언덕 아래에는 갈대와 말향, 그리고 이름을 알 수 없는 해조류가 무성했다. 그곳에서 시선을 돌려 보면, 세밀하게 구획된 논 앞에 목마황 방조림이 무성했다. 그 앞으로 한 줄기 하얀 백사장이 펼쳐져 있는데, 눈이 부실 정도로 푸른 해원이다. 그 바다에 적의 함대가 빈틈없이 들어차 있었단 말인가? 책을 읽거나 사람한테 들은 지식으로 상상을 덧쌓아가는 것은 가능할지 모르지만, '조선인'이라는 발언은 의외였다.

"저기 바로 아래에 자연호가 있어요……." 요나시로는 손으로 가리키며 "처음, 도민이 들어갔다고 하는데 그 사이에 군대가 들어와서는 안에 있던 사람들을 내쫓고 자기들이 점거했다고 해요."

"그런 일이 있었나 보더군."

겨우 보조를 맞추자,

"그 안에 조선인이 섞여 있었어요. 군인만이 아니라, 군부와 위안부로 말이에요."

"그들도 도민을 내쫓았다는 건가?"

"모르겠어요. 어쩌면, 있었을지 모르죠……."

"그래서?"

"도민과 조선인 사이에 갈등은 없었을까 하는 생각이 들어서……."

"과연. 그렇다면, 저기에서 불어오는 조선인의 외침이라는 것은 도민들로부터 반격을 받아서……?"

"그럴지도 모르죠. 군인에게 학대당한 고통의 외침이기도 하지 않을까요? 그리고 저 군인 가운데에는 야마토인도 오키나와인도 있고……."

"즉 야마토인과 오키나와인, 조선인이라는 3파 갈등이라는 건가. 자네 영화는 그런 것도 다룰 건가?"

"직접적으로 그릴 수는 없겠죠. 극영화가 아니니까요. 그에 관해 말해 줄 사람이 있으면 좋을 것 같은데, 좀처럼 납득할 만한 전모가 잡히지 않아요."

"예컨대?"

"자신들이 학대받고 고통받은 말만 해요."

"그런데 그것조차 온전하게 전해지고 있지 않으니 그것만으로도 기록으로서 의미가 있다고 생각하지 않나?"

"그렇게 생각하지 않습니다."

"게다가……." 다미나토는, 요나시로의 공세를 막으려는 자세를 취하며, "자네의 가정이 반드시 옳다고는 할 수 없네. 우선 백지상태로 자료를 모은 다음이라면 이해할 수 있겠지만, 자네처럼 머릿속에서 이미 단정해 버리면 오히려 진실을 왜곡할 수도 있네."

"그럴 수도 있겠지요. 그러나 무신경한 것보다 나을 거라고 생각해요."

"무신경……?"

"이곳의 위령제는 전사한 사람들을 모두 함께 모시고 있어요. 적이나 우방이나."

"그게 어떻다는 건가?"

"그러려면, 학대받은 말은 하지 않아야죠."

다미나토는, 요나시로가 말하는 의미를 겨우 알 것 같은 기분이 들었다. 그것은 이 섬에 와서 보고 들으면서 그가 느꼈던 개운치 않은 마음을 뒷받침하는 것이었다. 그러나 그렇게 확실하게 단정하는 것이 과연 옳은 걸까, 하는 의문도 생겼다.

"내일모레 위령제에서……."라며, 요나시로는 말을 이어갔다. "오키나와 이외의 영靈을, 이참에 확실하게 빼내려고 생각하고 있습니다."

"뭐라고……?" 다미나토는 갑자기 자신이 내동댕이쳐진 느낌이 들었다. "자네 혼자 힘으로?"

"도와주는 이가 없으면 저 혼자라도 할 겁니다. 그런데 아마 있을 거예요."

그런 다음 그는, 학교에 2, 3명, 대학시절 친구가 있다고 말했다. 다미나토가 교장과 교사들과 이야기를 하고 있는 사이, 요나시로는 젊은 교사들과 만나고 있었다.

"왜, 기지철폐운동이 없는 거지!"

라고 그는 따졌다. 그것은 섬에 있는 지식인 지도자로서의 교사들의 책임이라고 말했다. 본섬의 운동단체가 들어온 적도 없다. 섬 전체가 평화의 가면을 쓰고 있기 때문이다. 그렇게 막대하게 전쟁에 희생되었으면서, 또 다시 전략기지를 두는 것은 이상한 일이 아닌가…….

"기지철폐운동은, 오키나와 전체의 일이다……."라고 교사들은 말했다. 섬 밖에서 온 이들의 젠체하는 말 따위는 듣고 싶지 않다는 듯한 어조였다. "여기에 기지가 생겼을 때, 아무런 저항도 하지 않았던 것은 과연 의식수준이 낮았기 때문이라고 반성한다. 그러나 그무렵은 오키나와 전체가 그랬다. 지금처럼 체제가 구축된 이후의 철폐운동은 오키나와 전체의, 현 단위로 전개해 나가야 한다."

"섬 안에서만 가능한 저항운동도 있어요. 위령제의 영령을 섬사람들만으로 독립시키는 거죠."

"뭐라고?"

요나시로의 논리엔 조금 더 설명이 필요했지만 이 말을 들은 교사들은 말했다.

"우리는 조국복귀를 가르치고 있어서요. 당장 다음 위령제에 본토에서도 단체손님이 오시기로 되어 있고. 그것에 역행하는 행동은 곤란해요."

"음, 조국복귀라……."

요나시로가 골똘히 생각에 잠기자,

"우리는 말이에요……." 도카시키 야스오였다. "소개지에서 오키나와 전투는 오키나와인이 스파이를 했기 때문에 진 것이라고는 말을 들었어요. 그건 억울한 일이었고, 그들은 우리와 다른 나라 사람이라는 기분이 들었어요. 그런데 다른 한편으로는 오키나와에서 전사한 본토 출신 병사의 유족도 저는 알고 있고, 학교 친구 가운데에도 있었고, 그들의 부모님이 영령을 마음으로부터 위로하는 싶어 하는 기분도 모두 진실이에요."

요나시로는 다시 설명을 시작하려 했지만 수업종이 울렸다. 요나시로는 언덕을 내려갔다.

다미나토는 다음 쉬는 시간까지 기다려 도카시키 야스오와 이야기를 나누었다.

"요나시로 군이 말하는 것도 모르는 바는 아니지만……." 도카시키는 말했다. "그런 말을 하면, 다미나토 선생님 같은 분이 섬에 오고 싶은 기분이 나겠어?"

"옳은 말씀……."

가볍게 맞장구를 치면서 다미나토는, 자신은 도대체 어디 사람인 걸까, 하는 생각을 했다. 자신이 섬에 온 김에 하려던 조사는 누구를 위한 것일까, 불과 조금 전까지 생각지도 못했던 의문까지 생겨났다. 그런 의문 한 켠에 불현듯 기무라 요시에가 가깝게 다가왔다. 그것은 또 무슨 일일까, 의문이었다.

5

구장의 집은 마을 외곽에 있었다. 집 바로 앞은 숲길 입구로 되어 있고, 그 적토가 섞인 길은 집 바로 옆에 솟아있는 바위 너머까지 올라가 있었다. 숲길 건너편 일대는 좁은 협간을 이루어 아래에 두 장 정도의 밭을 잠기게 했고 그곳을 건너면 바로 잡목림이 있다.

"처음 공습이 있었을 때……."라고 구장은 말했다. "이 바위가 무너져 내려 집을 덮치지 않을까 조마조마했어요."

"바위가 무너져 내리는 것보다 직격탄을 더 걱정했어야 하는데 말이에요."

요나시로 아키오는 웃었다. 시원한 곳이었다. 바람이 불어오는 우거진 숲을 보고 있자니 전쟁 이야기가 거짓말처럼 생각되었다.

"그러고 보니 그러네요. 그런데 그때는 정말 그런 기분이었어요. 이상하죠?"

진지한 표정의 구장은 눈앞의 두 사람을 바라보며 눈을 가늘게 떴다. 요나시로 외에 오가키 기요히코가 있다. 오가키는 이 집 뒤에 다타미 3조를 빌려 머물고 있다. 구장의 딸이 시집가기 전 사용하던 방이다. 거기에서 구장과 담소를 나누던 중 요나시로가 손님으로 합석했다.

"그 기분 알 것 같군. 나도 종전 직후 만주에서 비슷한 경험을 했어요. 팔로군에게 습격당하는 것만 두려워하고 있었는데 일본군 패잔병이 정말은 더 무서웠을지 몰라요."

"아, 그렇게 되나요."

구장은 감복하여 맞장구를 쳤지만 요나시로는 별로 감복하지 못했다. 이런 비교는 어딘지 조금 어긋난 듯한 느낌이 들었다. 오가키가 조금 영리하게 세상과 교제하고 있구나, 하는 느낌이 들었다. 그런데 얼마간의 호기심으로,

"오가키 선생님은 만주에 가신 적 있습니까?"

"종전 무렵에요. 징병을 피하려고 간 건데 오히려 남들보다 더 고생하게 되었죠."

"만주에서 상당히 많은 부대가 오키나와로 온 모양이에요."

구장이 맞장구를 쳤다.

"다만 나는, 군대 가는 것만은 면했어요. 만주에서도 종전 직전까지 싹 쓸어 징병해 갔지만 다행인지 불행인지 병 때문에 면했죠. 병이 낫지 않아 패전 후에도 고생했지만 군에 가는 어리석음은 면했지요. 이것만큼은 초지일관 같은 생각이에요."

그렇게 말하며 담뱃불을 붙이는 오가키를 요나시로는 시험하고 싶어졌다.

"군대를 어리석다고 느꼈던 사람이 그 무렵 몇 할이나 됐을까요?"

"오히려, 그 쪽이 더 많지 않았을까요? 단지 비판할 수 없었을 뿐."

"그래서 도망간 건가요? 만주로?"

"그것밖에 방법이 없었어요. 전쟁이 극심해질수록 왠지 학문을 계속하고 싶어졌거든요. 군대 따위에 나가 개죽음 당할 수 없다는 그런 생각이 들었어요."

"오키나와의 교육자는 소개하려고 해도 허가가 나지 않았다고 해요. 학생 소개 인솔 교원 빼고는."

"그랬다는군요. 그런데 그렇게 비참한 전쟁의 고통을 경험한 교육자들이라면 평화교육에 더욱 열의를 보이지 않나요?"

노련하게 화제를 돌려 도망가려는 모습이 보였다.

"이 섬에서 있던 일본군에 대해, 어떻게 생각하세요?"

"일본인의 한사람으로서 부끄럽다든가 화가 난다든가 하는……역시, 군대는 어리석다는 것이 가장 가까운 느낌이네요."

"물론입니다. 그래서 조금 전 말한 것처럼 부끄럽기도 하고, 화가 나기도 하고."

"선생님은 이 섬의 민속학 연구를 하고 계신다고 들었어요. 예컨대 배소拜所11라든가 군대가 짓밟고 간 경우도 있지 않나요?"

"있겠죠. 배소는 원래 제대로 된 건물이라고 할 수 없어요. 그래서 돌이나 향로 형태나 위치가 이상하다고 생각되어도 그것이 군대가 난폭하게 쓸고 갔기 때문인지 주민의 난입에 의한 것인지 알 수 없죠. 어찌되었든 본래의 도민의 소박한 마음을 망가트린 것을 본 듯한 기분이 듭니다. 그보다 혹시 노로돈치의 하마가와 씨 댁을 알고 있나요?"

"들은 적은 있습니다만."

"그 댁에 가면 한결 더 마음 아프답니다. 전쟁 전에는 상당한 저택이었는데 지금 그것이 전쟁으로 주인을 잃고 완전히 볼품없어져 버렸어요. 그런데 신을 모시는 일은 아직 계속하고 있어요. 그 좁은 집에서 옛날식 그대로 배소를 만들어 놓고. 그것이 더욱 가련하게 느껴지더군요. 그 댁만 그런 건 아니에요. 이른바 이 섬 전체의 가련함이죠."

"그것은 예컨대 미군기지와 노로돈치가 공존하는 모습의 가련함이라고 생각해도 좋을까요?"

"그렇기도 해요. 게다가 그 노로돈치의 아버님이 일본 군인에게 살해되었다는 것에서 전해지는 가련함도 있어요."

---

11 오키나와 전통 신앙에서 신령이 깃든 성역을 가리킴. 오키나와어로는 우간주うがんじゅ라 칭함.

"일본 군인?"

요나시로는 재빨리 구장의 얼굴을 보았다. 그의 얼굴에 일순 긴장의 그림자가 드리우는 것을 간파하고,

"그것은 확실한 이야기인가요? 구장님은 알고 계신가요?"

"아니요, 난……." 구장은 고개를 저으며 말끝을 흐렸다.

"아니오, 아마도 틀림없을 거예요……." 오가키는 담배를 비벼 끄며 "하마가와 아주머니에게서 전쟁 이야기를 들었는데, 그 가족은 계속 배소가 있는 자연호 안에 들어가 있었다고 해요. 몇 일째인가부터 군인들이 들어와서는 식량조달 등에 동원시켰고. 이 자들과 같이 있으면 언젠가 함께 살해당할지 모른다고 생각해 도망가려고 했지만 붙잡고 늘어졌다고 해요. 계급이 높을수록 겁쟁이였다는데, 미야구치 군조, 다케다竹田 병장 같은 사람이 특히 시끄러웠다고 아주머니는 말했어요. 어느 날, 아버지가 미야구치 군조와 함께 호를 빠져 나갔고 이후 두 사람 모두 돌아오지 않았죠. 아버지가 그 군조에게 살해된 것이 아닐까라고 말했더니 아주머니는 굳게 입을 다물어 버렸어요. 나의 그 의문을 더욱 더 강하게 할 뿐이었죠."

"아주머니는, 유골 찾기를 15년이나 계속해 오고 계시다고 하죠?"

"아름다운 민속이라고 할까요. 가련하면서 아름다운. 아버지는 마가타마를 가지고 나가셨으니, 그 뼈 옆에 반드시 마가다마가 떨어져 있을 거라고 하는 것도 아름다운 섬 심정心情의 발로라고 할 수 있어요. 본래 일본인의 아름다움의 원형은 이처럼 오키나와 섬에서 찾을 수 있을 거예요……."

오가키는 거기까지 말하고 요나시로를 응시했다. 요나시로의 맞장구를 기대하고 있는 건지 자신의 말만으로 만족한다는 건지, ─ 요나시로 아키오는 폴로셔츠 주머니에서 담배 한 개피를 꺼내어 성냥불을 붙였다. 어려운 얼굴을 하고 두세 번 연거푸 빨아들인 후, 구장을 향해,

"어떻습니까? 본토 사람들조차 같은 본토 군인에 대해 그처럼 비판적이지 않습니까? 이 섬사람들이 본토 병사에 대한 기분을 솔직하게 드러내는 건 당연한 일이지 않습니까?"

"그래도……." 구장은, 다타미에 시선을 떨어뜨리고 "위령제는 내일모레에요. 지금까지의 관례대로 준비는 진행되고 있어요. 거기에 이제 와서 파문을 일으킨다는 것은……. 조금 더 빨랐다면……."

"더 빨랐다면…… 이라는 말씀은 곧 의견에는 찬성이신건가요?"

요나시로의 추궁의 시선을 피하며, 구장은 오가키에게,

"선생님 말씀은 그런데, 정말일까요? 섬사람들도 의심하고 있는 건 사실이에요. 미야구치 군조라고 분명하게 말해 버리는 순간 확정되어 버리니까. 거기다 미야구치 군조라는 이름이 두 명이어서 둘 중 누구의 딸인지 모르지만, 지금 부촌장님 댁에 머물고 있어요. 위령제에 참가하기 위해……."

"그 여자 말입니까!"

요나시로는, 눈앞에 펼쳐진 화제를 문득 잊고 외쳤다.

"거기까진 몰랐네……." 오가키는 침착하게, "아버지의 진실을 들려주고 싶지 않아."

"그런데, 그건 분명합니까? 선생님."

구장이 여전히 두려움을 보이자,

"그건 하마가와 아주머니도 분명하게는 말하진 않았지만 그분의 말투나, 집념으로 볼 때 뭔가 틀림없는, 뭔가를 느껴요."

"왜 딸에게 진실을 들려주고 싶지 않은 걸까요?"

"자네……." 오가키는 요나시로의 질문에 놀란 모습을 보이며, "당연하지 않은가. 아버지의 죄를 딸에게 묻는 것과 같은 것이야. 그런 잔혹한 일이 가능하겠나?"

"그게 아니면 미야구치 군조가 두 사람이 있기 때문에, 그 어느 쪽의 딸일지 분명하지 않기 때문인가요?"

"그런 것도 있을지 몰라. 무엇보다 나는 딸이 이곳에 왔다는 건, 뭔가 그 부모의 죄—내가 말한 군조가 아닐지 모르지만, —그런데 그 연대책임을 져야 할 부모의 행적과 영靈이 통했기 때문에 이곳에 왔다는, 그런 느낌이 들어. 오키나와라는 곳은 그런 영이 노는 곳이라는 생각이 들기도 하고 말이지. 이 섬에서 일본군의 망령이 도민들의 망령과 어떻게 싸우고 있을지 볼 수 있으면 좋겠어요."

요나시로는 드디어 초조함을 느끼기 시작했다. 도대체 이 오가키라는 학자는 어느 나라 입장에서 말하고 있는 걸까. 수치, 분노, 연대책임…… 등의 말을 하지만 마음 깊은 곳에 정말로 그런 심정을 간직하고 있는 걸까. 군대 가서 개죽음 당하기 싫었다는 멋진 말 속에는 전쟁의 상처는 하나도 없어 보였다. 그리고 이 섬에서 군인들이 범한 죄와는 전혀 상관이 없다는 얼굴을 한다. 그 **나라**라는 건 어디일까? 그의 조국 일본일 리 없다. 그 군인들과 조국을 공유할 리 없는 것이다. 그가 사랑한다고 하는 오키나와일까? 이 민속의 섬, 오키나와인 걸까? 이 섬의 망령들의 일을, 남의 얘기처럼 말하지만, 하마가와 미망인의 비극을 마가타마라는 이미지를 통해 민속학적인 미의식 속에 해소시켜 버리는 심정은 과연 **오키나와**를 사랑하고 있는 걸까? **오키나와**와 함께 그 군인들의 범죄를 고발할 자격이 과연 있는 걸까? ─도대체, 이 남자는 어느 나라 인간이란 말인가…….

바람이 강해졌다. 하늘에 검은 구름이 어느 사이엔가 두터워졌다. 소나기가 오려나.

"좋은 섬이네요……."

오가키가 가만히 말을 거들듯 말했다. 순간 요나시로는 기지의 하얀 건물을 떠올렸다. 그 하얀 건물에서 잔디 경사면을 내려가면 계곡이 나오고, 그곳에서 다시 기어오르다시피 하여 잡목림을 헤치며 올라가니 거기에 자연호 하나가 나왔다. 그 안에서도 살육이 일어났음에 틀림없다. 그 하얀 건물 지점에 서보니 그 호는 보이지 않고 산은 한 면에 녹색의 농담農談이 아름다운 자태만 드러내고 있었다. 이대로 족할까. 아니, 이 호를 보지 않으면 안 된다. 보여주지 않으면 안 된다…….

"구장님, 어떠세요? 위령제 개혁을."

다시금 말을 걸어 보았다.

"무리일 거요."

"오가키 선생님은, 어떻게 생각하십니까?"

"그렇게 집착하지 않아도 되지 않을까? 살아있는 인간이 문제지."

아니라고 요나시로 아키오는 마음속으로 반발하면서, 미야구치 도모코와 이야기를 나눌 필요가 있다고, 다시금 생각했다.

"그보다 요나시로 군……." 오가키가 다시 말을 걸어 왔다. "하마가와 아주머니와 그 일행이 전쟁 때 숨어 있던 호를 탐방하지 않겠나? 오래된 배소인데. 좀처럼 보여주지 않는 곳이지만, 잘 부탁해 보려고 하네. 나는 연구를 위해서고, 자네는 영화 소재가 될지 모르니."

6

다미나토 신코가 후텐마 젠슈를 다시 방문했을 때, 젠슈는 마침 오가키 기요히코를 배웅하려던 참이었다. 비가 내리는 가운데 현관 앞 좁은 길에서 둘은 마주쳤다.

"곤란한 녀석일세."

젠슈는 오가키와의 일을 짧게 소개한 후, 토해 버리듯 말했다. 순간 다미나토는, 젠슈가 갑자기 예전의 젠슈로 돌아간 것처럼 느껴졌다. 젠슈는 전에 없이 약간 흥분한 듯했다.

"배소를 견학하고 싶으니 내 여동생과 다리를 놓아 달라는데 얼마 전 동생에게 부탁했는데 거절당했던 모양이오. 오키나와를 연구한다고 하는데, 딱 그만큼인 것 같지? 다미나토 군."

"그만큼…… 이라는 말씀은?"

"배소는, 특히 그 남자가 보고 싶다는 우타키御嶽[12]의 배소는, 자네는 알고 있는지 모르겠지만 노로 이외의 사람은 절대 들어가선 안 되는 곳이오."

"들은 적 있습니다."

"다만 유감스럽게도 전쟁 때, 하마가와 일가가 그 호로 피난했지. 그것만으로도 동생은 내심 괴로웠을 텐데 나중에 군인까지 들어온 거요. 동생은 지금도 죄 받을 일이라고 생각하고 있소. 그런 기분을 이해하지 못하고 오키나와 연구가 가능하다고 생각하나?"

"본토에서도 오키나와 연구가 활발해지고 있습니다만."

"나는 본토 일은 모르지만, '오키나와병沖繩病'이라는 말이 있어요. 들어본 적 있는지 모르겠소만. 오키나와에 대해 갑자기 알게 되어 오키나와에 깊은 관심을 갖는 것을 열병에 비유한 것이지. 그런데 어쨌든 병은 병이오. 우리는 건전한 관심을 원해요."

"그런데 '병'이라는 건 말만 그렇지 역시 관심의 깊이를 나타내는 말인 거죠……."

젠슈가 예전처럼 적극적으로 반응하자, 다미나토도 토론할 기분이 났다. 모처럼의 대화가 금방이라도 끊어질 것만 같았다.

"그보다도 선생님." 다미나토는 성급하게 말을 이어갔다. "외부에서 밀려드는 관심에는 순수하게 답을 해야 하지 않겠습니까? 예컨대 병적인 관심이든 아니든, 본토와 오키나와와의 교류는 이제 겨우 시작된 건지 모르는데 말입니다."

---

12 류큐 왕조(2대 尙氏)로부터 전해 내려오는 전통 신앙의 제식을 행하기 위한 시설.

섬사람은 너무 껍데기 안에 숨는 경향이 있다고 말하려다가 이내 다미나토는 머뭇거렸다. 섬사람은 표면상 결코 그렇진 않기 때문이다. 뭐든 말도 잘한다. 예상한 것처럼 전쟁의 어둠은 더 이상 없었다. 이 섬의 하늘처럼 밝게 웃으며 말한다. 그러나 왜 지금 나는 어두운 인상을 말하려는 걸까?

"그랬었나……." 젠슈는 드디어 조용히 말을 받았다. "나이 탓인지, 건망기가 있어."

"선생님만 그런 게 아니에요. 섬사람은, 의외로 진실을 말하려 하지 않아요."

"대충 말하고 싶지 않아서 말이야."

다미나토가 가슴 철렁할 만한 말을 젠슈가 했다. 다미나토가 그 의미를 재빨리 정리하려고 말을 가다듬고 있을 때,

"다녀왔습니다."

밝은 목소리가 들려 왔다. 미야구치 도모코가 외출에서 들어온 모양이다. 손에 몇 장의 신문 뭉치를 들고 있었다. 다미나토에게 처음 만났을 때처럼 눈인사를 하고는, 젠슈를 향해,

"전부 있었어요. 사무소에서 총무과장님이 웃으셨어요. 옛날 신문을 가능하면 버리지 않고 모아 놓는데 여차하면 후텐마 선생님 댁에 가면 있을 거라고."

"그랬군, 수고했어요." 젠슈가 맞장구를 치며 미소 짓는 매우 행복해 보이는 표정을 다미나토는 보았다.

도모코는 방구석에 몇 가지로 분류해 놓은 신문을 모아 "다른 방

에 가져다 놓을게요."하며, 방을 나갔다.

"다 모은 것 같아도 간혹 연재물 같은 것은 중간 중간 빠지거나 해서 말이야……." 젠슈는 도모코가 방을 나가는 것을 응시하며 말했다. "생각이 나면 비가 오든 말든 마을 사무소로 학교로 찾으러 다니죠."

"그 정도로…… 언제부터 신문 수집을?"

"20년 됐어요."

"20년?"

그러면 종전 직후부터라고 다미나토가 그 의미를 생각해 보려는데,

"어떤 사건이나 연재기사를 하루라도 빠트리면 뭔가 돌이킬 수 없는 일인 것처럼, 아주 신경이 쓰여서 말이요."

라고 말하면서 젠슈는, 이런 초조함의 의미를 다미나토는 아직 이해하지 못할 거라는 얼굴을 한다.

"선생님은, 예전부터 꼼꼼하셨던 것 같은데."

다미나토 역시 맞장구를 치면서 이런 경우 후텐마 젠슈에게 **꼼꼼하다**는 말로는 충분치 않은 인연이 있을 거라고 느꼈다.

"다미나토 군. 23년 만에 귀향해 보니……." 문득 젠슈는 말을 돌려 "오키나와가 자신과 상관없이 움직이고 있다는 걸 느끼지 않았나?"

"네네, 그렇죠……." 다미나토는, 순간 어떻게 대답해야 좋을지 몰라 말을 찾으며, "이렇게 표현해도 좋을지 모르겠지만 뭔가 밀려난 것 같은 느낌입니다."

"말하자면 책임을 갖지 않아도 좋다는."

"아니, 그런 의미가 아니라……."

다미나토는 당황했다. 당황하면서도, 젠슈의 뼈 있는 말이 무슨 의미인지를 읽어내려 애썼다. 그런데 젠슈는 그대로 침묵했다.

오가키 기요히코에 대해 말할 때 만 약간 수다스러워질 뿐, 이 침묵은 또 뭘까 신경 쓰면서,

"신문 수집을 하고 계시지만 이 섬에 관한 기사는 나오지 않죠?"

"안 나오지."

그뿐이었다.

"신문기사를 추적하셔서……."라고, 다미나토는 추궁했다. "역사에 책임지는 것이 가능할까요? 실례되지만."

"음. 자신은 없지만."

다미나토에게 깊은 속내를 들키는 것이 두려운 듯 젠슈는 말을 아꼈다. 자신은 없지만 하지 않으면 안 되는 일이 세상에는 있다. ─라고 마음속으로 그렇게 다잡으면서, 젠슈는 오키나와의 역사에 책임을 가질 필요가 없어 보이는 다미나토에게 선망 같은 것을 느꼈다. 전쟁 현장에 휘말린 자와 소개로 이를 피해 간 자, 그 차이로 인해 이렇게 운명이 달라져 버렸다는 생각을 했다. 전쟁에서 받은 정신적 상처 때문에 이 22년간, 세계에서 매번 사건이 일어날 때마다 자신의 책임을 되돌아보는 버릇이 생겨버렸다. 이 작은 섬의 일 따위, 신문은 다루지 않는다. 그러나 그렇게 말해 버리는 것이 오히려 무섭다. 눈앞의 일만이 진실이라고 생각해선 안 된다. 전쟁 당시 당면한 가장 큰 목표라는 것이 제시되고 그것에 충실하게 임한 결과가 그것이었다. 가미시마의 나이키 기지는 일견 평화롭다. 병사와 주민 사이

는 아주 좋다. 그런데 기지부대 안에서 어떤 이야기와 일들이 벌어지고 있는지는 알지 못한다. 섬 제방에는 수시로 작은 군함이 드나들며 군인들과 자재를 싣고 다닌다. 이것은 일견 자신의 생활과 관련이 없는 것처럼 보이지만, 어찌 알겠는가. 그렇다고 해도 나로선 어찌할 도리가 없다. 적어도 세계 신문에 나올 정도의 사건에는 관심을 갖도록 하자. 그렇지 않으면 나의 책임이 언제 보이지 않는 곳에서 몰래 숨어 들어와 다시금 나 자신을 엄습해 올지 장담할 수 없다. 신문 지면을 쫓는 것만으로 행동을 선택할 수 있을지 어떨지?선택할 수 있다고 말하면 자신감 과잉이겠지만, 그렇지 않다고 미리 예단해 버린다면 선택을 방기하는 것이 된다…….

"실은 오늘 찾아 뵌 것은……." 다미나토는 결심한 듯 말을 꺼냈다. 젠슈의 백발이 섞인 눈썹을 거의 노려보듯 "집단자결에 선생님이 관여한 것은 아닌지……."

과연 그 다음 말은 나오지 않았다.

젠슈가 문밖을 바라봤다. 다미나토도 그 시선을 쫓았다. 비가 그치자 기지의 흰색 건물이 선명히 부각되었다.

"비가 그쳤군. 산책이라도 할까, 다미나토 군."

후텐마 젠슈는 일어섰다. 다미나토는 뒤따를 수밖에 없었다.

10분 정도 걷자 해변이 나왔다. 거기까지 두 사람은 말없이 걸었다. 젠슈는 다미나토가 끼어드는 것을 거부하려는 젠슈의 표정을 읽었다. 해변에는 이렇게 작은 섬에 있으리라고 생각지 못할 정도로 길고 굵은 목마황 방조림이 있었다. 학교 뒤편에서 내려다봤던 방조림이었다. 그곳에서 올려다보니, 절벽 위 울타리가 멀리 작게 내다보였다.

"저 절벽 밑에도 호가 있다고 하죠?"

손가락으로 가리키자마자, 좁은 들길은 방조림으로 접어들어 절벽도 학교도 감춰 버렸다.

"조선인과 섬 주민의 관계는 어땠습니까?"

다미나토는 이야기를 멀리 에둘러 말했다. 젠슈는 그대로 말을 받아,

"허물없는 사이는 아니었지만, 그래도 일본군 밑에서는 같은 피해자이기도 하고, 가해자이기도 하고……."

"가해자이기도?"

"군 조직 안에 있는 조선인은 조직 밖에 있는 주민에게 때론 횡포를 부리기도 했지. 그런데 때로는 주민이 내지인의 입장에서 조선인을 경멸하기도 하고."

"과연."

"오키나와인 자체가 성가신 존재라고 생각하지 않나? 다미나토 군. 북위 27도선[13]은 지금은 분명하게 그어졌지만 마음속 27도선은 언제부턴가 쭉 그어져 있었으니 말이네."

---

13 1951년에 체결된 샌프란시스코 강화조약으로 일본은 연합국의 점령상태에서 독립하여 주권을 회복했지만, 오키나와는 북위 27도선을 기점으로 일본에서 분리되어 미군의 배타적 지배하에 놓이게 되었다. 이후 북위 27도선은 단순한 본토와의 지리적 경계가 아닌, '조국'분단이라는 현실과 상실감을 확인시켜 주는 상징성을 띠게 됨.

"저 자신도 제가 비뚤게 생각해서 그런지 몰라도 23년 만에 돌아와 보니, 고향으로부터 소외된 느낌이 듭니다."

"있을 거요, 그것은 어느 누구의 책임도 아닐지 모르지만 어쩌면 우리 모두의 책임일지도 모르지."

"어제 모임에서 미야구치 군조라는 사람의 이야기가 나왔는데 제 자신은 상당히 소외감을 느꼈어요. 그 이야기가 나오자 모두가 그토록 동요하고. 역시 무슨 일인가 있었던 걸까요?"

"……"

후텐마 젠슈는 침묵했다.

저 사탕수수밭 건너편이었지, 미야구치 군조와 하마가와 겐료가 저 너머 언덕을 넘어가는 것을 내가 본 것은 ―그때의 일을 떠올렸다. 그 '집단자결'을 구로키 대장이 명령했을 때, 미야구치 군조는 정보실장이었다. 도민을 설득하는 것은 촌장과 젠슈에게 맡겨졌으나, 두 사람이 예상대로 내켜하지 않자, 미야구치 군조는 그들을 아카도바루에서 떨어진 한 동굴 안으로 데리고 들어가 군도를 뽑아들고 협박했다. 일본인이라면 군의 대목적의 수행에 협력하기 위해 그 정도는 가능해야 한다는 것이다. 이 섬 주민은 군의 지시에 좀처럼 따르지 않는 비非국민들뿐이다. 그들을 설득하는 것은 자네들 책임이다. 그걸 못한다면 스파이 취급을 받아도 어쩔 수 없다고도 했다. 요사이 우군의 움직임이 계속해서 적에게 노출되고 있다. 주민 가운데 스파이가 있다는 것은 군 내부가 확신하고 있는 일이다. 이 오명을 자네들이 뒤집어쓸 텐가. 촌장과 교장이 스파이 용의자로 처형되어도 좋단 말인가. ― 협박을 두려워한 걸까, 미야구치 군조의 말이 맞는다고 생각한 걸까, 아니면 주민의 입장에서도 포로가 되기보다 자결하는 편이 좋다고 생각한 걸까, 지금 후텐마 젠슈는 떠올리려 해도 정확한 판단이 서질 않았다. 그로부터 두세 시간 후, 아카도바루의 별빛 아래에서 커다란 사고가 있었다. 모든 도민이 아카도바루에 모인 것이 아닌 이상, **사고**를 거기에서 끝내는 것은 불가능했다. 그는 촌장과 일을 분담해 정력적으로 도민의 호를 방문해 설득했다. 그가 전쟁 이후, 어떤 일에서든 다른 사람을 설득하지 않게 된 데에는 바로 이러한 체험 때문이었다. 교육계에서 은퇴해 기지건설에 의심을 품으면서도 방관하게 되었다. 그날 밤 안으로 아카도바루를 중심으로 섬 이곳저곳에서 수류탄을 터뜨리고, 도끼로 가족의 머리를 내리치고, 어린아이의 목을 조르고, 면도칼로 경동맥을 끊었다. 젠슈는 다음 날 오전 중에 호 이곳저곳을 들여다보고는 그들의 최후를 배웅했다. 그리고 마지막 순간을 맞이해야 했다. 한 개 남은 수류탄을 터뜨리려고 했다. 불발이었다. 하나밖에 남아 있지 않아 후텐마 젠슈는 살아남았다. 그때 겪었던 심리적 경위가 떠오르지 않았다. 목숨이 아깝지 않았던 걸까. 그럴 리는 없지만 단지 그것만으로는 설명이 부족하다. 역사적 증언을 위해서라도 살아남아야 한다는 생각을 한 것도 같다. 그런데 그것은 나중에 생각해 낸 변명이 아니던가. 자신이 없는 채로, 전쟁 이후 그는 그 일에 대해서 다른 이에게 말하는 것을 단념했다. 가족 중 유일하게 살아남은 젠이치를 데리고 일주일 동안 걸었다. 무작정 우타키 호로 향했다. 그 호에 여동생 가족이 반드시 있으리라고 생각한 건 아니었다. 그냥 자신도 모르게 그곳을 향했던 것 같다. 그리고 그곳 수수밭 너머에 다다르자, 문득 앞쪽에 작은 개울 건너편에 언덕을 오르는 한줄기 길이 눈에 들어오고, 하마가와 겐료가 미야구치 군조를 데리고 걸어가고 있는 모습이 보였던 것이다. 그가 목격한 순간, 미야구치 군조는 조금 전까지 뽑아들었던 군도를 재빨리 칼집에 넣었다. 그 행동이 이상하게도 그때 일을 떠올릴 때마다 거꾸로 칼집에서 금방 빼낸 것을 본 것 같은 착각을 일으켰다. 얼마 안 있어 두 사람의 모습은 보이지 않게 되었다. 그러고 나서 1킬로쯤 걷는 사이에 그는 두세 번 그런 착각으로 몸서리쳤다. 결국 우타키 호에 모습을 드러내지 않았다. 나중에 이야기를 듣고, 겐료와 미야구치 군조가 호에 돌아오지 않게 된 것은 그날 이후라는 것을 알았다. 그는 그가 본 것을 아무에게도 말하지 못했다. 과연 그것이 착각이었는지, 착각이었다면 왜 그랬는지 말이다. 고독한 체험을 증언할 만큼 책임이 중하고 어렵진 않았다. 그는 이 체험을 다른 이에게 믿도록 할 자신이 없었다······.

"미야구치 도모코 씨 아버지가······." 다미나토는 분명하게 다그쳤다.

"섬사람들에게는 잔혹한 역사를 만든 것이 아니겠습니까?"

섬사람들에게라고 하고, **후텐마 젠슈에게**라고 말하지 않은 것은, 다미나토의 마지막 배려였는데 "다미나토 군. 분명하지 않다, 분명히 하고 싶지 않다,고 하는 것도 훌륭한 역사적 증언이라고 생각하지 않나?"

다미나토의 비난이 무력해졌다. 이런 식의 후텐마 젠슈의 태도는 모든 역사적 기술을 부정하는 일이 된다. 그 기분을 알 것도 같다. 섬 사람들이 무의식적으로 취하고 있는 태도를 후텐마 젠슈는 매우 의식적으로 취하고 있을 뿐이다. 그런데 그것은 결국 아무런 생산성이 없는 일이다.

"미야구치 도모코가 나가사키에서 왔다고 했지……." 젠슈는 갑자기 그렇게 물었다. "혹시 원폭피해자가 아닐까 하는 의심이 들 때가 있소."

"……그 말씀은?"

"그 아가씨가 아니더라도 혹시 그 어머니가 그럴지 모르지. 어머니는 건강하다고 말했지만 그 이상 어떤 말도 하지 않아. 나도 더 이상 묻지 않고. 무섭기 때문이오."

"……."

"그 아가씨와 나 사이에도 역시 27도선이 있어요. 그런데 때론 그것이 없어지기도 하죠. 그 아가씨가 순진한 얼굴로 내 이야기를 듣거나 나를 도와 줄 때가 그래요. 내가 그 아가씨를 집에 머물게 한 건 잘한 일이라고 생각할 때도 그렇고. 또 가끔 그 아가씨가 미야구치 군조 중 한 명과 겹쳐질 때가 있어. 그때 27도선이 확연하게 보이는데, 그 남자의 이미지가 어머니와 바뀔 때, 선은 다시 망막해지면서 세 사람의 이미지가 뒤엉켜 내 안으로 흘러들어 오지. 다미나토 군 나한테 북위 27도선이라는 그런 것이오……."

젠슈가 미야구치 군조의 일을 아슬아슬하게 허락된 범위 안에서

이야기하고 있음을 간파하면서, 다미나토 안에 여러 기억이 떠올랐
다 ―.

　소개지에 도착한 날 맛보았던 **흰쌀밥** 맛. 마을 사무소 앞에서 그것
을 나누어 주며 부지런하게 움직여 아이들을 격려해 주었던 사람들.

　오키나와가 전원 옥쇄 명령을 받았을 무렵, 소개 아동 가운데 하나
가 그곳 아이들로부터 "네 부모가 스파이를 했기 때문에 일본이 졌
다"고 들은 것이 발단이 되어 아이들 간에 패싸움이 벌어졌다. 싸움
에 이겨 상대는 흙투성이가 되어 울며 도망쳤지만 자신도 울면서 다
미나토가 있는 곳으로 와서는 "빨리 오키나와로 돌아가요, 이런 곳
에는 있고 싶지 않아요."라고 읍소했다. 그 무렵 이미 다미나토는 그
곳 여자와 약혼하여 현지에 눌러 살 결심을 했기 때문에 제자의 읍
소를 들은 순간 얼마간 찔리는 듯했다. 그래도 제자들과 헤어지던
날, 그저 기뻤던 탓일까 제자들 표정엔 아무런 그늘 없이, "선생님,
건강하세요."라며 역에서 크게 소리쳤다.

　전쟁이 끝나고 얼마 안 되어, 한 규슈 거리에 암시장이 생기면서
자연발생적으로 노점이 군집을 이루었다. 그 대부분이 오키나와 출
신자라는 것에서 왠지 오키나와가 살아가게 될 미래를 상징하는 것
처럼 느껴졌다. 어느 날 현지 깡패들이 시장에 난입하자 노점상들이
단합하여 '오키나와인'이라는 집합명사를 마음속 간판으로 내걸고
싸웠다고 한다. 그 신문보도를 접한 아내가 '오키나와인'도 싸움할
줄 아는 상대라는 것을 처음 인지한 듯, 새삼 남편을 이상한 존재로
바라보았다. 그 무렵 열차 안에서 표준어로는 의미가 통하지 않는

말로 고성을 지르며 욕을 해대는 **행상인**들이 횡횡했는데 그 대부분이 '조선인'이거나 '오키나와인'이었다고 한다.

전쟁의 여파가 잦아들고 고도성장과 대국의식으로 "더 이상 전후가 아니다"라고 말하기 시작할 무렵, 이상하게도 고향을 향한 그리움이 쌓여 조금씩 거리에 등장하기 시작한 오키나와 관련 서적을 섭렵하여 아내에게 어설픈 오키나와 요리를 가르치거나 중학교에 다니는 딸아이에게 오키나와 민요를 가르치거나 했다. 딸아이는 기묘한 얼굴을 했다.

근무하던 중학교가 가미시마 소·중학교와 자매교를 맺자는 이야기를 처음 교장이 꺼냈을 때 짐짓 동정 받는 것 같아 묘한 반발심을 갖기도 했으나, 다른 한편으로는 한없는 그리움과 고향 오키나와와 자신을 강조하고 싶다는 생각에 들뜬 마음을 주체할 수 없었다…….

"선생님은 스스로를 너무 괴롭히는 거 아닙니까?"

말하고 보니, 조금 반성이 되었다. 이렇게 말해도 좋을지.

"그런데 다미나토 군. 그 도모코 씨를 매일 보다 보니 즐거워요. 전쟁을 알지 못하는 세대는 좋더군. 젊은이에게 전쟁을 알려주라고 하는 이들도 있지만, 내가 볼 때는 전쟁을 모르기 때문에 밝게 살아갈수 있었던 거지. 마음이 깨끗해지는 느낌도 들고. 기특하게도 쑥쑥 자라주었소."

느닷없이 던져진 젠슈의 밝은 말투에 다미나토는 놀랐다. 다미나토의 충고에 대한 대답인 걸까. 자신의 생활에 대한 반성인 걸까. 마음속 고뇌를 숨기려는 것일까. 적어도, 그러나—라고 다미나토는 생각한다—지금 조금 전에 말한 **마음속 27도선**을, 이것으로 뛰어 넘은 것처럼 보인다. 과연 그럴까…….

방조림에 다다랐다. 작은 호수가 간조干潮로 산호초를 검게 드러 내고 있고, 여기저기 만들어진 조수 연못에 한여름 태양이 빛나고 있었다. 왼편을 올려다보니, 학교 뒤편 절벽이 바로 눈앞에 펼쳐지며 조금 전까지 풀에 가리어 보이지 않았던 자연호가 검은 입구를 벌리 고 있었다. 정숙한 매무새였다. 지금 서식하고 있는 것은 도마뱀인지 뱀인지. 그날 사람들이 밀어닥치기 전에도 그랬음에 틀림없다. 다미 나토가 이 섬에 살았을 때 이런 호가 있다는 것을 알지 못했다. 그것 을 지금에야 알았다. 위령제에 참석하게 된 계기로 알게 되었다. 그 것을 아주 자연스럽다고 받아들이면서도 다른 한편으로는 뭔가 돌 이킬 수 없는 운명 속으로 빨려 들어가는 것 같은 느낌도 들었다.

7

섬에 있는 유일한 바가 낮에는 다방이 된다. 요나시로 아키오가 미 야구치 도모코를 데리고 왔다. 둘이 앉은 테이블 옆 창문을 열면, 둑 이 보이는데, 군이 본섬과의 연락을 위해 사용하는 작은 군함이 정 박하고 있었다. 낮에는 냉방이 되지 않아 창문을 열어 놓아야 했다. 아이스박스에 만들어 넣어 둔 아이스커피를 가져온 여자가 물러가 자 콘크리트 바닥의 누추한 바는 한층 어두컴컴하고 조용해졌다.

"이곳에 미국 병사가 출입하나요?"

도모코는 그렇게 말하고 주변을 둘러보았다.

"우리도 들어 왔잖아."

요나시로가 말하자 도모코는 요나시로에게 눈을 흘기며 조금 웃어 보였다.

"나오라고 해서 미안⋯⋯." 요나시로는 미안하다는 말과 함께 "후텐마 선생님이 안 계셨기 때문은 아니야. 선생님에 계셨어도 나오라고 할 작정이었어. 너무 강제적인가?"

"하고 싶은 말이 뭐죠?"

도모코는 요나시로의 눈을 정면으로 응시했다.

"아버님이 전사한 정황을 조사하고 있다고?"

"위령제에 참석도 할 겸해서요."

"위령제 같은 건, 집에서도 할 수 있잖아. 뭔가 아버지의 전사에 대해 예감이 있었던 거지?"

"예감이라면?"

"전사에 대한 의문 같은 거."

"그런 건 없어요. 뭔가 알고 계신가요? 아버지에 대해."

"아니, 그건 그렇고 섬에 와서 조사한 거라도 있는지?"

"아니요. 섬사람들은 아무것도 말해 주지 않았어요. 그런 사람은 모른다고 하거나, 미야구치宮口 군조라고 했는지 미야자키宮崎 군조라고 했는지 기억이 안 난다는 말밖에."

"후텐마 선생님은?"

"제가 찾아뵈니 전쟁 일은 잊어 버렸다고 말씀하셨어요. 스스로

잊으려고 노력하고 계신다면서."

"애써 입을 다물려고 하는 것은 잊지 않았다는 증거야. 모든 걸 털어 놓으면 오히려 시원할 텐데."

"저도 그렇게 생각해요. 그런데……."

"왜?"

"당사자가 되면 그렇게 간단하게 정리가 되지 않을지도 모른다는 생각을 해요."

"뭔가, 후텐마 선생님에게서 그런 점을 느꼈나? 비밀 같은……."

"아니요. 있을지 모르지만 저는 아직. 저는 나가사키 원폭피해자를 떠올렸어요."

"자네, 원폭피해자?"

"아니요. 저희 집은 원폭이 떨어진 지점에서 멀어서 방사능은 미치지 않았어요. 어머니도 무사하세요. 저도 괜찮고요. 그런데 얼마든지 이야기는 해 드릴 수 있어요."

"오키나와 전쟁 같은 거네. 성경 속 이야기처럼 되어 버렸어."

"원폭피해자들도 자신들의 고통은 다른 사람에게 이해 받지 못할 거라고 생각하고 있어요."

"그렇다면서. 책에서 읽은 적 있어."

"아주 열심히 발언하는 사람도 있고, 일절 말하지 않는 사람도 있어요. 저는 제가 피해자가 아니어서 말할 수 있는 건지도 몰라요."

"이 섬에서도 그런 말을 했나?"

"네, 그게 말이에요, 이 섬에서 요즘 들어 느끼게 된 게 있어요. 제가 원폭 이야기를 꺼내면 일단은 맞장구를 쳐요. 그거 참 안됐다는 얼굴을 하죠. 그런데 그 다음 왠지 모르게 화제를 섬 전쟁 이야기로 가져가는 거예요. 저는 그게 그렇게 나쁘다는 생각은 안 해요. 아, 섬 사람들에게 섬 전쟁이 나가사키 원폭 같은 거로구나 하는 생각을 할 뿐이죠."

"후텐마 선생님도 같은 생각이신가?"

"선생님은 제가 원폭 이야기를 시작하면 피하고 나가 버리세요."

"듣고 싶지 않은 건가……?"

"선생님의 경우 전쟁에서 뭔가 안 좋은 일을 겪은 건 아닐까요? 그런데도 신문 스크랩을 하시고 핵문제가 나오면 열심히 오려서 정리하시죠."

"저기, 미야구치 씨. 후텐마 선생님의 마음의 비밀은 과연 뭐라고 생각하나? 무엇이 선생님의 마음을 닫게 만들었을까?"

"모르겠어요. 요나시로 씨는 왜 그토록 후텐마 선생님에 대해 알고 싶어 하는 건가요?"

"후텐마 선생님만이 아니라. 나는 섬에 대해, 섬의 전쟁에 대해 모든 걸 알고 싶을 뿐. 일을 위해서."

"무리에요, 아마도. 모두들 마음에 비밀은 갖고 있는 걸요. 특히 전쟁이잖아요. 살아있는 자가 죽은 자에게 부채를 갖고 있기 때문에 침묵을 지키는 건 있을 수 있어요."

"……"

요나시로는 불현듯 입을 다물었다. 이 사랑스러운 나가사키 출신

아가씨는 어느 정도 현명함을 갖추었다. 선이 가는 모습과 어울리지 않게 배포도 있는 듯하고, 그렇기 때문에 혼자서 부친 소식을 조사하러 이런 섬까지 왔겠지만 부친의 진실을 알 만한 단서는 어느 것 하나 갖추지 못했다. 지식이 아닌 마음가짐이 문제다. 섬의 비극을 원폭의 비극과 동일한 것으로 생각하는 것까진 좋다. 그런데 거기서 멈춰 버렸다. 살아있는 자가 죽은 자에게 부채를 갖고 있다 —라는 데에 착목한 것도 좋다. 역시 원폭의 땅에서 자란 사람만의, 생활에서 얻은 것이리라. 그러나 죽은 자가 책임져야 할 부채에 대해서는 어떻게 봐야 하나. 죽은 자에게 욕하지 말란 말인가. 그러나 이 아가씨는 그런 금언을 생각한 것은 아니다. 죽은 자의 사회가 살아있는 것을 알 리 없기 때문이다. 죽은 자는 정중히 애도해야 하는 것으로만 생각한다. 그러나 과연 그럴까? 그리고 역사는 진실하게 살았다고 할 수 있을까? 섬에서는 가해자나 피해자나 죽은 자에 대해 침묵을 지키고 있거나 아니면 뭔지 모를 용서와 형식적으로 애도하는데 그것으로 좋은 걸까?

"나가사키에서도 오키나와가 화제에 오르기도 하나?"

왠지 모르게 그런 질문이 나왔다. 후텐마 젠슈의 진실을 밝히고, 위령제의 개혁에 대해 말하기 위해 미야구치 도모코와 만났는데 말이다. 그런데 후텐마 젠슈에 대해선 단서가 없고, 위령제 이야기를 꺼내기엔 아직 여러 가지 쉽지 않은 절차들이 남아 있다. 상당한 모험을 하고도 오해를 초래하지 않는다는 보장이 없는 것이다.

"우리 아버지가 오키나와에서 전사했다는 이야기가 나오면, 안됐다는 얼굴을 할 뿐이에요."

그리고 미야구치 도모코는 헤어질 때 말을 덧붙였다.

"그래도 저는 이 섬까지 와서 헛되진 않았다고 생각해요."

밤이 되어 요나시로 아키오는 이번엔 기무라 요시에를 바로 불러내었다.

"자네도 이 섬까지 와서 헛되지 않았다고 생각하나?"

요나시로의 물음에 요시에는 천천히 바 안을 둘러보았다.

"이런 섬에도 이렇게 해방적인 공간이 있으리라고는 생각지 못했어."

카운터에 있는 두 명의 백인 청년이, 그런 요시에를 힐끗 바라봤다.

"미국인이 있는 곳이 오히려 해방적이라니……."

요나시로는 가볍게 웃었다.

"이상하네. 그래도 솔직한 마음이에요."

"자네와 겐신 씨가 어떻게 알게 되었는지 알고 싶은데."

"프라이버시에요."

요시에는 농담처럼 말하며 요나시로를 흘겨보았다. 그리곤 어깨를 들썩이며 웃었다. 백인 청년이 다시 쳐다보았다.

"재미있군. 자네가 이런 섬의 며느리가 되다니 말이야."

"교통사고 같은 거라고 할까."

"교통사고라, 과연. 그런데 오키나와는 어떤 곳이라고 생각하나?"

"다들 기지, 기지 얘기만 하잖아요? 미국 같은 곳이겠거니 생각했

218

어. 도쿄 주변 기지로 말하면 다치카와立川 같은 곳 말이야."

"고자ゴザ 같은 곳이지. 역시 영어를 사용한다고 생각했나?"

"아뇨. 왜냐하면 겐신 씨가 일본어를 썼기 때문에 그렇게는 생각하지 않았지만, 그래도 이렇게 전혀 모르는 방언이 있다고는 생각지 못했어."

"역시, 일본이 아니라고 생각하나?"

"그래도 저런 무리를 보면……."라며, 카운터를 향해, "오히려 일본이라고 생각해. 이상하게도 말이지."

"나는 본토에 간 적이 없어서 잘 모르지만 말이야. 본토에서 오키나와를 보면 어떻게 보일까? 베트남에 대한 인식도 다르겠지?"

"그건 가 보지 않으면 모르겠죠."

"아주 간결하네."

"그거야 그렇죠. 나도 오키나와에 와 보고 이런 기분은, 여기가 아닌 곳에서는 상상하지 못했거든."

"그건 그렇고 자네가 지금 있는 집도 특수한 경우지. 결코 오키나와 평균은 아니란 말일세."

"그런 것 같아. 이상한 집이죠. 덕분에 공부 많이 했어요."

"겐신 씨는 집에 대해 말한 적 없나?"

"별로요. 처음부터 집에서는 우리 결혼을 별로 찬성하지 않을 거라는 정도는 말해 주었지만."

"자네 친정은 어땠나?"

"그만 두죠, 이런 얘기. 그보다, 무슨 일이죠? 이런 곳에 불러내고."

"무슨 일이 있어서라기보다 이야기를 나눠 보고 싶었을 뿐. ──이
라고 말하면 조금 거짓일까?"

실은 하마가와 야에의 유골 찾기 작업을 촬영하고 싶어서 그 가교
역할을 부탁할 작정이었다. 그런데 지금 요시에가 야에와 사이가 좋
지 않다고 하니 선뜻 말을 꺼내지 못했다.

"그래도 좋았어. 기분전환도 되고."

요시에는 그렇게 말하고 카운터 쪽 미국인들을 바라보았다. 그 눈
매가 점점 한 곳을 응시하면서 탄식 같은 말이 새어나왔다.

"아아, 일본이 유난히 멀어."

"일본이 아닐세. 본토라고."

요시에가 깜짝 놀란 표정으로 요나시로를 쳐다봤다. 그리고는 소
리 없이 웃음 지었다.

"이상해요, 당신."

"뭐가?"

"어째서 **일본**과 **본토**에 그렇게 집착하는 거죠?"

"왜냐면 오키나와도 일본이니까."

"바보. 나는 그런 것에 신경 쓰지 않아요. 말결에 자연스럽게 나온
것뿐."

"그 자연스럽게 나온 말 밑바닥에 잠재의식이 작동하는 거지. 오
키나와는 일본이 아니라고."

"바보. 뭘 그렇게 비뚤게 생각해요."

"이쪽이 먼저 비뚤어진 게 아니라고. 저쪽이 비뚤게 한 거지. 북위

220

27도선이라는 둥 하면서."

"바보……."

"그렇게 바보 바보하지 마."

"취했어? 바보 맞잖아. 난 요시다 시게루吉田茂[14]도 아니고 사토 에
사쿠佐藤榮作[15]도 아니에요. 북위 27도선인지 8도선인지 모르겠지만,
내 탓이 아니라고요."

"물론, 자네 탓은 아니야. 메이지明治 이래, 아니 시마즈島津 이래
점령자의 의식 탓이지."

"의미 없어, 그런 얘기."

"맞는 말이야……." 요나시로는 글라스 바닥에 남은 걸 한 번에 비
워 버리고, 또 한 잔을 주문했다. "그런 낡은 얘기는 나 역시도 배운
것일 뿐. 나 자신이 실감한 건 하나도 없어. 자네처럼 말이야."

"그럼 새삼스럽게 이러쿵저러쿵 말할 필요 없잖아."

"지금 와서 새삼스럽게 말할 수밖에 없는 건, 27도선 덕분이지."

"같은 말을 몇 번이나 반복하는 거예요. 돌아갈래요."

---

14 요시다 시게루(吉田茂, 1878~1967) : 일본의 제45, 48, 49, 50, 51대 내각총리대신 역
임. 안보는 미국에 맡기고 일본은 경제발전에 주력해야 한다는 이른바 '요시다 독트
린'을 구축. 1951년 강화조약 및 미일안전보장조약을 체결하여, 그 결과 1952년 오
키나와를 제외한 일본 본토만 미 점령하에서 벗어나게 됨.

15 사토 에사쿠(佐藤榮作, 1901~1975) : 일본의 제61, 62, 63대 내각총리대신 역임. 전후
일본 수상으로는 처음으로 오키나와를 방문(1965)하여 "오키나와의 조국복귀가 실
현되지 않는 한, 일본의 전후는 끝나지 않는다"라는 발언으로 주목 받았다. 1972년
오키나와 반환·복귀에 주도적인 역할을 함.

"잠깐. 저기, 자네 시어머니는 어떠신가? 야마토 며느리라면 머리부터 발끝까지 싫어하는 성질인데, 자네는 기가 막힐 일 없었나?"

"있었죠. 자기 아들이 오키나와 집 같은 건 잊고 오히려 싫어하는 건 모르고, 이제 와서 야마토 며느리도 오키나와 며느리도 없다고 생각해요."

"그러니까 말이야. 마음속에 27도선이 있기 때문이야. 그녀 입장에서는 아들은 불효자인거지."

"마음속 27도선?"

"27도선은 바다에만 있는 게 아니야. 인간의 마음속에도 있지. 오키나와에도 본토에도."

"이상한 일이네요. 나는 생각해 본 적도 없어요."

"이 섬사람들은 대부분이 마음속에 27도선을 갖고 있지. 특히 전쟁 중에 이 섬에서 집단자결을 시도했던 적이 있는 자들은, 더욱 강해. 그것을 지금은, 왠지 그 선을 애매하게 흐리고 있어. 학교 선생들도 일본복귀운동을 하고 있으니 27도선을 그어선 안 된다고 말하고. 비겁한 거지. 자기 자신을 속이는 거라고."

"그건…… 당연하지 않나? 일본복귀운동을 한다면 물론…… 27도선은……."

기무라 요시에의 눈빛이 조금 혼란스러워졌다.

"맞는 말이야. 깊게 생각하지 않으면 그럴지 모르지. 그러나 잘 생각해 보면 다르다는 걸 알게 되지. 지금처럼 마음속 27도선이 애매한 채로—라기보다, 마음의 진실에는 선이 그어져 있으면서, 그것이 없는 것처럼 위선적 마음을 품은 채 일본으로 복귀하게 되겠지. 훗날 위선적 일본인이 만들어질 뿐이고. 그런 복귀라면 의미 없을 테고."

"어려워. 뭐가 뭔지 모르겠어."

"오키나와 사람만의 문제는 아니라는 거지. 본토 사람의 경우도 같은 문제를 안고 있다는. 자네는 오가키라는 사람 아나?"

"알아요. 어머님 집에 오시곤 해요. 대학교수죠?"

"그 사람이 오키나와 팬이라고 하더군. 오키나와가 너무 좋다 나……."

"그런 것 같아요. 오늘 낮에도 강의 길게 들었어요."

"무슨 강의?"

"오키나와 고대 종교에 관한 이야기. 여기가 일본인의 고향이라는 이야기."

"재밌었나?"

"오키나와의 옛것이든, 새로운 것이든 나에겐 별로 의미 없어요. 나에게 의미 있는 건 눈앞에 있는 사람과의 교제뿐."

"그래도 오키나와에서는 눈앞에 있는 사람과 교제해도 왠지 옛날 이야기를 하게 되지."

"겐신 씨는 옛날이야기는 하지 않았어요."

"옛날이야기만이 아니라, 오키나와 이야기도, 했겠지?"

"맞아요."

"그건 무리하게 숨기려고 해서 그런 걸지도. 지금의 오키나와를 말하려면 옛날 것도 말하지 않으면 안 되거든. 여러 가지 고심해서 말하다 보면 수습이 안 될 때가 있어. 그것이 무섭지. 역시 그는 외동아들이어서 자아가 약했나봐. 그것을 그 나름 의식적으로 강해지려 했던 거지.”

“그 말은 곧 나약하단 말인가요?”

“그럴지도, 아내인 자네에겐 안 됐지만.”

“조금은 알 것도 같아.”

“섣불리 적당하게 고향에 대한 향수를 말하는 것보다 훨씬 더 고향을 사랑했을지 몰라. 집이 싫어 뛰쳐나왔다는 것만 봐도.”

주크박스의 음악이 유난히 귀를 울렸다. 백인 청년이 가게 여자와 함께 지르박을 추고 있는 것도 지금 알았다.

“춤이나 추자!”

요나시로가 일어났다.

“괜찮아? 취하지 않았어?”

“취하니까 재밌네.”

목소리가 커졌다. 백인 청년이 미소를 보내왔다.

“하이!” 요나시로는 손을 들어 답하면서, “춤을 추니 인터내셔널하고 좋네.”

가게 여자가 춤을 추며 요시에를 곁눈으로 보았다. 요시에의 몸은 가게 여자보다 훨씬 보기 좋았고 살집이 있어도 움직임이 가볍고 춤도 잘 췄다.

“오키나와 사람들은 모두 춤을 잘 추는 것 같아. 나하에서도 고자

224

에서도 춤을 췄거든."

"뭐라고? 안 들려."

주크박스 음향이 너무 컸다.

"됐어. 아무것도 아니야."

"저들은 춤추는 것만 보고 있으면 베트남인 살해와 무관한 것처럼 보이는데 말이야."

"뭐라고?"

"됐어. 아무것도 아니야."

요시에의 춤을 보고 있던 요나시로는 그녀와 하마가와 야에의 인연은 역시 무리라는 생각을 했다. 어쩌면 그건 야마토와 오키나와의 차이라기보다, 세대의 차이일지 모른다. 그렇다면 가장 불행한 건 하마가와 겐신인 걸까…….

"나가요."

춤을 다 추고는 요나시로는 요시에를 불러 가게를 나왔다. 냉방된 가게에서 나오자 조금 후덥지근한 느낌이 들었지만 곧 바닷바람이 불어와 상쾌했다.

"달려볼까?"

"좋아, 그런데 괜찮아?"

그 말을 흘려버리고 요나시로는 달려서 호안護岸에 올랐다. 바닷물이 차 있었다. 달이 해수면을 반짝이고, 호안의 흰색 선이 저 멀리까지 뻗어 있었다. 요시에도 따라 달렸다. 호안 위는 2백 미터 정도의 폭이 있어 두 사람은 마음껏 달릴 수 있었다. 3백 미터 정도 달려

가자 방조림이 아단ㄱ〆〆[16]에서 목마황으로 바뀌었다. 요나시로는 거기에서 하늘을 향해 드러누웠다. 요시에도 그 옆에 따라 누웠다. 잠시 숨이 끊어질 듯한 두 사람의 숨소리가 울려 퍼졌다. 그것이 점점 잦아들자 발끝에 출렁출렁 밀려오는 파도 소리가 들려오고 파도의 축축함이 발끝을 타고 올라오는 것 같았다.

"오키나와의 별이 총총한 하늘은 아름다워……."

요시에가 혼잣말을 했다.

"학생시절 스트라이크로 철야를 하면서 피켓을 붙인 적이 있어요. 야식을 먹고 잠시 이렇게 누워 있었는데. 그때 내 옆에 있던 남학생이 조용히 속삭이는 거야. 오키나와의 별이 반짝이는 하늘은 유달리 예쁘다고. 그 사람이 바로 겐신 씨. 우리는 그렇게 알게 되었죠."

"겐신 씨에게는 그 별이 신이었을 거야. 오키나와의 자기 집 신에게서 벗어나 이향의 하늘에서 역시 고향에서 봤던 신을 보고 있었던 걸거야."

지금, 세계 사람들이 각각 여러 신을 보고 싶어 하는 것, —이라고 요나시로는 생각했다.—이 기무라 요시에라는 여자는 오키나와와 관련이 있었기 때문에 뜻밖의 신과 만나게 되어 버렸다. 그것이 그녀에게 불행이었다면 오키나와의 신이야 말로 어떤 종류의 업業을 짊어지고 있는 것이리라.

"이 바다 저편에 말이야. 북위 27도선이 있어……." 요나시로는

---

16 판다누스과에 속하는 열대성 상록관목.

제멋대로 말을 꺼내곤 이어갔다.

"저곳에서 매년 4월 28일, 샌프란시스코 평화조약이 발효된 날이 돌아오면, 남에서 오키나와의 복귀운동 단체, 북에서 본토의 민주단체가 배를 타고 몰려들어 뱃전에서 악수를 해. 그 전날 밤에는 섬의 최북단 헤도미사키邊戸岬[17]라는 곳에서 큰 횃불을 밝히고 본토와 오키나와를 연결해 서로 본토의 동포를 부르지."

"들은 적 있어요."

"나도 그 축제에 참가한 적이 있어. 뱃머리를 가깝게 대고 배 위에서 생각했지. 이것으로 마음이 통한다면, 조국복귀가 실현되는 순간 모든 것이 끝나버리는 거로구나 하고. 그런데 마음속 27도선이 그대로라면 이건 더 이상 돌이킬 수 없는 일이라고. 하마가와 아주머니 같은 분은 평생 구원받지 못하게 되지."

"마음의 27도선······."

요시에의 목소리가 갑자기 바닷바람처럼 가늘어졌다.

"축제의 흥분이 크면 클수록 걱정돼. 흥분이 가라앉았을 때를 생각하면 말이야."

"그래도 흥분이 뭔가를 움직이는 에너지가 되기는 하잖아요."

요시에의 얼굴이 요나시로 쪽을 향했다. 그것을 느끼고 요나시로가 옆으로 돌아눕자 목소리가 숨결이 되어 요시에의 얼굴에 다가왔다.

"하마가와 아주머니의 15년의 노력을 움직여 온 에너지는, 오히려

---

17 오키나와 본섬 최북단의 곳.

차가운 것이었어.”

“그게 나로선 무서워…….”

요시에의 얼굴이 일그러지자 다시 똑바로 돌아누워 풍만한 가슴 한가득 바닷바람을 들이키고는 그것을 천천히 내뱉었다.

“분명 무서운 것이긴 해…….”

요나시로의 눈은 요시에의 옆얼굴에 시선을 둔 채, “그런데 그걸 이해하지 않으면 마음의 연대는 없어. 그리고 조국복귀도 없어.”

“…….”

“내 생각으로는 말이야, 본토복귀라든가 오키나와 반환이라는 말이 가장 안 좋은 거 같아. 일본복귀도 조국복귀도 좋은 말은 아니야. 전쟁반대라든가 오키나와 해방이라는 말로 족해.”

“…….”

“나도 학생시절에는 다른 친구들처럼 운동의 전열에 참여한 적이 있어. 그런데 조국복귀운동 방식에 의문을 갖게 되었을 때, 복귀 이전에 오키나와의 모습을 분명하게 내 눈으로 확인하고 싶다는 생각을 했어. 그래서 사진을 찍고 영화를 찍기 시작했지. 이 섬의 전쟁을 찍고 싶었어. 그런데 이곳에 오니, 섬에서는 전쟁의 상흔을 치유하기도 전에 전쟁을 잊고 싶어 하는 거야. 잊으려고 해도 잊을 수 없으면서 잊으려는 얼굴을 하지…….”

“겐신 씨…….”

요나시로는 말을 멈추고 숨을 삼켰다. 환청이 아닌가 생각했다. 요시에를 보면 그 얼굴이 드러누운 불상처럼 보였다. 가슴이 격렬해지

고 숨소리가 거칠어졌다. 파도소리가 그 사이를 메워주고 다시 밀려
갔다. 다시 고조되려고 할 때,

"뭔가가 미쳐가고 있어……."

파도소리를 가라앉히는 기분으로 말했다. "초조해 하고 있을 때
너를 만났어. 오키나와에 대해 아무것도 모르는 너를 말이야. 아무것
도 모르는 대신 오직 해방되고 싶어 하는 네가 있었어……."

"그렇지 않아!"

목소리에 놀라 요나시로의 몸이 순간 움찔했다. 요시에는 움직이
지 않았다. 그런데 가만히 보니, 그 몸이 작게 흔들리고 있다는 걸 알
았다. 울고 있다! 소리를 죽여 울고 있다. 그 어깨에 요나시로는 손을
얹었다.

"그만 둬!"

손을 뿌리치는 목소리가, 역시 울고 있었다. 요시에는 일어나더니
호안을 쏜살같이 내달렸다. 요나시로가 꼼짝 않고 그 자리에 있으려
니 희고 작은 점이 되어 호안을 내려갔다. 만조까지는 아직 시간이
있어 모래사장이 희고 가는 선이 되어 펼쳐져 있다. 그곳으로 요시
에가 재빨리 옷을 벗어던져 전라의 몸이 되어 파도치는 곳을 향해
종종걸음으로 내달리는 것을 요나시로는 바라보았다.

'어—이!'

요나시로는 소리쳐 보려 했지만 소리가 나오지 않았다. 조금이라
도 소리를 내면, 저 아름다운 바다의 요정 같은 나체를 산산이 부숴
버릴 것 같은 두려움이 그를 엄습했다. 바닷바람이 방조림을 울린다.

달빛이 어둠을 제압하고 있는 가운데, 바닷소리는 더 한층 일렁거렸다. 나체의 모습을 이윽고 파도가 삼켜버렸다. 요나시로는 응시하며 서 있었다. 이윽고 파문에 하얀 몸이 모습을 드러내고 앞쪽 바다를 향해 헤엄쳐 가는 것이 보였다. 바다는 상당히 어둡다. 요나시로는 믿으며 기다렸다. 그는 얼굴을 들어 올려 달을 바라봤다. 그리곤 우주를 쓰다듬기라도 하듯 시선을 떨어뜨렸다. 벼랑 중턱에 있는 호가 으스스한 검은 구멍을 벌리고 있는 것이 멀리에서 보인다. 그 구멍만이 요시에의 나체가 바다를 향해 도전하는 모습을 응시하고 있다.

도쿄의 야간공습을 바라보며, 오키나와의 별이 빛나는 하늘이 훨씬 아름답다고 겐신 씨는 말했다. 그래도 그는, 오키나와에 대해 많은 말을 하려고 하지 않았다⋯⋯.

그 후 나는 겐신 씨를 그룹에 소개했다. 거기에서 오키나와 이야기를 해 주리라 기대했지만, 예상은 빗나갔다. 집회할 때마다 그는 가만히 듣고만 있었다. 논쟁이 벌어지면 모두들 흥분해 자칫 철야로 이어지기 마련이다. 이런 분위기 속에서 겐신 씨는 짙은 눈썹의 미간을 찌푸리며 몇 시간 동안 말없이 듣고 있었다. 그가 그룹에 들어온 지 3개월 정도 지난 어느 날 밤, 다카다노바바高田馬場에 있는 다방 2층을 찾았을 때의 일이었다. 날이 추워 금방이라도 눈이 내릴 것 같아 해산하고, 마지막 전차를 타기 위해 나는 역으로 걸음을 서둘렀다. 추위 때문인지 모두들 입을 닫고 어깨를 웅크려 잰걸음으로 발길을 재촉하고 있을 때, 겐신 씨가 짧게 말했다. "우리 고향은 미군이 처음 상륙한 섬이야. 그래서 이런 일을 하는 거야." 그 목소리가 내 바로 왼편에서 들려왔다. 다른 쪽에는 아무도 없었다. 그렇다면 나에게 말을 걸어 온 걸까? 나는 신경이 쓰였지만 맞장구쳐 줄 말을 찾지 못해, 그냥 그렇게 흘려들어 버리고 말았다. 역 구내에 도착했을 때, 눈이 내리기 시작했다. 눈이다,라고 누군가 말했을 때 겐신 씨가 흠칫 놀란 듯 시선을 저 먼 하늘로 향했다. 네가 있는 섬 말이야……. 나오려던 말을 나는 집어삼켰다. 그 다음으로 미군이 상륙한 것을 묻고 싶은 마음과 눈이 내리지 않는 남쪽 섬의 자연 같은 것을 묻고 싶은 마음이 뒤죽박죽되어 버려 말을 헤맸던 것이다. 2년 후 결혼하고 나서 그날 밤 일, 기억해?라고 나는 물었다. 그런데 "바보……."라는 말뿐. 그 이면에 무슨 말이 있었을까, 아마도 뭔가가 있었을 거라고 나는 계속해서 생각했다.

어느 날, 1967년 11월×일, 사토佐藤 수상의 방미에 반대하는 투쟁이 불발로 끝났다. 신주쿠新宿 역 앞에서 기동대의 방패와 곤봉에 쫓겨 다니면서 나는 겐신을 찾았다. 끝내 찾지 못하고 외진 길을 헤매다 정신을 차리고 보니 날이 저물어 있었다. 당황해서 길을 더듬어 나와 오쿠보大久保에 있는 겐신의 하숙집에 도달했다. 그는 혼자서 이불을 둘둘 말아 덮고 왼쪽 어깨를 누르며 신음하고 있었다. 의사를 부르라고 해도 말을 듣지 않아요,라며 하숙집 아주머니가 내게 말했다. 나도 그렇게 해야 한다고, 나와 함께 병원에 가자고 말했다. 그러자 그는 갑자기 강하게 돌변하였다. 방 안을 들여다보던 나를 오른팔을 뻗어 목을 끌어안고는 무리하게 입을 맞췄다. 안 돼! 바보! 라며 얼굴을 떼었다. 겐신은 거의 울 것처럼 얼굴을 일그러트리며 나에게 말했다. 결혼하자! 요시에! 결혼해 줘! 지금은 병원에 가는 것이 우선이야! 결혼한다고 약속하면 지금 병원에 갈게!……

　제멋대로이고 고집스러운데다 혼자만의 생각에 골몰하는 사람이 었어. 그건 그의 어머니 탓일까? 아니, 그 사람에게 어머니는 어떤 의미일까?……

　"우리 엄마가 결혼을 허락해 주지 않아."라며 어느 날 밤 침대에서 겐신은 천정을 올려다보며 말했다. 꾸벅꾸벅 졸고 있던 나는 화들짝 잠이 깬 채로 누워 있었다. "우리 엄마는 야마톤츄ヤマトンチュ[18]가 싫대"라고 겐신은 처음 그런 말을 나에게 꺼냈다. "야마톤츄가 뭐야?" 나는 처음 듣는 말에 대해 물었다. "오키나와 이외의 일본인이란 게 무슨 뜻이야?" 인종……이라는 말을 나는 집어삼켰다. 인종이 다른 것 말고, 일본인과 다른 일본인이 있다는 것을 나는 이해할 수 없었던 것이다. 그러니까 우리 엄마는…… 섬에, 섬에 얽어맨 것처럼 꽁꽁 매여 있어서 말이야. 섬에 얽매여 있다는 게, 무슨 뜻이야? 그리고 우리 집 며느리가 될 사람은……. 뭐라고? 며느리는 뭐? 너와 결혼할 사람은, 뭐라는 거야? 겐신은 그대로 입을 다물어 버렸다. 눈은 변함없이 천정 쪽을, 이번에는 꺼져 있는 형광등 쪽을 응시하는 모습이,

---

18 일본 본토 출신을 '야마톤츄ヤマントンチュ'라 하고, 이와 구분하여 오키나와 아이덴티티를 내포한 오키나와인을 '우치난츄ウチナンチュー'라 일컬음.

창문을 통해 흘러들어 오는 가로등 불빛에 비쳐 희미하게 보였다. 왜 말 안 해? 비밀? 나한테 하지 못할 말이야? 섬의 뭐가……? 가만히 좀 있어! 나도 괴롭다고. 나는 겐신의 등 뒤에서 울었다. 추운 밤이었다. 이불을 있는 힘껏 끌어 당겨 어깨에 뒤집어쓰고, 그 안에 얼굴을 묻고 울었다. 지금 와서 결혼하지 못한다는 건 비겁하다고 원망하고 싶진 않았다. 호적에 넣어주지 않아도 좋았다. 그런데 겐신이 갑자가 저 멀리로 가 버린 듯해서 그것이 마음 아팠다. 겐신이 가만히 침묵할 때는 우리 앞에 있는 것이 아니라 어머니 앞에 있는 거라는 걸, 그때 알았다. 그 어머니에게서 겐신은 왜 도망쳐 온 걸까? 겐신에게 어머니의 존재는? 그리고 나는? 겐신의 어머니는 나에게 어떤 의미일까? 나는 혼란스러웠다. 신주쿠 역에서 기동대에 쫓겨 뿔뿔이 흩어졌을 때를 떠올렸다. 그 후 몇 시간 동안이나 겐신을 찾아 헤맨 끝에 상처를 입은 모습으로 재회했을 때…… 그때만큼 강하게 겐신을 끌어안았던 적은 없었다. 그런데 지금은 어떻게 안아야 하는 걸까. 지금이야말로 나는 겐신을 끌어안고 놓아주면 안 되는데. 무섭다. 나는 무서웠다. 울면서 떨고 있는 어깨에 손이 올라오는 느낌이 들었다. 이불로 덮여 있던 어깨가 조금 드러나자 차가운 공기가 파고드는 느낌 그러나 그보다 겐신의 손에서 전해 오는 온기가 내 마음을 설레게 했다. 그 손을 나는 있는 힘껏 잡아끌어 가슴에 대었다. 강하게 겐신이 몸을 던져 내 이불 속으로 파고들어 젖가슴을 애무하며 상체를 끌어안았다. 잠시 숨을 쉴 수 없었다. 이 호흡 곤란이 마치 지금 겐신의 괴로움처럼 느껴져 나는 몸을 돌려 격렬하게 겐신의 몸에 파고들었다. 당신은 내 것이에요, 어머님도 내 것이에요,라고 분명히 말한 듯하다. 실없는 말을 나는 뱉어내고 있었다. 두 사람의 몸이 함께 불타오르는 듯한, 전에 느껴보지 못한 도취 속으로 나는 빨려들어갔다······.

입적 따위는 문제가 아니었다. 나는 행복했다. 겐신도 틀림없이 행복했을 것이다. 그런데 죽어버렸다. 바보! 무책임! 나는 갑자기 운동이 덧없어졌다. 그리고 섬에 가고 싶었다. 겐신의 죽음과 함께 상실한 모든 것이 그곳에 있다고 나는 믿었다. 그런데 왜일까? 겐신의 어머니는 나를 거부할 텐데 왜 나는 그토록 섬에 집착한 걸까······.

바로 이 바다야, 라며 나는 배 위에서 유골을 안은 채 생각에 잠겼다. 내가 겐신을 떠나보내려 한다는 것을, 겐신의 어머니가 나를 받아들이려 하지 않는다는 것도, 모두 다 이 바다 탓이라고, 나는 이해했다. 아무리 가도 끝이 없는 바다는 여러 생각을 하나로 모으기도 하고 흩어버리기도 했다. 바다 저편의 희망은 옛날이야기에서나 나올 법하지, 지금 나로선 그런 건 도저히 믿을 수 없었다. 바다 저편에 겐신의 섬이 있다고는 도저히 믿을 수 없었고 뒤돌아가면 일본이 있다고도 믿을 수 없었다. 바다에는 불안만 있었다. 겐신은 그 불안을 막무가내로 뛰어넘으려 시도한 건지 모른다. 어머니는 이 바다가 품고 있는 불안감에 압도된 걸지 모른다. 나는 그 불안의 저편을 상대로 내기를 걸어 항해하고 있는 건지도 모른다······.

해방되고 싶다느니 했던 거, 거짓말! 나는 내기를 걸고 싶었다. 그런데 뭘 걸고 하면 좋을지 몰랐다. 내기하고 싶은 나를, 섬은 거부한다. 어머니도 거부한다. 나는 섬에도 어머니에게도 얽매여 있는 건 아니었지만, 표정 없는 섬과 바다가 불안해서 견딜 수가 없다. 내기하는 것조차 허용되지 않는다는 건, 어떤 의미일까? 아아, 이 바다는 대체 뭘까? 이 섬을 감싸 안고 있는 이 바다, 달빛으로 충만하면서 앞쪽 바다는 어두운 이 바다의 정체는 뭘까? 이 바다는 나에게 도대체 어떤 의미일까? 겐신, 알려줘!

기분 좋은 피로감으로 젖은 요시에의 몸이 하반신만 옷으로 대충 가리고 모래 위에 누워있다. 젖은 피부가 달빛을 부드럽게 반사시키고 있는 것을 요나시로 아키오는 시선을 떼지 않고 응시한다. 손을 뻗어도 닿지 않을 정도의 거리에서, 그는 무릎을 꿇고 있다.

"다가오지 마."

요시에의 말을 그는 지키고 있다.

"내가 죽을 거라고 생각했어?"

"너는 죽음보다 투쟁의 이미지 쪽이 더 강해."

"나는 일본을 향해 헤엄쳤어. 그런데 일본은 멀었어."

"……."

"웃기지, 이런 말."

"왜?"

"이대로 도쿄로 돌아가 버리면 의미가 없어."

"나도 그렇게 생각해. 뭔가가 섬에서 나를 기다리고 있을 것 같았어. 그런데 나는 발견할 수 없었어. 바다로 뛰어들면 뭔가가 보일지 모른다고 생각했어……."

"역시 섬에서 발견하지 않으면. 섬에 있는 것도 바다의 마음이야. 너는 그것을 찾기 위해 온 걸 거야."

요시에의 말보다 자신의 이 말이 더 실없다고 느껴져 요나시로는 초조했다. 분명 이상한 말이다. 난 대체 무슨 말을 한 걸까. 그러나 이것은 나 스스로에게는 이상하지만 명확한 말이다. 바다에 둘러싸인 섬에 태어난 마음이, 지금 모든 불행을 낳고 있는 것이다. 그러나 그것은 섬사람들의 운명을 지키는 신의, 또 다른 표정이 아닐까? 그런 것을 말하려고 했다. 요나시로는 지금 이 야마토 여자에게 그것을 어떻게 전달하면 좋을지 몰라 헤매다 쓸데없는 말만 한 것 같아 애가 탔다.

"나, 우타키에 가보고 싶어……."

요시에가 혼잣말을 했다.

"뭐라고?"

요나시로의 마음에, 파도가 일었다.

"거긴, 어머니만의 성城이야."

"그래도 겐신의 사상을 움직인 신이 있어. 오키나와의 신이."

"나도 보고 싶어."

"그런데……."

달빛이 구름에 가리었다. 거기에서 다시 빛이 나오기까지의 짧은 시간, 두 사람의 시선이 어둠 속에서 서로를 찾다가 만났다.

"그런데, 뭐?"

"벌 받으면 어떻게."

"벌!"

그 말이 요시에의 아름다운 입술에서 달빛을 반사시키는 것처럼 흘러나오는 것을 요나시로는 신비하게 느꼈다. 오키나와의 우타키에, 야마토에서 온 젊은 여자가 진지하게 '벌'이라는 것을 감지했다는 건, 역시 하마가와 야에라는 노로의 집념이 성공했다고 해야 하나? 요시에의 시선이 하늘 저 높이 날아오르는 듯 보였다. 눈동자에 달빛이 선명하게 비춰져 있는 것을, 요나시로는 눈도 깜빡하지 않고 응시했다. 황폐한 배소에서 영상을 찾는 일도, 유골 찾기와는 다른 또 하나의 이상이라고 생각했다.

"내, 기, 하, 는, 거야……."

한 음절씩 끊어지듯 토해내는 요시에의 말이, 바다소리에 녹아 사라졌다. 그 목소리는 너무 가냘퍼서 순간 요나시로는 귀를 의심했지만, 마침내 그는 자신이야말로 그 가냘픈 말에 내기를 걸어야 한다고 생각했다.

8

산호초암 동굴 속은 여름인데도 안쪽으로 들어갈수록 차가운 공기가 살을 에는 듯했다. 오래되어 삭은 흙의 청결한 냄새로 눅눅했는데 일행 4명 가운데 하마가와 야에만 유일하게 사체 냄새를 떠올렸다. 오가키 교수의 조사에 안내를 하겠다는 것이었는데 그녀의 진짜 목적은 이 사체 냄새와 관련이 있었다.

오가키 기요히코가 우타키의 배소를 보여 달라고 부탁한 것은 그와 알고지낸 몇 년 동안 한두 번 있는 일이 아니었다. 그때마다 틀에 박힌 문답이 반복되었다.

"우타키 배소가 노로 이외의 사람에겐 금지된 것은 알고 계실 텐데요."

"전쟁 때는 가족뿐 아니라 군인들도 들어왔다고 하던데요."

"그런 말씀을 들으면 귀를 틀어막고 싶어요. 전쟁 때 일은 말씀하지 말아 주세요."

"노로의 입장에서 괴로운 것은 알아요. 그러나 학문을 위해서. 이 학문은 노로에 대한 존경과 숭배를 분명하게 하는 일이에요."

"나는 그 전쟁 때 군인을 들어오게 했던 일로 지금까지 신에게 해방되지 못했어요. 부디 이해해 주세요."

"나는 군인과 달라요. 이 섬에 대해 군인과 나는 완전히 다른 존재라고 봐도 무방해요. 그건 당신의 체험으로 볼 때 당신이 가장 잘 알고 있을 것 같은데."

그 이후 야에는 완전히 침묵할 수밖에 없었다. 오가키에게는 아이

러니하지만, 야에의 입장에서 보면 이것으로 오히려 오가키가 군인
과 다르지 않은 사람이 되어 버린 것이다. 말을 주고받을수록 야에
는 수치의 수렁으로 빠져들어 갈 뿐이었다. 그것은 다른 사람이 이
해해 줄 리 만무한 것이라고 야에는 생각한다. 그 동굴의 어둠은 원
래 야에가 신을 모시는 사람으로, 고독하게 신과 대화하기 위한 공
간이었다. 그 규율을 잊은 것이 아니라, 규율을 깨고 전쟁의 탄환과
강제 자결을 피하기 위해 가족을 데리고 들어갔다. 그 후 마을사람
들이 들어왔고 군인이 들어왔다. 가족이나 마을사람이나 그녀가 들
어가지 않았다면 금기를 지켜 들어가지 않았을지 모른다. 들어갔을
수도 있지만 근래 마을사람들이 금기를 충실히 지키는 것을 알고 있
는 그녀는, 마을사람들이 아마도 들어가지 않았으리라는 생각이 강
하게 든다. 금기에 그 누구보다 충실해야 할 야에가 왜 가장 먼저 들
어간 걸까? 아마도 그 어둠에 익숙했기 때문이리라. 아니면 신에 친
숙했기 때문일지 모른다. 신과 짐승이 간음한 것처럼 부끄러운 일이
다. 그래서 그녀는 전쟁 이후 축제와 무관하게 지내왔다. 축제가 있
는 날 노로의 임무로서 동굴의 어둠에 틀어박혀 있는 시간이 그녀에
게는 고독하게 신과 대치하며 참회하기 위한 시간이 되었다. 신에게
존경과 숭배를 바치고 풍작을 기원하는 임무와는 오히려 멀어졌다.
신을 두려워하게 된 지 몇 년인가. 축제에 동굴에 들어가는 것을 극
도로 두려워했다. 그래서 수치와 두려움으로 몸이 얼어붙는 심정으
로 동굴 어둠 속으로 들어가 고독한 마음으로 신의 채찍을 받았다.
그 심정을 마을사람들은 모른다. 마을사람들의 금기는 전쟁 전 형태

로 되돌아갔고, 배소에 들어가려는 사람은 없어졌다. 섬 단위로 유골 수합이 전개되었을 때, 배소의 동굴에 유골이 있을 것이라는 목소리가 있었지만 야에가 부정해서 흐지부지되었다. 동굴 가장 깊은 곳의 야에에게만 들어가는 것이 허용된 암실岩室 속에 십여 구의 유골이 있음을 지금은 야에만 알고 있다.

　──부군 겐료가 군조와 함께 동굴을 나간 후 며칠이 지난 그날, 우연히 야에와 마을 남자 하나가 식량을 구하기 위해 동굴을 기어 나온 날 함께 갔던 남자는 그대로 총에 맞아 죽었고 손에 쥘 수 있을 만큼의 적은 양의 감자를 가지고 야에가 돌아 왔을 때 동굴 입구에 미군 수 명이 동굴 속을 살펴보는 것처럼 서성대고 있는 것을 목격했다. 그대로 야에는 은신처를 바꿔 전쟁이 끝날 때까지 동굴로 돌아가지 않았다. 그 무렵부터 야에의 부끄러움과 후회와 두려움이 시작되었다. 전쟁이 끝나고 수용소 생활이 시작되었다. 살아남은 포로가 된 주민들에게 황폐한 밭을 경작해 식량을 만드는 일이 부여되었다. 어느 날, 성냥을 들고 작업에 나온 야에는 미군의 감시의 눈을 피해 그녀의 동굴로 달려갔다. 동굴에 한 발 내딛는 순간부터 야에는 벌써 통곡하고 싶을 정도의 후회가 밀려들었다. 안쪽의 희미한 빛이 들어오는 곳까지 분명히 사람들이 들어가 생활한 흔적이 보였기 때문이다. 여기서 결정적으로 그녀의 책임을 묻지 않을 수 없다. 그리고 더 깊은 곳으로 들어가자 가장 안쪽 암실에서부터 열 발자국 정도 더 나간 지점에서 갑자기 장기까지 부패한 듯한 시체 냄새가 엄습해 그녀는 현기증이 났다. 암실 입구는 성인 한 명이 낮은 포복을

해야 들어갈 수 있을 만한 크기다. 그녀는 그곳을 몸을 구부려 빠져 나갔다. 빠져나와 성냥에 불을 붙여 보니 십여 구의 사체가 있었다. 부패의 정도가 극에 달해 심한 악취를 풍겼지만 그 고통을 야에는 자신에 대한 신의 벌이라고 이해했다. 사체들은 이미 얼굴 형태를 구분할 수 없었지만 어느 정도 기억을 더듬을 수는 있었다. 그 이미 지가 다시금 야에를 괴롭혔다. 그녀는 입구의 구멍을 돌로 막아 놓 았다. 향로와 양석 그리고 주변에 잡히는 대로 돌을 주워 모아 조달 했다. 시체가 밖으로 유실되는 것을 막기 위함이었다. 반년 가까이 지나 다시 찾아와 이미 백골화된 것을 한쪽 편에 모았다. 해골이 되 어 누가 누군지 구별을 할 수 없었고, 그 유골이 쌓여 만들어진 산은 엉겨 붙은 하나의 저주의 주춧돌처럼 야에를 짓눌렀다. 그 후부터 하마가와 야에의 정신세계가 변했다. 더럽혀진 것을 정화시켜야 할 기원이나 축제가 더러움을 더 한층 의식하게 하였고, 후회를 덧쌓아 가는 계기가 되었다. 신의 도구인 마가타마를 지니고 나간 채 돌아 오지 못한 남편의 유골수합을 애매하게 방치해 두는 것이 불안해서 견딜 수 없었다. 그리고 그대로 연중행사인 위령제에 아무 것도 모 르는 얼굴을 하고 앉아 있을 기분도 아니었다.

며느리 요시에의 출현이 야에에게는 범상치 않은 의미를 갖게 했 다. 야마토 사람이라는 위화감에서 야에의 고독의 껍질은 더 단단해 져 갔는데 그 다른 한편에는 가출 비슷하게 집을 나간 채 사고사事故 死한 아들을 대신해 그녀의 반려자가 되어 주었으면 하는 바람도 있 었다. 이 모순을 그녀 나름대로 해결할 기회가 찾아왔다. 요시에가 오가키와 요나시로의 대변자를 자청하며 우타키 조사를 허락해 달라는 요청을 해 온 것이다.

"요즘 같은 시대에 새삼스럽게 무슨 신이에요. 그런 말을 하기 때문에 나랑 안 맞는 거예요."라고 요시에가 너무도 분명하게 말하자 야에는 그 말에서 요시에와 자신의 거리가 너무나 멀다는 것을 의식하는 한편, 지금 이 며느리를 동굴로 인도해 두 사람의 관계를 일체화시킬 수 있을지 모른다는 생각을 했다. 금단의 배소를 다시, 그것도 맨정신으로 다른 사람을 안내하는 것으로 완전히 하마가와 야에라는 노로의 신격神格을 멸할 것인가, 아니면 그 백골의 산을 요시에에게 보이는 것으로 요시에의 정념을 무리하게 오키나와의, 야에의 껍데기 안으로 끌어들일 것인가. ─야에는 후자에 걸었다.

"이 안이에요."

야에가 나직이 말하자, 구멍을 막고 있는 돌산을 무너뜨리고 구멍 안으로 기어들어 갔다. 오가키 기요히코가 뒤따랐다. 요나시로 아키오가 카메라를 들고 기무라 요시에가 조명 램프와 밧데리를 손에 들고 그 뒤를 따랐다.

네 명이 암실 속으로 나란히 들어선 순간, 그곳에서 새로운 시간이 시작되었다. 몇 초인가 숨 막힐 것 같은 침묵이 흐른 후 갑자기 요나시로가 카메라를 들고,

"요시에 씨, 라이트!"

라고 외치자, 곧바로 강렬한 조명과 신경질적인 카메라의 회전음이 백골 산에 방사되었다. 한여름인데도 서늘한 자연호 안은, 산을 이룬

백골이 종유석에서 떨어지는 물방울을 받으며 갑자기 타오르는 듯했다.

오가키는 어마어마한 백골 산에 놀란 것도 잠시, 바로 실내의 구조를 메모했다. 그가 가장 당황한 것은 향로와 양석 등이 정연하게 놓여 있지 않은 것이었다. 그것들은 잡다한 돌과 뒤섞여 입구 구멍 옆에 나뒹굴고 있었다.

"이건, 왜……?"

오가키는 마침내 야에에게 힐문하듯 물었다.

"이제 후회해도 소용없는 일이에요."

야에는 말했다.

"후회해도 소용없다? 그래요. 그러니까 왜 그렇게 된 거요."

"신께서……."

신은 더 이상 존재하지 않아요,라고 대답하려 했으나, 야에는 말을 삼켰다. 그렇게까지 말하긴 두려웠다.

"신이 했나?"

오가키는 납득하지 못하겠다는 듯, 재차 두세 번 질문을 시도했지만, 야에는 이번엔 침묵으로 일관했다.

요나시로가 녹이 슨 대검帶劍과 편상화編上靴 파편을 줍거나, 카메라에 담거나 하는 사이, 요시에는 놀란 눈으로 주위를 둘러보았다. 그 눈은 점차 진지해 졌다. 그녀가 섬에 온 이래 한 번도 보여준 적 없는 표정이었다. 야에와 대립할 때 그녀는 자주 굳은 표정을 했는데, 그것은 그녀 나름의 껍질로 무장한 견고함이었다. 그런데 지금은 그녀가 드물게도 마음속으로 뭔가를 쫓고 있는 듯 진지했다. 굳은 표정이었다.

"요시에!" 요시에의 표정을 재빠르게 눈치챈 야에가 다급해졌다. "여기는 신과 엄마만의 성城이야. 그런데 여기서 전쟁이 벌어진 거지."

요시에는 백골을 가리키며,

"이건 모두 군인들이에요?"

"군인도 있고 섬사람도 있어. 모두 신을 더럽힌 자들이지."

"어머니만 다른가요? 섬사람들이나 군인이 신을 더럽히고 어머니만 책임을 회피하려는 거 아니에요?

"회피하려는 게 아니야. 분명하게 책임을 지고 있어. 신의 벌을 받고 있지. 그래서 지금 여기에 모두를 데리고 온 거잖아……."

이 말을 요시에만이 아니라, 아무도 이해하지 못했다. 야에는 개의치 않고 말을 이어갔다.

"내가 이 20년 동안 이 배소에서 얼마나 고통을 받았는지 당신들은 모를 거야. 섬에는 이제 전쟁은 없다는 얼굴을 하고 모두 안심하고 있지만 전쟁은 끝난 게 아니야. 네 아버지의 유골도 영혼도 돌아오지 못했고 이 유골들도 성불하지 않으면 안 돼. 신을 더럽힌 벌인 게야."

"그럼 언제까지 이 상태로 둘 건가요?"

"가엾지만 어쩔 수 없어. 이 사람들은 이런 곳에 와서라도 자신만 살아남으려고 했지만 결국은 모두 불에 타 버렸어. 이대로 놔두면 안 되겠지만 이대로 놔둘 수밖에 없어. 신을 위해 그것으로 속죄하지 않으면 안 돼. 이 사람들도 나도 모두 하나가 되어 신에게 속죄해야 해."

"우리도? 나도?"

요시에로서는 전혀 이해할 수 없는 이야기였다. 그녀는 도움을 청하듯 요사시로와 오가키를 바라봤다. 그 앞에 야에가 돌연 땅에 엎드렸다. 거의 울 것 같은 목소리로,

"요시에. 이해해 줘. 엄마를 버리지 말아 줘. 겐신을 대신해 줘. 엄마의 고통을, 신의 분노를 이해해 줘."

"에고이스트. 너무 제멋대로예요."

요시에의 목소리가 채찍질하는 것처럼 울렸다.

"신이라고 해도, 알 수 없는 오키나와 신이잖아. 이 유골이 된 한 사람 한 사람의 사자死者는 어떻게 할 건지. 이 사람들, 인간이었어요. 야마토 사람인지 오키나와 사람인지 모르지만, 아무튼 인간이었어요. 이렇게 방치된 채로 있을 이유가 없어요."

"그래도 네 아버지는 군인에게 살해당했어. 결코 같은 인간이 아니야."

"같은 인간이에요."

"달라."

"그럼 하나만 물을게요. 이 유골들 어떤 게 야마토 사람이고 어떤 게 섬사람인지, 어머닌 아세요? 누가 누구를 괴롭혔는지, 어머닌 증명할 수 있어요?"

"그건 몰라. 그렇지만 그건 전쟁 탓이야. 전쟁 때문에 나 역시도 신을 더럽힌 게 아니냐. 전쟁을 증오하는 것으로 족해. 전쟁에서 죽은 사람을 괴롭히다니 비겁해."

"오가키 선생님!"

야에는 도움을 청하듯 뒤돌아보았지만 오가키의 모습은 사라지고 없었다. 설령 그 자리에 있었다고 해도 오가키의 사상으로는 임시방편적인 위로로는 이 상황을 벗어날 수 없으리라고 요나시로는 생각했다. 그런 생각 한편에서는 이 대립하는 두 사람을 어떻게 할지 고심하고 있었다. 그 자신이 이 자리에서 도움을 줄 수 있으리라고는 생각지 않았다. 두 사람의 생각은 너무 동떨어져 있었다. 말을 주고받는 가운데 때론 접점이 발견되는가 싶었지만 그건 찰나였고 역시 평행선이었다. 두 사람 가운데 어느 쪽 편을 들지, 요나시로 자신도 결정하지 못했다. 이론적으로는 요시에의 말이 맞는 것처럼 생각되었지만 감정적으로는 야에의 변명 쪽에 마음이 기울었다. 섬에 온 후 그는 어느 쪽인가 하면 야에의 말에 가깝게 섬사람들에게 발언해 왔다. 그것이 왠지 헛수고였다는 생각이 든다. 그리고 야에의 완고함이 새삼스럽게 소중하게 다가왔다. 그런데 그곳은 막다른 곳이었다. 분명 요시에의 말대로 풀 한 포기 자라지 않는 곳인 듯했다. 오늘 요시에의 모습은 요나시로에게 새로운 인상을 주었다. 지금까지 요시에는 야에에게 아주 무관심했다고는 할 수 없으나 적어도 소통하려는 자세는 아니었다. 그것이 우타키에 가보려고 마음먹으면서부터 바뀌었다. 그것은 바로 하나의 돌파구를 발견하려는 노력이었다. 그것은 내기였다. 그 내기가 성공할지 실패할지 서로의 운명의 추는 격렬하게 움직이고 있는 것처럼 보인다. 추가 한번 움직일 때마다 격렬한 논쟁을 일으켰다. 요나시로는 언쟁 속에 열정적인 기원이 들어 있는 것처럼 느꼈다. 그것은 만나 본 적 없는 평행선을 어떻게든 만나게 하려는 의지에 다름 아니었다. 두 사람 모두 그 변화를 눈치채지 못했다. 아직 만날 계기는 찾지 못했지만 요나시로는 이들 선이 어디엔가 분명 접점이 있을 것만 같은 기분이 들었다. 만날 것 같지 않은 선을 어떻게든 해서 이번 기회에 만나게 할 필요가 있다고 생각했다.

9

바로 그날 요나시로 아키오는 후텐마 젠슈를 찾았다. 8조나 되는 넓은 다타미 방은 바람이 잘 통했다. 젠슈는 툇마루에 가까운 기둥에 기대어 독서를 하고 있었다. 반대쪽 구석에서 미야구치 도모코가 신문을 정리하고 있었다. 더없이 평화로운 풍경처럼 보였지만, 실은 지금의 평화가 길게 계속될 리 없고, 또 계속되어서도 안 된다고 요나시로는 생각했다.

"위령제를 섬사람과 일본군과 미군들이 다 같이 지내는 건 잘못되었다고 생각합니다만."

요나시로는 단도직입적으로 말했다.

"그래서 나한테 어쩌라는 건가."

젠슈의 그런 태도는 비겁하다고, 요나시로는 생각했다. 도모코가 차를 내오려 자리에서 일어나려 했지만 다시 그 자리에 고쳐 앉았다.

"도모코 씨도 함께 들었으면 합니다."

요나시로는 도모코 쪽을 크게 돌아보았다. 도모코가 조심스럽게 신문을 정리하면서 시선은 요나시로를 응시했다.

"오늘 우타키 배소에 들어갔었습니다."

"우타키에? 혼자서?"

과연 젠슈 안색이 변했다.

"물론 하마가와 아주머니의 안내를 받았습니다. 오가키 선생님, 요시에 씨도 함께였습니다."

"동생은 신을 버렸단 말인가? 뭐에 진 건가?"

젠슈는 미세하게 마음의 동요를 보였다.

"요시에 씨가 부탁했습니다. 하마가와 아주머니는 그걸 받아들인 거고요."

"믿을 수 없어."

"오가키 선생님이 부탁했을 때는 들어주지 않으셨는데, 요시에 씨 부탁은 들어주셨어요. 어떻게 생각하세요?"

"……"

"아주머니는 아마도 진 것 같습니다. 우타키를 통해 요시에 씨와 자신을 묶어 두려고."

"성공하지 못할 걸세."

"성공하지 못했습니다. 그러나 새로운 발견이 있었다고 생각합니다.”

“발견?”

“새로운 신을 찾지 않으면 안 된다는 사실입니다.”

“새로운 신?”

“신이라고 해도 될지 모르겠습니다. 그러나 인간의 마음의 지주라는 의미라면, 역시 신이겠죠.”

“무슨 말인가.”

젠슈의 목소리가 흥분한 마음을 무리하게 가라앉히려는 듯, 떨려왔다.

“위령제 말입니다.”

“위령제에 동생은 완전히 등을 돌렸다네.”

“아주머니가 순수하기 때문입니다. 위령제가 불순하기 때문입니다.”

“위령제를 다시 바꾸기라도 하면 요시에와 동생이, 아니 섬이 하나가 된단 말인가?”

“하마가와 아주머니는 이미 우타키에 신을 모시고 있지 않습니다. 다만 우타키로 피하고 싶어 할 뿐입니다. 아주머니의 새로운 신은 남편 분의 유골이 발견될 때 재생될 것이라고 생각합니다. 그러나 그것을 기리는 곳은, 지금의 위령제가 되어선 안 됩니다.”

“그건 알겠소만……. 아니, 동생의 기분은 알 것 같지만, 섬사람들도 좋다고 생각하나?”

“선생님도 찬성이십니까?”

"나에겐 아무런 힘도 없네. 내 인식은 불완전해."

"역사 인식에 완전한 것은 없습니다. 적어도 선생님은 과거를 의심하고 계십니다. 그것은 현재를 의심하는 것이 아닙니까?"

"의심하기 때문에 행동을 할 수 없을 때가 있어."

"용기가 필요합니다. 의심을 넘어 행동하지 않으면, 아니, 행동하지 않으면 안 되는 일이 있다고 생각합니다. 누군가가 한번 모험을 해서라도 극복하지 않으면 진실이 진실인 의미가 없지 않겠습니까? 예컨대 미야구치 군조의 일……."

"자네……."

젠슈의 입술 끝이 떨린 것과 도코모가 무릎 위에 양손을 올려 강하게 깍지 긴 것은 거의 동시였다.

"알고 있습니다……."

요나시로는 일부러 침착한 어조로 말했다. "도모코 씨 앞에서 그런 이야기를 하는 건 금기겠지요. 섬사람들도 모두 그렇게 생각합니다. 그러나 그렇게 되면 도모코 씨가 사람들과 어울릴 수 없지 않겠습니까?"

"그러나……."

젠슈의 말을 자르듯 도모코가 불쑥 끼어들어서는, "말씀해 주세요. 아무거나 다 들을게요. 우리 아버지에게 뭔가 비밀이 있다는 걸 섬사람들에게서 저도 느꼈어요. 그것이 확실치 않아서 저도 안타까워요."

젠슈의 표정에 한층 격한 고뇌의 색이 드리워지며 도모코를 바라봤지만, 곧 시선을 피했다. 요나시로가 도모코를 응시하며, "도모코 씨. 당신도 이미 들었을 거예요. 하마가와 아주머니의 남편을 살해한 자가, 그 이름이라는 것을……."

"자네, 무책임한 거 아닌가."

"책임은 지겠습니다."

요나시로는 도모코를 응시한 채, 젠슈에게 대답했다. 젠슈가 얼굴을 붉히며 일어나 그대로 거칠게 현관 밖으로 나가 버렸다. 요나시로는 상관하지 않고, "그 이름은 분명하지 않지만 공공연하게 알려져 있어요. 그 자가 미야구치 군조일 거라는 것이 대체로 정설이죠."

"아버지인 건가요?"

도모코는 흥분을 억누르듯, 깍지 낀 양손을 풀고 손을 고쳐 쥐었다.

"미야구치 군조라는 사람이 두 사람 있었다고 섬사람들은 말하죠. 그런데 성 다음에 오는 이름이 분명치 않다고 하는 이들도 있고, 사진을 봐도 모르겠다고들 하고. 그 마음을 도모코 씨, 당신은 어떻게 판단하나요?"

"……."

"내가 하는 이런 질문이 잔혹할지 모릅니다. 확증도 없는 말을 꺼내서 당신을 필요 이상으로 괴롭힐 의도는 없었어요. 그러나 그럴 가능성이 있다는 것을 지금 숨겨선 안 된다는 것이죠……."

"그 다음 일은, 제가 스스로 알아볼게요."

"저는 당신이 그렇게 해주길 바랐어요. 당신을 위해, 아니 그보다는 당신과 이 섬사람들의 관계를 위해."

"역시 그랬군요. 섬사람들이 저를 보는 눈은."

"이대로 평행선을 긋는다면, 당신이 이 섬에 온 보람이 없어요. 과장해서 말하면 같은 일본인이 아닌 게 되는 거죠."

"너무 늦지 않았겠죠?"

"늦지 않았어요, 우리들 세대에서."

요나시로는 자리에서 일어났다. 젠슈를 설득하는 것은 성공하지 못했다. 위령제는 내일로 다가왔으니 그때까진 시간이 없을지 모르지만, 지금은 더 이상 그런 형식 따위는 어떻게 되든 상관없다는 생각이 들었다. 가장 근본적인 곳에서부터 길이 열릴 것 같은 기분이 들었다.

그날 밤, 미야구치 도모코는 후텐마 젠슈를 결심을 굳힌 표정으로 맞았다. 요나시로 아키오에게 들은 아버지의 일을 분명히 하고 싶다고 말했다. 도모코와 젠슈 사이에 당연히 질문과 대답이 오고갔다.

"사실이라면, 왜 선생님이나 마을사람들은 가르쳐 주지 않은 걸까요."

"사실이라는 증거는 없어. 그 누구도 자신 있게 그걸 말할 사람은 없어."

"그래도 그걸 말하는 사람의 확신이 너무 강해요. 만약 그렇다면 저는 어떻게 하면 좋을까요."

"자네는 아버지의 명복을 빌기 위해 이 섬에 온 게 아닌가. 아버지를 믿지 않으면 어떻게 할 텐가."

"믿고 싶어요. 이 섬에서 죽은 사람들과 함께 아버지의 명복을 빌어드리고 싶어요. 그런데 지금의 이야기가 맞는다면 저는 위령제에 참가할 수 없어요."

"그럼 어떻게 할 텐가. 정확하게 설명해 줄 수 있는 사람은 없어."

"선생님을 비롯해 다른 분들의 말씀은 애매해요. 모두들 좋은 분들이지만, 제게는 원망스러운 점도 있어요. 알고 계신만큼 확실하게 말씀해 주시면 좋을 텐데. 그렇게 해주시면 어쨌든 저는 저 나름대로 길을 결정할 수가 있어요."

"진실이라는 것은, 한 점이라도 의심의 여지가 있다면 결론을 서두르는 것은 아니라고 보네."

"제 마음이 편치 않아서요."

"설령 자네가 두려워하는 것이 진실이라고 하더라도 이미 보상할 수가 없는 일이야. 진실에 대한 보상이라는 것은 인간이 할 수 있는 일이 아니지."

"저는 알고 있어요, 선생님. 선생님이 뭔가를 보상하고 싶은 기분으로 매일을 보내고 계시다는 걸. 제게 친절히 대해 주시는 것도 그 때문이라는 걸. 그것이 어떤 과거인지는 정확히는 몰라요. 그래도 보상의 의미를 알 것도 같아요. 아버지의 과거는 제 과거가 아니에요. 그래도 저는 아버지의 과거를 위해 이 섬에 온 거예요. 저는 나가사키에서 비록 원폭과 관계없는 사람이지만, 원폭피해자를 위해 보상을 해야 한다는 생각을 갖고 있어요. 물론 죽은 자에게 완전한 보상이 있을 순 없다고 생각해요. 그러나 보상하려는 마음을 갖고 있다면, 뭔가를 하지 않으면 안 된다는 생각이 들어요. 그것이 인간에 대한 보상이라고 생각해요."

"자네는……."

죽을 작정인가, 라고 물으려 했다. 그러나 이 아가씨라면 스스로 죽음을 택할 리는 없을 거란 생각에, 마음을 바꿨다. 스스로 죽을 생각이라면 이렇게 집요하게 말할 리가 없다…….

"하마가와 아주머니와 함께 아저씨 유골 찾는 일을 도와드리겠습니다. 위령제에는 나가지 않겠어요. 요나시로 씨가 나오지 말라고 해서가 아니에요. 제 의지에요. 아니면 유골을 찾을 때까지 제 여비가 다할 때까지 여기 남아 있을지 몰라요. 잘 부탁드립니다."

다음 날, 위령제가 예년처럼 진행되었다. 그날 아침, 하마가와 댁에서 보기 드문 일이 벌어졌다. 야에가 위령제 날 유골을 찾으러 산으로 향하는 것은 예년과 다름없었지만, 며느리 요시에가 야에의 간곡한 당부를 거절하고 위령제에 참석하겠다고 한 것이다. 그리고 뜻밖에도 미야구치 도모코가 집에 들이닥쳐 야에의 거절을 뿌리치고 며느리 대신 야에를 따라 산에 가겠다며 나선 일이다.

도모코의 제안에 요시에는 그런 건 의미 없다고 말했다.

"감상적이라는 말씀이신가요?"

도모코는 반문했다.

"당신의 의지로 하는 일이니 간섭할 이유는 없지만……."

라고 요시에는 말했다. "그것으로 보상했다고 생각한다면 곤란해요."

"그것으로 보상했다고는 생각지 않아요. 단지 이런 노력도 없이 위령제에 나가는 것은 마음이 허락하지 않아서요."

"어리광이네요."

"아니에요."

"거짓말!"

"당신은 비겁해요."

"비겁?"

"비겁이라기보다 무책임해요. 보상할 도리가 없으면 그렇게 무책임한 얼굴을 해도 된다는 말인가요?"

"무책임한 얼굴이 마음에 들지 않으면, 죽으면 어떨까?"

"죽을 수 없다면 어쩌면 좋을까요?"

"몰라. 어머니는 아세요?"

요시에가 처음으로 야에에게 상담하듯 물었다.

"죽는다고 해도 보상할 수 있는 건 없어."

야에는 무표정하게 대답했다.

"자, 그럼 어떻게 하면 좋죠?"

"생각해도 소용없어. 지금은 단지 유골을 찾는 것뿐."

야에는 곡괭이를 들고 밖으로 나왔다.

"저도 하겠어요!"

요시에보다 앞서 도모코가 삽을 갖고 야에를 따라나섰다.

그리고 나서 두 시간 후, 마침 위령제가 무르익어가던 중, 산 쪽에서 커다란 폭발음이 났다. 위령제에 참석했던 섬사람들은 불발탄이라고 모두들 자신의 경험으로 감지했지만 의식이 한참 진행되고 있어 그런 생각을 마음속으로만 조용히 가졌다.

사고가 났음을 요시에가 제일 먼저 요나시로에게 전했고, 그리고 두 사람이 젠슈에게 전했다. 다미나토도 동석했다. 그 보고를 할 때 요시에가 조금도 기죽지 않는 모습에 다미나토는 놀랐다. 그러나 잠시 후 그것이 그녀 나름대로 무리하게 만들어 보인 행동이라는 걸 알게 되었다. 그러자 지금 가장 가혹한 처지에 놓인 사람은 그녀일지 모른다는 생각이 들었다.

"제가 도모코 씨를 죽음으로 몰아넣었습니다."

요나시로 아키오가 고개를 숙였다. 그런 요나시로를 다미나토는 순간적으로 정말 원망했다. 그런데 그건 정말 잠시였다.

"그걸 가장 빨리……. 아니, 자네 행동은 애초부터 보상을 요구하지 않았나?"

다미나토는 용기를 내어 질책했다.

"그렇게 말하면 그렇습니다. 단지 그대로 방치해 두어선 안 된다고 생각한 건 분명하지만……."

요나시로가 자신의 행동의 의미를 정리하지 못하고 괴로워하는 모습을 다미나토는 처음 보았다.

"전쟁을 체험한 적이 없기 때문에 무리일지 몰라."

후텐마 젠슈는 요나시로에게 그렇게 말했다. 그가 가장 먼저 요나시로의 책임을 물어야 했다고 생각한 다미나토는, 놀랐다.

그렇다면 전쟁 체험을 가진 젠슈는 그런 결말을 예감했으면서 왜 도모코의 행동을 막지 못한 걸까.

"그 아가씨는 27도선의 업을 진 거로군……."

이라고, 젠슈는 말했다. 미야구치 군조가 정말 하마가와 겐료를 살해 했는지, 아니면 그 군조가 그 아가씨의 아버지였는지 어떤지는 그 아가씨 입장에서는, 아니 그보다 그 아가씨 운명과 관련된 문제는 아니었다. "원폭을 투하한 자가 비행사인지, 무한대의 미국 국민인 지는, 그리 문제가 되지 않는 것과 마찬가지라는 말씀입니까?"

도모코가 역사의 과오를 예수의 십자가처럼 짊어져야 한단 말인 가. 그러나 이때 도모코가 젠슈를 대신해 그것을 짊어진 거라고 말 할 수 있지 않을까. 다미나토는 젠슈의 한계를 지금 이 자리에서 목 격한 것만 같았다. 역사에 대한 책임을, 신문기사를 쫓는 데에만 머 물고, 다른 것에 대한 추궁은 극도로 피해 온 생활, 그 함정이 거기에 있었다. 안주의 땅처럼 보이지만 실은 깊은 못이었을지 모른다. 지금 의 젠슈가 그것을 감지하지 못했을 리 없다. 젠슈에게는 너무 가혹 한 채찍일지 모르지만, 지금은 그것을 생각해야 할 때라고 본다.

젠슈보다 더 가혹한 채찍을, 하마가와 야에가 받았다. 도모코의 육 체가 온전히 수습되지 못할 정도로 비참한 상태로 죽었을 때, 그녀 는 가까운 곳에서 마가타마를 발굴한 채 살아남았다. 두 사람은 18 미터 이상이나 떨어진 곳에, 게다가 거북등 무덤龜甲墓[19] 한 기基를 사이에 두고 떨어져 있었다. 도모코는 삽을 들고 위태로운 손놀림으 로 그러나 마음을 한곳에 집중해 파고 있었다. 그리고 조금 부드럽

---

19 오키나와 지역 고유의 무덤 형태로, 외형이 거북의 등딱지를 엎어 놓은 형상에서 유 래됨.

게 말이라도 걸어 줄걸 하는 말을 야에는 다미나토에게만 흘렸다. 그렇게 하지 않은 것은, 역시 그녀의 **껍데기** 때문이었다. 젠슈와 마찬가지로 그녀 또한 넋두리나 변명 따위는 일절 하려 하지 않았다. 넋두리는 또 하나 있었다. 불발탄에 대한 위험성은 그녀에게 10여 년의 체험을 통해 알게 모르게 몸에 밴 것이다. 곡괭이나 삽질을 할 땐 특히 주의한다. 마가타마를 발굴하자 급한 마음에 또 파려고 할 때 조심해야겠다는 생각을 했다. 그때 처음으로 그녀는 도모코를 떠올렸다. "조심해!"라고 주의를 주려 일어섰을 때 폭발음이 일었다. 마가타마가 그녀의 손 안에서 갑자기 천근만근 무겁게 느껴졌다. 사고가 수습되면 다시 남편의 유골을 찾으러 가겠다고 자신 있게, 그러나 뭔가 개운치 않은 어두운 얼굴로 야에는 다미나토에게 말했다.

사고 이후 두 종류의 비난의 소리가 흘러나왔다. 하나는 섬사람들로부터 기무라 요시에를 향한 것이었다. 섬사람들이 그녀에게 분명하게 말한 건 처음 있는 일이었다. 요시에가 져야 할 책임을 미야구치 도모코가 짊어졌다고 그들은 말했다. 또 다른 비난의 소리는 때마침 위령제에 참석했던 야마토 사람들이 하마가와 야에를 향해 던졌다. 그들의 비난은 다미나토가 깜짝 놀랄 정도로 격렬했다. 지금까지 섬사람들은 요시에를 뒷담화의 소재로 삼았어도 분명하게 의사를 내비친 적이 없었다. 그 소리를 요시에는 묵묵히 인내하며 단 한 마디도 응답하지 않았다. 야마토 사람들은 야에가 유골 찾기를 한다는 이야기와, 도모코가 위령제를 위해 왔다는 이야기까지 듣고 오로지 도모코만 동정하고 조심스럽게 야에를 비난했다. 야에 역시 이를 참고 침묵했다.

이들에게 반응을 보인 것은 다미나토 신코였다. 그는 섬의 주요 인사들을 만나 오히려 야에를 괴롭게 하는 일이 될 거라고 말했다. 요시에를 비난하는 것이 그녀와 사이가 좋지 않았던 야에를 괴롭히는 일이 된다는 것까지 섬사람들은 이해하지 못했다. 그러나 야에 입장에서는 도모코에 대한 자책이 그것으로 끝나는 것이 아니라 만약 혹시라도 도모코가 아니라 요시에였다면 어땠을까 생각해 보았지만, 그것 역시 더욱 더 그녀를 자책하게 만들지 모른다. 단지 다미나토는 이른바 세간에 떠도는 소문을 잠재울 수 있도록 자세하게 설명할 여유가 없었음을 안타깝게 생각했다. 야마토 사람들에게 미야구치 도모코의 심정을 말하는 것은 더 한층 어려운 일이었다. 미야구치 군조의 일을 결정적으로 말하지 않는 이상, 그것을 말하면 말할수록 오해를 초래할 것이기 때문이다. 그러나 말하지 않고 놔두는 것 또한 큰 오해를 살 위험이 있었다. 그는 미야구치 군조가 틀림없다고 작정하고 말했다. 사람들은 갑자기 침묵했다. 그런 가운데 새로운 사태가 발생했다. 미야구치 도모코에게 원폭증原爆症이었다는 말이 어디에선가 터져 나왔고, 사람들의 표정이 바뀌었다. 그녀의 죽음에 대한 새로운 시선이 생겨났다. "아마도 절망 끝에서 아버지가 죽은 땅에 뼈를 묻으려 한 것이 아닐까……."

그럴싸하게 들리지만 그것은 얕은 생각에 지나지 않았다. 그러나 기묘하게도 이런 생각이 사람들에게 먹혀들었다. 야마토 사람들은 미야구치 군조를 둘러싼 일화에서 오는 꺼림칙함을 이렇게 사고하는 것으로 구원받고자 했으며, 섬사람들은 기무라 요시에와 하마가 와 야에를 동시에 해방시키는 길을 이 안에서 찾았다.

"그런 바보 같은!"

다미나토 신코에게 지금까지 느껴본 적 없는 분노가 일었다. 그는 후텐마 젠이치를 붙잡고 말했다.

"어리광 부리지 마. 자네들이 과거를 잊고 현실을 살아가려는 거, 그래 그건 좋다고 치자. 그러나 그것은 피 흘리며 살아온 과거를 무시하는 것이어선 안 돼. 섬사람들에게 과거는 이미 사라지고 없어. 그것을 사라져 없어진 것으로 치부해선 안 된다는 거야. 야마토 사람들에게도 그건 확실하게 인식시키는 것이 좋아. 그렇지 않으면 일본 복귀 후에도 다시 잊어버리게 될 걸. 그때는 또 그때의 현실이 기다릴 테니까."

다미나토는 섬에 온 이래 처음으로 참아 왔던 말들을 꺼냈다는 생각을 했다.

"지난번에 자네가 의견을 물었는데 이것으로 어떻게 답변이 된 듯 하네."

그리고 이어서 본토에서 온 사람들을 향해 말했다.

"하마가와 야에 씨를 비난한다면 비난하셔도 좋습니다. 그건 오해일지 모르지만 당신들의 진실의 표명일 테니 어쩔 수 없는 일입니다. 그것으로 섬사람과 싸움이 된다면 그것도 어쩔 수 없지 않겠습니까? 인간은 싸움을 해야 말이 통할 때도 있는 법이니."

"다미나토 씨……."

라며 몸을 돌려 말을 꺼낸 남자가 있었다. 무라이村井라는 사람이었다. 섬 전쟁에 고쵸伍長로 파병되었다고 하는데 이제 백발이 성성한 신사가 되어 있었다. "나는 이 섬 전쟁에서 살아남았습니다. 지금 말씀을 부정하려는 것은 아닙니다. 또 내 자신이 잘했다고 으스대려는 것도 아닙니다. 나는 도바루 씨라고 하는 섬사람과 아주 친하게 지냈습니다. 그 관계는 아마도 계속 이어지겠죠. 솔직하게 말씀드리면 나는 이 같은 비극은 잊고 싶습니다. 좋지 않은 생각일까요?"

"충분히 이해합니다. 잊고 싶으면 잊어도 됩니다. 잊을 수 있는 사람은 잊어도 됩니다. 그러나 잊어선 안 된다고 외치는 사람은 어떻게 할까요? 당신은 그 사람에게 항의할 수 있겠습니까?"

"항의할 수는 없겠지요. 그러나 그건 결국 제자리걸음이에요. 그렇게 하면 정리가 안 되지 않을까요?"

"왜 정리하려는 거죠? 나는 야마톤츄를 아내로 맞았습니다. 우리는 그냥 평범한 부부입니다. 위화감 따위는 없다고 생각해요. 그러나 각각 다른 연대책임을 짊어지지 않으면 안 된다는 것을 이 섬에 와서 알게 되었어요. 그것으로 부부의 애정에 금이 간다고는 생각지 않습니다."

그 다음 다미나토는 후텐마 젠슈의 미야구치 도모코에 대한 마음을 대변할 작정으로 말을 이어갔다. "선생님은 아마도 이 가운데 누구보다 도모코 씨를 예뻐하셨습니다. 도모코 씨를 이렇게 만든 사람을 그 누구보다 증오하고 계시리라 생각됩니다. 그러나 누구를 증오해야 할지 지금 딱히 특정한 죄인은 없습니다. 굳이 말하자면 전쟁을 증오할 수밖에 없겠죠. 그렇게 되면 더 이상 할 말이 없게 되고. 전쟁을 증오한다는 말은 누구나 할 수 있어요. 그렇게 함으로써 모든 인간이 책임을 면하게 되는 것이고……."

"후텐마 선생님은, 전쟁 이후 20년 동안 그 문제로 괴로워하셨습니다. 그렇기 때문에 다른 사람보다 더 도모코 씨를 예뻐하신 거라고 생각합니다. 선생님은 전쟁범죄자의 일부인 야마톤츄를 미워하고, 거기다 그 딸일지 모르는 아가씨를 예뻐하셨습니다. 도모코 씨는 자신의 아버지가 아닌 사람이 죽었을지 모르는 사람의 유골을 대신해서 죽었습니다. 이것을 어떻게 생각하십니까?"

"악순환이 아닐까요?"

라고 참배자들이 말했다.

"정리되지 않는 악순환이라고 나는 생각합니다. 그러나 그것을 피해서는 안 된다고 생각합니다. 그 악순환 코스에 예컨대 당신이 걸려들지도 모르는 일이예요."

그리고 잠시 주저한 끝에 말을 꺼냈다.

"미야구치 군조의 일이 불가피한 일이었다면 그거야말로 당신들의 원폭반대도 설득력을 얻게 되는 것이 아니겠습니까?"

하고 싶은 말을 다 하고 나니 무거운 허탈감이 다미나토 안에 남았다.

사람들 사이에 넘쳐나는 오해들로 뒤죽박죽된 채 진실은 결정되어 버렸다. 진실은 알 수 없다며, 결정되어 버린 진실이라는 무게를, 다미나토 신코는 섬을 떠나는 날까지 계속해서 생각했다. 집단자결의 심리에 대해 조사하지는 못했지만, 그런 것은 모두 지금의 커다란 후회의 하나로 치부해 버리면 그만이다. 그러나 비밀이 비밀인 이유를 사람들에게 설파하면서, 그 비밀의 업으로부터 자기 자신만 빠져나오려 하는 것이 마음을 걸렸다. 그리고 그 마음이 점점 무겁게 다가왔다.

배를 타기 위해 부두까지 왔다. 그는 새삼스럽게 섬의 모습을 바라봤다. 이대로 섬을 나가는 자기 자신이 이상하게도 생각되었고, 부끄럽게도 생각되었다. 자신이 이 섬에 온 건 과연 잘한 걸까…….

"섬이 변했는지 변하지 않았는지가 중요한 게 아니라 변하지 말았어야 했다고 생각하네……."

배웅하러 온 도카시키 야스오에게 다미나토는 말했다. "그토록 큰 전쟁이 있었으니 말이야."

마지막 말은 스스로에게 하는 말이었지만 한 번 더 확인하기 위함이기도 했다. 그렇게 하지 않으면 자신의 마음이 어디론가 도망가 버릴 것만 같았다.

배가 출항하기 전 기지 군함이 도착했다. 열 명 정도의 군인이 재빠르게 내려 호령에 맞춰 정렬하여 군용버스를 올라타고 출발했다. 이제 도쿄로 돌아갈 거라는 기무라 요시에와 나하로 돌아가는 요나시로 아키오가 그 모습을 보고 무언가 이야기를 주고받는 것을 다미나토는 바라봤다. 요시에가 **귀향**하는군――불현듯 다미나토는 생각했다. 섬에 올 때 남편 겐신의 유골을 들고 **귀향**에 동행했던 그녀가, 이번에는 또 다른 어두운 짐을 지고 기지가 없는 고향으로 돌아가기 위해 섬을 떠나려 하고 있다. 그녀가 짊어진 짐은 겐신의 망령인가, 도모코의 망령인가. 아니면 하마가와 야에의 살아있는 망령일지 모른다. 그것은 언젠가, 다시 기무라 요시에를 떠나, 이 섬으로 귀향해 올 수도 있는 걸까?

"또 다시 나만 살아남았다⋯⋯." 배에 오르면서 배웅하러 온 도카시키 야스오를 향해 혼잣말처럼 중얼거렸다. 야스오의 귀에는 들리지 않았다. 야스오가 듣지 못했다는 표정으로 미소를 보내왔다. 다미나토는 서둘러 후텐마 젠슈를 바라봤다. 젠슈는 사람 무리 속에서 떨어져 혼자 우두커니 서 있었다. 다미나토가 바라보고 있다는 걸 눈치챈 듯 천천히 밀짚모자를 벗어 흔들어 주었다.

"돌아가시면 사모님께 안부 전해주세요."

도카시키 야스오가 마지막 인사를 전했다. 다미나토는 미소로 화답했는데 그것이 쓴웃음이었을지 모른다.

'나는 지금 귀향하는 걸까. 이곳으로 온 것은 귀향이 아니었던가 ⋯⋯.'

그런 건 아무래도 좋았다. 그건 아마도 이 섬에서 일어났던 일을 야마토 출신 아내에게 허심탄회하게 이야기할 수 있을지 어떨지에 달려 있을 것이다. 어찌되었든 그것이 가능했으면 좋겠다고, 그는 스스로의 마음에 기도했다.

기지의 흰색 건물이, 오던 날과는 반대로, 작아지며 멀어져 갔다.

血のあったから、あいウンの名をさまによんだ

自分が〇〇〇は、かりいつているぜいな、と、

不法と、その〇〇うちを姐のつけてまた〇〇

孫のおびえたよう〇〇眼つきのいとおしさに〇〇で

そう一緒くたにこらせては、とっさに何を

ってていいか、ちょっとまごついていると、

た、ドロロン……こんとはかなり近〇ジ〇〇らしく僕

眼をつぶるほどの音だが、〇門から〇とき〇

거북등 무덤
실험방언이 있는
한 풍토기

なにしろ、ウシにとって北善徳にとって

臼坪の屋敷のなかの十五坪の萱ぶきの家の

ことしか考えない日常だった。

とか大日本帝国とかアメリカとかいう沖

、出征兵士を送ったり遺骨を迎えたりす

に喜えるのだ（見）さだった。あの音が

亀甲墓

여하튼 우시ゥシ나 젠도쿠善德나 백 평 가운데 고작 열다섯 평밖에
안 되는 초가집에 생활하는 것 같은 일상이었다. 오키나와 현이라든
가 대일본제국, 미국이라는 말들은 출정병사를 송영하거나 유골을
맞이하는 날에나 생각했지 지금 나는 이 소리와 관계있으리라고는
생각하지 못했다.

먼저 쾅쾅쾅 하고 공기를 가르는 듯한 소리가 울린 후 집이 흔들렸
다. 산양 우리에서는 뿔난 산양이 당황했는지 이어져 있는 말뚝 주
변을 세 차례나 날뛰었다. 그런 산양의 목을 끈으로 단단히 조여 맸
다. 젠토쿠가 그 모습을 기가 찬 듯 보고 있으려니 문 밖에서는 삼태
기 한 가득 풀을 짊어 진 남자가 나타나 소리쳤다.

"아버지, 함포사격이에요, 함포사격이요. 전쟁이에요."

젠토쿠는 짚을 꼬던 손을 잠시 멈추고,

"함포사공이라니 그게 뭔 소리냐?"

그 우스꽝스러운 소리하고 사공하고 무슨 관계가 있다는 건지 의
아해 한다.

"사공이 아니구요. 사격이요. 함포 말이에요."

"함포는 또 뭐라?"

"군함 대포요, 어딘가에 쏜 모양이에요. 전쟁이에요."

남자는 대화를 중단하고 돌담 저편으로 사라졌다. 젠토쿠는 손에 쥐고 있던 것을 모두 내려놓고,

"어이, 할망. 함포여, 함포. 전쟁이여."

부엌을 향해 소리치며, 일어났다.

우시는 캄캄한 부엌 흙바닥에 통을 걸쳐 놓고 돼지에게 먹일 감자죽을 휘젓고 있다가,

"뭐마씸? 함포? 전쟁? 오늘 온댄마씸?"

"그려, 온댄 허네. 빨리 도망가사 해. 애들은, 아이고."

"내일 있을 졸업식 연습에."

우시는 서둘러 처마 끝으로 가서는 하늘을 올려다보았다. 아무것도 보이지 않자 다시 통 앞으로 돌아왔다.

"도새기 배는 채워둬야."

그리고는 우시가 뒤편 돼지우리 먹이통에 감자죽을 붓고 있으려니, 다시 두 발 정도 쾅쾅, 쾅쾅하는 소리가 울렸다.

"할망. 뭐허는 거라? 죽으면 손자들한테 미안허잖아."

젠토쿠는 쌀을 담은 석유통을 삼태기에 옮겨 싣던 손을 내려놓고는, 뒷방 창문에서 소리쳤다.

"아이고, 지금 당장 죽기야 허쿠과, 영감도 참. 도새기 배를 채워두지 않고 도망가면 언제 다시 먹이를 주게 될지 모르잖우꽈."

"그럼 허는 김에 산양 풀도 몬딱 내려서 옆에 뿌려 두구려. 아이고, 번거로운 전쟁이 오는구먼. ……어이, 손자들 학용품은 얼마나 가정 가야 허나."

우시는 그 말을 듣지 못하고 앞 우물로 나가 한손 가득 감자죽을 씻어 내리면서,

"영감. 에타로樂太郞를 불러 도와 달랜 헙서. 영감 혼자는 무리우다."

그러자 젠토쿠는, 지고 있던 이불을 마루에 내동댕이치고 처마로 뛰어나가서는,

"뭐라고. 또 시작인가, 그 썩을 놈 얘기."

"썩을 놈이든 뭐든, 영감, 우리 집엔 젊은 사람이 없잖우꽈. 비록 한쪽 팔밖에 없지만 도움이 될 거라고 좋게 생각헙서."

"할망도 썩었어. 몸뚱이 간수도 못하는 딸년하고 붙어먹는 놈한테 도움 받앙 피난 갔댄 허면 세상 사람들이 수군댈 텐데 그런 소릴 들으멍 살란 말이라?"

"아이고, 다들 경 살암수다. 붙어먹는 놈이든 뭐든 힘이 되는 건 써먹어사 헙니다게."

다시 쾅쾅쾅 울렸다. 이어서 서쪽 산 안쪽에서 부르르르릉 하는 소리가 연이어 크게 울리며 동쪽으로 사라져 갔다. 젠토쿠가 백발이 성성한 눈썹을 찡그리며 그 모습을 보고 있자니, 문 쪽에서 야마자토 영감이 모습을 드러내며,

"어이 젠토쿠 영감. 까마귀가 시끄럽게 울어댐서. 어디서 왔는지

산에 까마귀가 시커멓게 퍼덕거리고 있더라구. 이건, 큰 전쟁이 될 거야. 아이고 빨리 도망갑시다."

"전쟁은 어디에서 오는 건고, 예? 야마자토 씨."

우시가 물었다.

"그야 미국이겠주마씸."

"미국이라는 건 알겠는데."

"바다를 봅서. 어제 보니까 온통 군함이라, 큰일이여. 거기서 대포를 쾅쾅 쏜다면, 아이고 더 이상."

"자네는 어디로 도망갈 건가."

"우린 얀바루山原로 갈까 허는데."

"멀어서 괜찮을 거라. 함포도 닿지 않을 거고."

오키나와 섬이 마치 대륙이라도 되는 양 맞장구치는 모습을 우시는 흘려들으며,

"우린, 어디가 좋으쿠과? 영감."

"빌어먹을. 그런 건, 나중 일이야. 서둘러, 산양에게 풀을 주고 짐부터 싸자고."

야마자토 영감은 사라지고 없었다. 우시가 보자기에 옷을 싸고 있으려니 손녀 후미코文子와 손자 요시하루善春가 뛰어 들어왔다. 6학년과 4학년이었다.

"할아버지. 할머니. 전쟁이야, 전쟁, 미국하고 전쟁한대. 빨리 도망가야 돼. 도망치면 이긴댔어, 선생님이."

"학교는 어떵허고?"

"학교는 전쟁이라 안 가도 돼."

"졸업은 안 허고?"

"전쟁인데, 졸업이 있겠어? 바보네, 할아버지는."

"그런가. 선생님은 어디로 가신댄?"

"어디라는 말은 안 하셨어. 가족들과 함께 어서 도망하라고. 전쟁에 이기면 다시 학교에 오는 거라고 말씀하셨어."

다시 쾅쾅쾅 하고 울린다.

"후미야. 에타로 불렁 오라."

우시가 냄비를 부엌에서 마루로 쨍그랑하며 소리를 내며 옮기자, 후미코가 원래도 큰 눈을 더 크게 뜨고는,

"에타로 고모부? 괜찮을까 할머니?"

"저것 보라. 손녀는 이제 어른이야." 젠토쿠가 다시 무서운 얼굴을 한다. "아무리 전쟁이라도, 안 되는 건 안 되는 거야. 금쪽같은 손주새끼들 맡아 놓고 사람 같지 않은 모습을 보여서야 아무리 아들이라 헌들 가만히 이시크냐? 할망은 자기 핏줄이 아니니까 그런 말 허는 거라고."

"누구 피든 그게 무슨 상관이우꽈. 목숨이 제일이지. 목숨을 건질 수만 있다면, 누가 뭐랜허쿠꽈?"

"누가 목숨을 버리겠다는 건가? 도망간다고 허잖아."

"그러니까, 영감 혼자서 이 많은 짐을 지고 갈 수 이시쿠꽈. 어디로 도망간다는 거우꽈?"

"이 나이에 어디로 도망가겠어. 언제 명이 다할지, 조상님과 함께

무덤에 들어가 있는 게 좋으키여."

"무덤에 들어간다구요, 할아버지?"

요시하루가 얼빠진 목소리로 묻는다.

"무덤은 좋은 곳이야, 요시하루. 무덤은 조상님의 큰 집이란다. 조상님이 지켜주실 거여."

"무섭지 않을까?"

"뭐가 무서워. 무서운 건 조상님이 다 떨쳐 주실 거여."

"그렇다면, 더 필요허쿠다." 우시가 다시 끼어든다. "무덤 문을 열려면 영감 혼자 가능키나 허쿠과? 그 무거운 돌을……요시하루, 어서 가렴."

"네."

요시하루가 뛰어나가려는 순간,

"가지마라. 한손밖에 없는 놈이, 뭘 허겠어. 그 무덤의 돌은 내가 막아 놓은 거야. 내가 막아 놓았다는 건, 다시 열 수 있다는 증거야."

"어느 해에 막아 놓은 줄이나 알암수과? 벌써 70년 세월이우다. 비록 한쪽 팔이지만 젊으니까 힘을 쓸 수 있을 거우다. 여자 집을 위한 거라고 생각허면 더 열심히 허겠주마씸. 요즘 같은 세상에 의지할 젊은이가 있다면 한손이라도 감지덕지주마씸. 어서 가거라, 요시하루."

"뭐라는 게야."

젠토쿠의 말문이 막히고, 요시하루가 뛰어나가려던 바로 그때, 문에서 쇳소리를 내며 딸 다케タケ가 5살 난 외동딸 다미코民子를 질질

274

끌 듯 하며 들어와서는,

"아주머니. 식구들 어디로 도망간다면서요? 우리도 데려가 줘요."

젠토쿠는 그 와중에 딸이 피 한 방울 섞이지 않은 우시에게 먼저 말을 걸어 온 것이 불만이었다. 평소에 잔소리만 늘어놓았기 때문일 것이다. 그리고 그 괘씸한 딸이 데리고 온 손녀의 겁에 질린 애처로운 눈빛이 뒤엉켜 적당한 말을 찾지 못해 잠시 당황하는 사이, 다시 쾅쾅쾅, 이번에는 상당히 가까운 곳에서 들려왔다. 아이가 눈을 질끈 감을 만큼 큰 소리였다. 그와 동시에 쾅쾅쾅 하고 문이 떨어져 나갈 듯 뛰어 들어온 이는 바로 한손에 이불과 냄비 종류를 한가득 짊어진 남자였다. 젠토쿠는 그 급한 템포로 흔들리는 하늘색 셔츠 소매까지 자신을 비웃고 있는 것처럼 느끼며,

"자, 자네는."

이라며, 짐 옮기는 일 따윈 잊은 듯한 말투에, 우시가,

"죽이려면 무덤에 데려가서 혀서."

"뭐라고? 무덤에서 죽이라고? 미친, 그것도 말이라고. 죽으면 죽었지 그런 말투를 쓰는 인간허고 조상님 앞에 함께 갈 순 없어."

우시는 흠칫 놀라며 젠토쿠의 얼굴을 주시한다. 이곳 사람들은 '죽이다殺す'라는 말을 '때리다なぐる'라고 표현하기도 해서 별 생각 없이 한 말인데, '무덤에서' 라는 말하고 합쳐지니 그만 이상한 표현이 되어 버렸다. 당황한 우시가,

"그게 아니고. 아니우다. 그게⋯⋯."

서둘러 말을 수습하려 하자, 다케가,

"무덤에 가는 거예요, 아주머니? 그럼."

이라고 말하며 다급하게 에타로를 재촉한다. 에타로는 털썩 짐을 내려놓으며,

"막대기 있죠. 아버지, 막대기가."

라며, 멋대로 헛간으로 들어가 휙 둘러보더니 천평봉天秤棒과 이불을 가지고 나와 자기가 갖고 온 짐과 합쳐서는 다케의 도움을 받아 어깨에 짊어졌다. 그 모습을 떨떠름한 얼굴로 지켜보던 젠토쿠가, 마당으로 뛰어나가 헛간에서 낫을 들고 나왔다.

"자네, 이것도 넣게."

"아버지, 낫은 뭐하게요."

"썩을 놈, 자네 농사꾼 맞나? 집을 나갈 땐 낫도 챙기는 거여. 뭘로 먹을 걸 장만할 겐가?"

에타로는 묵묵히 망태기를 풀어 보인다. 젠토쿠는 구겨 넣으며,

"난, 좀 더 짐을 챙겨 갈 테니, 먼저 나서게. 자네 혼자서는 무덤 문을 못 열 거여. 무덤 앞에서 기다려. 내가 갈 때까지, 옆쪽 나무숲 안에 들어가 있으면 비행기에서도 보이지 않을 걸세."

"이제 됐어요. 이 정도만 가져가요. 아버지."

다케가 처음으로 아버지에게 말을 걸었다.

"먹을 것, 입을 것, 다 챙겼잖아요. 목숨이 제일이에요. 너무 욕심을 부려도……전쟁이잖아요."

"뭐가 욕심이야. 전쟁 속에서도, 목숨이 붙어 있는 동안은 살아야 헐 거 아니여?"

그리고 안채 안방으로 어슬렁어슬렁 황새걸음으로 들어가더니 그
대로 돌아와서는,

"할망, 저기 그 철봉은?"이라며 철봉을 찾는다. "그게 없으면 무덤
문을 열겠어? 외팔 주제에."

"양손이라 해도 철봉이 없으면 열어지쿠과? 마루 밑에 있수다, 거
기."

우시가 마루에서 내려와 철봉을 꺼내 주는 것을 젠토쿠가 받아들
자, 이제 모든 채비가 완료되었다는 듯 에타로와 다케, 그리고 아이
들 순으로 문을 나섰다.

전쟁이다, 난리다, 라고들 하지만, 이 집 사람들은 집을 나서기 전
까지 아직 실감하지 못했다. 자다가 머리를 한 방 얻어맞고 일어나
허둥댄 것에 지나지 않았다. 아침이 온다 해도 이제 아침이라는 걸
깨닫기까지는 시간이 걸릴 것이다. 예컨대 그런 것이다. 문을 나서
마을 노지에 다다르자 드디어 마을 전체가 난리통이라는 걸 깨달았
다. 마을을 벗어나 풍경이 펼쳐지자 이건 뭐 세상이 온통 전쟁이라
는 생각이 들었다. 마을은 평탄한 감자밭과 사탕수수밭으로 둘러싸
여 있는데, 이 밭 동쪽 편은 바다를 향해 두 개의 마을이 들어서 있
고, 서쪽은 산이랄까 언덕이랄까 계단식 밭과 무덤을 잔뜩 품고 남
북으로 뻗어 간다. 긴 구릉선이다. 북쪽과 남쪽 모두 상당히 앞쪽까
지 넓은 밭과 약간의 논이 펼쳐졌다. 일가의 조상이 잠들어 있는 무
덤에 닿기까지는 이 밭 가운데 난 길을 3리 정도 걸어가야 했다. 도
망자들은 하나같이 사방팔방으로 머리를 기웃거리며 자기 마을 사

람들에게 추월당하거나, 건넛마을에서 온 사람과 마주치거나 했다. 그때마다 지겹게 같은 말을 마치 처음인 것처럼 묻거나 대답하거나 했다. 어디로 가느냐고 물으면 대부분이 얀바루나 시마지리島尻로 간다고 대답했고, 얼마 되지는 않지만 연장자가 섞인 사람들만 무덤 이라고 대답했다. 적은 상륙했냐고 묻는 말에는 대부분의 사람들이 모른다고 했고, 한 사람만 내일모레 상륙할 것 같다는 대답을 했다. 그러나 그 말은 젠토쿠의 귀에 들어오지 않았다. 생각해 보니, 작년 까지 마을 위원 일을 했던 남자였다. 그 남자는 망태기에 새끼돼지 를 짊어지고 있었다.

"어이, 미국은 내일모레 바다에서 올라온다는데."
라고 소리치자, 우시가,
"누가 그럽디까?"
라고, 되받아 소리쳤다. 그 남자의 이름을 말하자, 우시는,
"누구한테 들었다고 허코예?"
라고 물었다. 말하면서 소변을 보기 위해 사탕수수밭에 들어가려는 다케를 위해 그녀가 잡고 있던 손녀의 손을 잡아끌었다.

젠토쿠는 그 남자가 중학교도 2학년까지 다녔고, 마을 위원직도 맡고 있고, 또 이런 난리 통에 무슨 일인지 모르겠으나 새끼돼지를 지고 온 걸 보면서 뭔가 평범한 사람에게 없는 지혜가 있을 것 같았 다. 그런 만큼 내일모레 적이 상륙한다는 그의 소식은 누구에게 들 었든 틀림없을 것이라고 생각했다. 다만 뭔가 확실치 않다. 조금 전 들었던 내일모레 상륙한다는 말이 순간 왠지 환청처럼 느껴졌다. 그

래서 뒤를 돌아보니, 그 남자는 꿋꿋하게 새끼돼지를 짊어지고 리듬을 타며 점차 젠토쿠가 벗어난 마을 쪽으로 가깝게 다가가고 있었다. 그러나 그 마을에는 더 이상 사람이 없을 테고, 그 앞마을 상황도 같을 것이다. 그 남자가 그대로 그 건너편 뿌연 하늘로 사라져 버리는 것은 아닐까 염려되었다. 젠토쿠는 머리를 갸우뚱했다.

이런 변화는 우시에게도 일어났다. 손녀의 손을 받아 잡고는 그대로 걸어가려다 문득 발을 멈추고 딸을 기다리기로 한다. 지금 이대로 헤어지면 곤란할 것 같은 기분이 벌써 우시를 엄습했다. 그래서 길가에 웅크리고 앉아 다케가 작은 감자밭 두렁을 건너 사탕수수 숲 속으로 사라지는 것을 바라보았다. 다케의 모습이 사라지자마자 묘하게 찝찝한 기분이 들었다. 그것은 그 순간 다시 예의 쾅쾅쾅 하는 소리가 들려왔기 때문인지 몰라도 왠지 다케가 그대로 들어가 나오지 못할 것 같은 불안감이었다. 그런 기분이 들자 손녀의 눈이 무심히 엄마를 기다리며 사탕수수밭을 바라보고 있는 것도 극도의 공포감 탓에 방심하고 있는 것처럼 보였다. 에타로는 한쪽 팔은 없지만 남자이고 젊어서인지 무거운 짐을 짊어지고도 훨씬 앞서 걷고 있었다. 그런 그가 지금 멈춰 서서 이쪽을 기다리고 있는 모양이다. 다케는 제법 오래 참았던 듯 사탕수수밭 두둑을 기세 좋게 거뭇거뭇하게 적시고 몸뻬 앞자락을 추스르며 나오더니 개운한 듯 얼굴에 홍조까지 띠며 하늘을 올려다본다.

"아이고, 어서어서."

우시는 처음으로 정말이지 호통치고 싶은 기분에 목청을 높였다.

그러자 이번엔 젠토쿠의 목소리가 에타로 앞으로 날아들었다.

"뭘 보고 서 있는 거여. 빨리빨리 걷지 않고."

우시는 그 말을 들으니 드디어 지금까지 경험하지 못한 생활이 시작되고 있음을 실감하기 시작했다. 에타로가 어느 틈에 이 집에 섞여 들어 온 것도 이상한 일이었지만, 딸 다케가 에타로를 끌어들여 이 집과 새로운 관계를 만들어 보려는 분위기도 여간 성가신 게 아니었다. 집을 떠나 먼 길을 나선 탓인지 이상하게 초조하고 애가 탔다. 지금 시야에 펼쳐진 우왕좌왕하는 사람들과 별반 다르지 않은 미덥지 못한 것들이 일가를 갈기갈기 찢어 놓는 듯했다. 그런 와중에 서로가 열심히 의지하고 있는 것도 확실하게 느껴졌다.

젠토쿠가 에타로를 꾸짖자, 우시는 젠토쿠가 틀렸다는 생각에 뭔가 되받아 소리치려 했지만 말은 반대로 튀어 나왔다.

"맞아, 맞아. 빨리 가지 않으면 제삿날이여."

말을 하고나니 또 재수 없는 말을 내뱉었다는 생각이 들었지만, 젠토쿠는 이번엔 신경 쓰지 않았다. 마침 다른 일이 벌어졌기 때문이다.

에타로의 뒤를 따라 걷고 있던 요시하루가 길가에 목침이 굴러다는 것을 발견한 것이다.

"어, 베개가 떨어져 있네."

후미코가 즉각 반응을 보였다.

"방금 전 할아버지가 떨어뜨렸을 거야. 이불을 짊어지고 가던 할아버지 말이야."

"갖다 드려야 하나."

280

요시하루가 뛰어 가려는 것을 에타로가 붙잡았다.

"아이고, 가지마. 함포가 날아들 거야."

그때 다케가 정신을 차린 듯 말했다.

"베개라면 갖고 가자. 할아버지가 쓰시면 좋겠네. 정신없어서 베개를 못 챙겼을 거야."

"무신 소리여, 남 쓰단 걸 쓰라구? 썩을 것 같으니라고. 버려, 버려불라고. 전쟁이잖아."

젠토쿠에게 결벽증이 있다는 걸, 다케도 물론 알고 있었지만 물러서지 않았다.

"아이고, 가지고 가요, 가지고 갑시다. 높은 베개가 아니면 잠도 못 들면서, 전쟁이라고 다르겠어. 가지고 가, 가지고 가자고. 어떤 거야……."

라며, 요시하루가 들고 있던 걸 낚아채 망태기 안에 구겨 넣었다.

우시는 멋쩍음을 감추려는 듯 한층 위세 좋은 목소리로,

"큰일이네, 큰일이야. 지나갑시다, 서둘릅서."

라고 소리치며, 손을 크게 내저었다. 그때 등 뒤에 어느 사이에 따라붙은 무리가 말을 걸어왔다.

"젠토쿠 성님, 댁도 무덤이우꽈?"

말을 걸어 온 이는 젠가善賀 선생이었다. 젠토쿠에게는 육촌에 해당하는, 20년 전 소학교 교장이었다. 역시 며느리들과 손주들에게 둘러싸여 있었다.

"예, 선생. 선생 댁도 무덤인가. 큰일이우다."

젠토쿠는 뜬금없이 큰 목소리로 인사를 건넸다. 젠가 선생은 방모사 바짓단을 걷어 올리곤 지팡이를 고쳐 잡았다.

"미군 부대가 상륙허면 아주 조심해사 헙니다. 이 나이에 전사허는 것도 못헐 짓이난, 조심해사주, 손주들도 있고 허난, 아이고 몬딱들 건강허구나."

젠가 선생의 눈이 그때 에타로 쪽을 유심히 주시하자, 젠토쿠는 답을 얼버무렸다.

그런데 우시가 말을 건넸다.

"예, 선생님. 우린 이렇게 젊은 사람도 이시난 든든허우다. 놀러 옵서."

"썩을 것." 젠토쿠는 목소리를 낮춰 호통쳤다. 새로운 곳으로 이사라도 하는 양 들떠 있었던 건 분명하다. 그러자 다시 멋쩍은 듯,

"후미코, 요시하루, 너무 떨어져 걷지 말거라."

라고 말하는 순간, 쾅쾅쾅 하고 상당히 가까이에서 울렸다. 젠토쿠는 뭔가 말하려는 듯 입을 움직였지만, 결국 그대로 터벅터벅 발길을 재촉했다. 어딘지 돼지가 산책하는 소리를 닮은, 의미 없는 소리가 흘러나오는 것을, 바로 앞서 걷던 후미코만 듣고 있었다.

무덤은 언제나처럼 거뭇거뭇하고 눅눅한 기운을 띠며 일가를 맞아주었다. 몇 대에 심은 것인지 모르지만 3척이나 늠름하게 자란 소나무 세 그루가 표식처럼 묘지 입구에 서 있었다. 이 나무들은 젠토

282

쿠의 자랑거리였다. 소나무 뿌리 부근부터 시작해 산길을 따라 들어가면 거기에 궁으로 치자면 참배로 같은 폭 2칸 정도의 노지가 나온다. 5칸 정도 들어가면 갈고랑이 모양으로 꺾이는데, 거기에서 다시 3칸쯤 가면 무덤 뜰이 나타난다. 20평 정도의 사각형 뜰은 바로 얼마 전 풀을 뽑아 깨끗했다. 그 안쪽 언덕에 거북이 등을 엎어 놓은 듯한 커다란 분묘가 조용히 일가를 기다리고 있었다. 회반죽으로 탐스럽게 부풀린 무덤은, 그 지붕 형태 때문에 거북등 무덤龜甲墓이라 불리었다. 그 둥근 지붕을 감싸 안듯 좌우로 흐르는 무덤의 선은, 정면에 커다란 돌을 사용해 막아 놓은 벽 양쪽 끝 부근에서 한 번 굽이치듯 한 자태를 만들고는 쭉 뜰을 따라 품어 안 듯 펼쳐져 있다. 세상의 박식한 이들은 이것을 여체에 비유하여 이 형태가 여자가 위를 바라보고 누워 양쪽 다리를 벌린 것이라고 말한다. 그렇다면 정면 벽 아래쪽 중앙에 있는, 어른 한 명이 허리를 굽히고 들어갈 만큼의 높이를 한 이른바 '무덤 문'은 여자의 음부 형상이라도 되는 걸까? 사람은 죽어서 그 원천으로 되돌아간다는 예시처럼 말이다. 거북등 무덤 외에 지붕이 파풍破風[01] 모양을 한 파풍묘도 있는데, 이 경우는 정면에 현관을 갖추고 있어 흡사 사람 사는 집 같다. 섬 구릉을 등지고 여기저기 들어서 있거나, 잡목림에 둘러 싸여 있거나, 들판에 산재해 있는 이들 분묘는 선조가 영원히 자기주장을 관철하려는 것이 아닐까? 아니면 현세가 녹녹치 않은 서민이 하다못해 내세의 영화라도

---

01 일본 건축에서 합각(合閣) 머리에 'ㅅ' 모양으로 붙인 널빤지.

기대하려는 염원의 표출인 걸까? 때로는 살고 있는 집보다도 위대한 유골들의 집이지만, —현재의 태평한 섬에 귀신처럼 습격해 온, 말도 안 되는 함포 사격의 난을 피하기 위해 집을 뛰쳐나온 사람들에게 이곳은 정신력의 보증을 받은 완벽한 요새였던 것이다.

저 멀리로 적함이 떠 있는 바다를 향해 여체가 양 다리를 벌린 듯한 분묘는 마치 불사不死의 주술이라도 부리듯 유유히 자손을 맞이했다. 젠도쿠는 순간 쾅쾅쾅 하는 소리가 완전히 사라진 듯한 법열法悅의 세계로 빠져들 것만 같았다. 눈앞에 펼쳐진 분묘는 그가 25세 때, 석재石材가 세월로 인해 풍화된 형상을 부수고, 밭이고 뭐고 팔아 막대한 비용을 들여 개축한 것이다. 그때 '무덤 문'을 막았던 거대한 돌문을 젠토쿠가 의식 차원에서 최초로 막았다. 그 후 장례식이나 세골洗骨 등을 위해 열기도 했지만, 그것을 지금 자신의 생명을 보호하기 위해 열게 되었으니 이 깊고 깊은 인연에 그의 가슴은 고동쳤다. 그가 주먹을 불끈 쥐고 어깨로 두 번 정도 힘을 가하자 돌가루가 덮쳐왔다. '무덤 문'을 여는 데에는 예부터 내려오는 음양학의 날을 받아야 한다고 전해진다. 젠토쿠나 우시나 평소 음양의 작법에 요란한 편이지만 이날은 시종 그것을 입에 올리지 않았으니 과연 전쟁이었다. 멀리에서 가까이에서 쾅쾅쾅 울려오는 소리에 신경 쓰며 힘쓰는 일을 하자니 영 진도가 나가지 않았다. 젠토쿠는 새삼스럽게 사지가 제대로 말을 듣지 않는 나이가 되었음을 실감하며, 에타로가 문자 그대로 한쪽 팔을 빌려 준 것에 감사하지 않을 수 없었다. 그런데 어두운 구멍이 열리자마자 아이들을 재촉해 가며 안으로 들어가고 보니, 아무리

이유가 그럴싸해도 이래선 안 된다는 생각이 다시금 들었다.

"자네들은 이렇게 쭉 여기 있을 생각인가?"

다케는 어린 다미코가 무덤 안을 둘러보며 떨고 있는 것을 어깨를 감싸 안으며 안심시키려 노력하고 있었다. 그런가 싶더니 갑자기 에타로와 젠토쿠를 동시에 쳐다보고는 곧 아이 어깨 쪽으로 시선을 떨구며 소리쳤다.

"그럼, 어디로 가라고."

"어디로든 사라져 버려."

"흥. 짐지게 하고, 무덤 문도 열게 하고, 이제 됐다 싶으니 박정하게 구는 건가요."

"뭐라는 거야. 내가 허라고 했어? 지들이 굳이 헌다고 허니까 그냥 둔 거 아니냐."

"그럼 나갈까? 근데 말이야, 손녀가 살해라도 당하면 다 아버지 탓이라구. 아버지가 조상님께 사죄해야 할걸요?"

"……?"

젠토쿠는 말문이 막혀 주위를 둘러보았다. 무덤 내부는 주택으로 말하면 8조 정도다. 무덤에서 3척 정도 들어가면, 그쯤부터 안쪽 천정에 이르기까지 돌계단이 만들어져 있는데, 거기에는 선조의 유골함이 서열대로 안치되어 있다. 그 선조의 사적事跡을 젠토쿠 연배 정도면 누구든 암송하고 있다. 우선 7대에 일가를 이룬 분의 결혼에서부터 시작해, 당주堂主와 주요 사건— 이를테면 며느리를 뉘 집에서 맞았느니 하는 것들을 매우 중시 여겨 자식을 몇 낳았다는 둥, 혹은 자식을 낳지 못해 어디어디에서 양자를 들였다는 둥, 또 그 양자가 뉘 집 피를 이어 받았는지 여자를 밝혀 첩을 두었고, 어디어디에 씨를 뿌렸고, 그 사생아가 죽어 그 뼈를 이 묘에 안치하려 하자 친척들이 못마땅해 했다는 둥, 몇 대 당주는 마을 지두대가地頭代家에 하인을 봉공하던 시절 주인인 지두대를 따라 슈리성首里城에 오른 적이 있는데 그 시절 모모 양반으로부터 정력에 효과가 있다는 물건을 하사받아 가보로 소장하고 있다는 둥, 그 중 몇몇 남자들이 놀기를 좋아해 그것을 팔아 술값에 탕진해 버리는 바람에 친척 모두를 격노케 하여 추방당해 모처로 흘러들어갔고 그 바람에 지금도 명절이 돌아오면 그 마을까지 향을 올리러 가게 되었다는 등등의 내력에 대해 소상하게 암송하고 있다. 유골함은 즈시가메廚子甕라 하여 값싼 도기지만 조각 같은 장식도 들어 있고, 뚜껑은 볼품 있어 보이도록 기와를 본떠 만들었다. 그런 탓에 이것도 말하자면 작은 집이다. 오래되고 보니 상당히 인격이 느껴지는 것이 풍미를 더해 가게 되었다. 엷은 푸른빛이 감도는 어둠과 썩은 낙엽 같은 냄새에 휩싸여 그 낡은 인격들은 나란히 늘어서서 미동도 하지 않지만, 뭔지 모를 표정과 권위를 띠고 젠토쿠를 압박해 오는 것이다. 젠토쿠가 몸을 숙여 무덤 안에 들어가자마자 쾅쾅쾅 하는 소리가 났다. 그 순간 젠토구는 이들 인격을 우러러 보며 위대한 수호의 권위를 느끼고 안도했다. 그 같은 권위가 조금 전 다케의 말처럼 책망하는 인격으로 변모할 수도 있다는 것은 대단한 발견이었다. 서열대로 놓여 있는 선조를 차례로 바라보다 보니 뭔가 이상한 생각이 머릿속을 스쳤다—생각할수록 화가 나는 건 음란한 이 딸아이다. 남편은 명예로운 제국 군인으로 출정했는데, 남편이 전사했다고 해서 어떻게 다른 남자를 만들 수 있단 말인가. 둘만의 자식까지 두고 말이다. 아무래도 내 자식이 아닌 것 같다. 곰곰이 생각해 보니 그 양자로 오신 선조의 피 때문인 듯하다. 그렇다면 이 내 몸에도 그 피가 흐르고 있는 걸까. 나이 60이 넘어 후처를 들인 것은 선조의 제사를 지내기 위함이었다. 평생을 남자의 몸이지만 굳게 절조를 지켜온 이 내 몸에 그런 피가 흐르고 있다는 것은 믿기 어려웠지만, 선조의 피라니 믿지 않을 수도 없었다. 아무리 그래도 억울한 것은 저 양자 분. 그래도 이건 아니지, 지금 나는 딸아이의 말처럼 선조의 호통을 받아야 하나 보다. 이것 봐 들리지 않는가, 저 쾅쾅쾅 하는 소리로부터 목숨을 구해 줄 존재는 바로 이 선조들이 아니던가. 그러니 결코 원망하는 마음을 가져선 안 될 것이다……

젠토쿠가 사색에 잠겨 이 어슴푸레한 어둠을 가르며 조용히 잠든 선조들을 돌아보고 있을 때, 옆에서 우시는 짐 속에 넣어 온 쌀을 한 줌 꺼내 도시락 통 뚜껑에 담아 가장 아랫단에 올리고 합장을 한다. 그리고는 그 쭈글쭈글한 입술에서 들릴 듯 말 듯한 목소리가 새어 나왔다. 그러나 자신에 가득 찬 어조로,

"오늘 미국이 전쟁을 일으켜 함포를 쏘아대고 있수다만, 부디 조상님께서 도우시어 이 많은 손자들이 모두 무사하도록……"

선조와의 동거생활이 시작되었다. 준비해 온 옷가지와 식량 따위를 다시 바라보던 우시가 무사히 이사한 것에 안심하며,

"젠가 선생 댁은 잘 가셨겠지예?"

라고 물었다.

"이제 막 시작됐는데, 별일이야 있을라구."

라고 젠토쿠가 말한다. 그러자 요시하루가 격앙된 목소리로,

"전쟁인데, 대포라도 날라 오면, 바로 죽을걸."

"어린것이, 무슨 소리냐?"

"대포에도 어른, 어린애가 있어요?"

양쪽 모두 쾅쾅쾅 하는 소리에 지지 않으려는 듯 힘껏 소리를 질러 대는 통에 석실石室 안은 큰 소리로 울렸다.

"그렇게 큰 목소리로, 둘 다……." 우시가 두 사람을 번갈아 가며 흘겨보았다. "조상님 앞에서 죽는다, 죽는다 허는 나쁜 말 헐래?"

요시하루는 다시 이상하다는 얼굴로 즈시가메 배열로 시선을 옮겼고, 젠토쿠는 눈을 치켜뜨고 저쪽 구석에 웅크리고 있는 에타로를 쳐다본다. 무위도식하는 인간이 끼어들었다는 얼굴이었다.

에타로와 다케의 일을 젠토쿠가 포기하기만 한다면 이 새로운 동거생활은 어떻게든 굴러갈 것이다. 다만 이곳으로 이사할 마음이 없는 것은 아이들 쪽이었다.

어린 다미코는 엄마와 같이 있다는 안도감에 바로 적응했지만, 후미코와 요시하루는 예상대로 묘지 안에 유골과 함께 있어야 한다는 것이 상당히 무서웠던 모양이다. 첫날 어둠이 찾아오자 다케와 에타

로가 있는 곳으로 모여들었다.

요시하루는 몇 번이고,

"저기 안에 모두 인간의 뼈가 들어 있는 거야?"

라고 물었다.

"돼지 뼈는 넣을 일 없겠지."

라고 에타로가 일부러 웃기려는 듯 말했다. 젠토쿠가 다시 노려보았
다.

"요시하루, 후미코, 이리 오렴."

우시가 눈치 빠르게 둘을 다케와 떨어뜨려 놓았다. 젠토쿠는 힘들
게 가지고 온 베개를 꺼내 좁은 곳에 무리하게 세워 놓았다. 그것은
교육을 위한 것이기도 했다?

"이렇게 자는 거여. 조상님도 주무셨시네. 같은 거야. 우리 조상님
은 유령이 아니여."

"그럼, 그럼. 안 무서워. 우릴 도와주실 거여."

우시가 맞장구쳤다. 그것은 그녀의 신념이었다. 무리하게 만들어
낸 신념일지라도 그녀는 젠토쿠보다 더 열심히 가족들에게 그것을
믿도록 했다. 그래서 묘지에 들어와서도, 밤이 되어도, 쾅쾅쾅 하는
소리가 아주 소란스럽게 들려와도 그녀는 비교적 평화로운 듯했다.

그날 밤 우시는 한밤중에 잠이 깨어,

"다케."

하고 불러 보았다. 낮고 마른 목소리여서 석실 안은 울리지 않았다.
어둠을 녹이듯 울림이 사라지려 할 때,

"아! 아주머니!"

라는, 조금 당돌한 새된 목소리의 대답이 들려왔다. 이 대답과 동시에 우시에게는 보이지 않았지만, 다케는 젖가슴을 더듬는 에타로의 손을 뿌리치고 있었다.

"아이들은 어떡하고 있니?"

"자고 있어요."

다케의 목소리는 침착함을 되찾았다.

"에타로는?"

"……자고, 있어요."

"자고 있어?"

"네."

"전쟁이다. 푹 자둬라. 모기가 많네."

이 말에 어떻게 대답할까 생각하던 차에 또 한 번 에타로의 손이 뻗쳐 오는 것을 이번엔 손을 붙잡아 올린 채로 있으려니 둔탁하고 눅눅한 소리가 났다. 우시는 무덤 문 쪽까지 와서는 밖을 내다보았다. 두 사람도 반사적으로 몸을 일으켰다.

"저거 말이야. 저건 뭐고. 뭔데 저리 도채비불이 많을까?"

우시가 밖을 내다보면서 말했다. 그녀의 등 뒤에서 에타로가 무심히 말했다.

"아. 저거 조명탄이에요. 밤에도 볼 수 있게 말이에요."

"기? 밤에도 전쟁이 보이게 말이지? 신기허네."

우시는 말하면서 잠자리에서 흐트러진 옷깃과 옷자락을 가지런히

매만졌다. 마치 그곳에 조명이 비추기라도 하면 곤란하다는 듯 신경 쓰는 모습이었다.

"전쟁 때는 도깨비불은 도망칠걸요, 아주머니."

다케가 무리하게 웃음을 머금은 목소리로 말했다.

그러자 에타로의 헛기침 소리가 들려오며,

"무덤 안에 있으면, 도깨비불도 무섭지 않을 거예요. 그렇죠? 이미 죽은 이들과 친구니까요."

그 목소리에는 한껏 힘이 들어가 있었다. 우시는 그 말에는 대답하지 않고, 밖으로 발을 내딛어 보았다.

"아이고, 아주머니. 어디 가시려구요?"

다케의 목소리가 등 뒤에서 쫓아오는 것을 들으며 우시는, 무덤 밖으로 완전히 빠져 나왔다. 돌로 된 벽 길을 따라 끝 쪽으로 발을 옮겼다. 그리고 막다른 곳에 이르러서는 정중히 무릎을 꿇었다. 돌로 된 벽이 직각으로 몸을 감싸 안아 주는 것이 꽤나 안정된 느낌을 주었다.

조심조심 우시를 따라 나온 다케와 에타로는 우시가 양 무릎을 세워 앉고서 양 손을 다리 위로 조용히 모으고 있는 모습을 별빛을 통해 바라보았다.

"다케야."

우시의 목소리가, 어둠을 응시한 채 조용히 울렸다.

"네?"

"너희들 잘 봐 두렴. 여기서 죽더라도 할아버지가 이 무덤 안에 넣어주지 않으실 게야. 그러면 조상님 뵐 면목이 없지 않으크냐."

"이 전쟁 통에 니 무덤 내 무덤이 어디 있겠어요, 아주머니."

에타로가 완전히 버릇없는 말투를 하자,

"있지 있어. 막말하는 거 아닐세." 우시는 보기 드물게 날선 목소리로, "이 무덤은 할아버님이 계신 디여. 너네들은 너네들 가족 무덤으로 가는 게 맞아."

다케와 에타로가 어둠 속에서 얼굴을 마주봤다. 표정은 보이지 않았지만 서로가 상대방 기가 죽어 있을 거라고 생각했다.

"니들은 니들 부모님 챙길 생각은 않고 우리와 함께 와 버렸으니 이제 별 수 없지만, 여기서 죽는다면 조상님 뵐 면목이 없을 거여. 살아남아서 꼭 니들 집으로 돌아가야 헌다. 다케는 조상님께 지금까지의 일을 말씀드리고 용서를 구하고 말이여."

다케와 에타로는 어둠 속에서 저 멀리 바다 쪽으로 시선을 고정한 채 우시의 말을 듣고 있었다. 쾅쾅쾅 하는 소리는 낮 동안 계속해서 울렸고, 밤이 되자 그 출처가 확실해졌다. 바다에 들어선 수많은 군함이 함포를 쏘아 올리고 있었다. 아주 난폭하게 이곳저곳의 어둠을 시뻘겋게 찢어댔다. 그때마다 쾅쾅쾅 하고 울렸다. 그런가 하면 어두운 하늘 주변에는 조명탄이 작렬하고 있고, 오수유吳茱萸 언덕과 감자 밭은 창백하고 무덤에 잠긴 얼굴로 빛나고 있었다. 밤 풍경은 모든 살아있는 것들을 봉합해 버렸다. 그 주변을 둘러보니 빛이 새어나오는 것이 있었고, 거기에서 음향을 내고 있었다. 더없이 무미건조한 소리였다.

우시는 여기서 죽을지도 모른다고 생각했다. 그러나 저 쾅쾅쾅 하는 것 가운데 하나가 이 살아있는 육신을 찢어 처참한 모습이 된다? 예컨대 해마다 세모가 되면 어느 집에서나 행하는 돼지 도살 장면이 이 내 신상에도 일어날지 모른다는 상상은 떠오르지 않았다. 그녀가 여기서 죽을지도 모른다고 생각한 것은 오히려 거기서 죽고 싶다는 원망의 변형일지 모른다. 이것은 그녀가 젠토쿠의 후처라는 사실과 관련이 있다.

그녀는 50이 넘어 후처로 들어왔기 때문에 이 집에서 아이를 낳지 못했다. 전처에게 1남 2녀가 있었다. 장녀는 필리핀에 가 있고 차녀가 바로 다케다. 장남은 전쟁이 다가오자 후미코와 요시하루 두 아이를 젠토쿠에게 맡기고 떠나버렸다. 그래서 우시는 장남의 존재를 젠토쿠와 손자들을 통해 느낀다. 장남이나 장녀가 필리핀 부근에서 사망한다 해도 얼마나 슬퍼하게 될 지 의문이다. 그러나 그녀는 다른 사람들처럼 슬퍼해야 한다고 생각한다. 이 10여 년 간의 생활이 그녀에게 그런 의리와 염원을 갖게 했다. ―젠토쿠가 우시를 후처로 들인 것은 아내도 며느리도 없는 몸을 보살펴 줄 것과 조상의 제사를 맡기기 위해서였다. 우시도 이 사실을 알고 왔다. 그래서 열심히 맡겨진 일을 수행했다. 조상을 섬기고 젠토쿠와 손자들을 돌봤다. 나이도 60에 가깝다 보니 친척 간의 교류에서도 젊은 며느리들마냥 당황할 일은 없었다. 오히려 경의를 표해 오는 일이 많았다. 그것은 행복이었다. 그녀로서는 어떻게든 잘 지내야 했다. 전 남편으로부터는 마흔 무렵에 쫓겨났다. 하나 있는 자식이 죽은 탓이라고 생각했지만 더 큰 이유는 다른 여자가 생겼기 때문이다. 친정으로 돌아와 양봉

등으로 십수 년을 살았지만, 50이 넘자 뼈를 묻을 곳을 생각하게 되었다. 친정에서도 장단을 맞췄다. 그대로 친정에서 죽게 되면 묘지에는 들어가더라도 뼈는 특별 취급된다. 특별 진열이라고까지 할 건 없지만 무덤을 열 때마다 자손들에게 특별한 설명을 덧붙여야 한다. 아마도 저 세상에서도 선조로부터 꾸중을 듣게 될 것이다. 일단 출가한 친정으로 되돌아온다는 것은 얼마나 괴로운 일인가. 여자는 괴롭다. 그 와중에 젠토쿠의 후처로 어떻겠냐는 제의가 들어온 것은 행운이었다. 마음이 있는지 어떤지의 여부보다는 반쯤은 뼈를 맡길 곳을 찾겠다는 의무감으로 승낙했다. 그 젠토쿠가 예상한 대로 경박한 고집쟁이이긴 하지만 근본은 한없이 천진난만한 인간이다. 이 사람에게 구제 받아 열심히 살지 않으면 벌 받을 것이라고 생각했다. 그렇지 않으면 이 쓸모없는 사람을 애써 받아 주신 이 집 선조들에게도 면목이 없을 것이다. 그런 의리가 그녀로 하여금 열심히 살도록 했고, 손자들도 "할머니, 할머니"하며 따르게 된 것이다. 요즘 들어서는 저 세상 선조와의 교제에도 힘써 보려던 참인데 이렇게 빨리 동거의 기회가 찾아오리라고는 생각지 못했다. 무엇보다 진정한 동거가 아니라는 것은 아직 이렇게 살아 있는 몸이기에 당연한 이야기겠지만, 그렇다고 해도 뭔가 이것도 하나의 인연이라고 생각하고 싶었다. 뭔가, 쭉 이렇게, ……결국은 죽어버릴 것 같은 기분도 든다. 이런 기분은 이 조상님들이 일가의 목숨을 구해주실 거라는 신념과 전혀 모순되지 않았다. 그 어느 쪽도 그녀에게는 '안심'의 염원이었다.

우시의 이런저런 생각들은 다케와 에타로에게로 옮겨 갔다. —에타로는 그렇다 해도 다케는 말이야, 이건 또 무슨 불효란 말인가. 젠토쿠가 화를 내는 것도 무리는 아니다. 그래도 곰곰이 생각해 보면 다케의 기분도 알 것 같다. 남편은 남자니 전쟁에 나가 죽어버리면 그만이지만, 남겨진 아내는 여자의 몸으로 살아가기 여간 힘든 게 아니다. 어린 자식에다 의지할 남편은 없고, 차남이어서 시어머니를 모셔야 하는 고통은 없다지만 물려받을 만한 자산도 전혀 없다. 이 외로움은 30대 꽃다운 나이에 내쫓겨 본 우시는 잘 안다. 말하자면 전쟁에 너무 당황한 나머지 부끄러움도 체면도 다 던져버리고 부모의 품으로 달려온 에타로의 심정도 가엾지 않은가. 아마도 이 집 조상들도 이 어려움에 처한 자식들을 감싸 안아줄 게다. 다소 염치없지만 전쟁이기에 하는 수 없다. 대신 정신 똑바로 차려서 이런 곳에서 죽지 않도록 하는 것이다. 어떻게든 살아남지 않으면 여러모로 상황이 복잡해지게 된다……

우시의 이런 기분은 요즘 그녀에게 아버지 이상으로 친절하게 대해주는 다케와 에타로에게 고스란히 전달되었다. 다케는 우시의 말을 듣고 있자니 따뜻하면서도 쓸쓸한 마음이 들어 비스듬하게 등 뒤편에 자리한 에타로의 몸에 손을 뻗어 보았다. 축 늘어진 빈 소매를 잡는 바람에 서둘러 바꿔 잡았다. 에타로가 한쪽 손을 내밀어주어 두 사람은 손을 맞잡았다.

마침 그때,

쾅쾅쾅!

하고 울린 것까진 좋으나, 이건 바로 위에서 밤하늘을 온통 붉게 깨부수는 형상이었다.

"할망!"

무덤 안에서 젠토쿠가 가슴이 찢어질 듯 소리쳤다. 우시가 즉각,

"영감! 나 여기 있수다!"

무덤 문 쪽으로 몸이 기울자 양팔로 지탱한 채 소리쳤다. 그 모습을 다케와 에타로가 꼭 껴안고 바라봤다. 우시의 몸은 마치 묘지 초석에 붙어버린 것처럼 꼼짝하지 않았다.

3일 째 아침, 흔들흔들 얼굴이 찡그러질 만큼의 커다란 폭발이 일어났다. 근래 들어 겨우 남녀노소의 감정이 일치했다. 소변은 밖에 나가 보지 말도록 하자는 젠토쿠의 말에 모두 두말없이 찬성했다. 그럼 대변은 어떻게 할 것인가 하는 질문에 이것은 소변처럼 땅에 스며들지 않기 때문에 안에서 볼 수는 없다는 의견이 나왔다. 순간 숨이 막혔다. 이때 에타로는 다케의 소매를 잡아끌며 작은 목소리로 즈시가메 뚜껑 안쪽이 적당하게 패여 있으니 그걸 우선 사용하고 밤이 되면 밖에 내다 버리는 게 어떻겠냐고 제안했다. 다케는 말도 안 된다는 얼굴을 하며 눈치를 주었다. 좋은 생각이지만 우리 입으로 그걸 말하면 불경하다고 아버지에게 불호령이 떨어진 거라고. 모처럼 마음이 통하게 되었는데 얼마간 자극하지 않는 편이 좋을 거라는 염려를 다케는 간결하게 전달했다. 에타로는 그도 그렇다고 생각했

다. 그런데 역시 좋은 제안이라고 한자리에 나란히 계시는 선조의 영을 움직인 걸까, 손자 요시하루의 입에서 같은 제안이 나왔다.

"에이, 더러워."

라며 후미코가 검게 때 묻은 얼굴을 찡그렸다. 그러나 우시가 옆에서,

"그래. 하는 수 없지, 전쟁이니까. 나중에 깨끗하게 씻으면 벌 받지 않을 거야."

편리한 방법이라고 말하면서 가까이에 있는 즈시가메 뚜껑을 집어 올렸다. 그리고 문득 다시 쌀을, 이번엔 세 톨 정도 올리고는 손을 모았다.

우시는 아무 말 없이 합장하면서 마음속으로는 내일부터 뭔가 기원할 일이 있어도 바칠 쌀알이 남아있지 않을 거라고 생각하고 있었다.

무덤 안에 숨어 지내는 동안 전쟁 상황은 보이지 않았다. 다만 쾅쾅쾅 하는 소리에 익숙해져 7일이 지나자 아무런 생각도 하지 않게 되었다. 전쟁이란 쾅쾅쾅 하는 소리를 듣는 일과 약간의 배고픔을 견뎌내는 일, 대변을 즈시가메 뚜껑에 보는 일이기도 했다. 다케와 에타로는 그것 말고도 고르지 않은 땅 사정으로 사랑을 나누는 일이 즐겁지 않았다. 이것이 불만이었는데 점차 그 흥미도 사라지게 되었다. 그러나 둘의 관계를 인정받았기에 득이 되는 면도 있었다. 에타로는 작전 경험이 있어서 적이 상륙했는지 어떤지는 조금 신경이 쓰였다. 다케에게 그에 관해 조금 말해 보았지만 다케는 실감하지 못했다. 그녀와 우시에게는 쌀과 감자와 된장뿐인 식량이 거의 떨어져 간다는 사실이 가장 큰 관심사였다. 그 일은 첫날부터 예상했던 만큼 조금씩 절약

하기로 했다. 그 때문에 아이들은 배가 고파 울거나 했지만 얼마 지나지 않아 울기보다 잠든 시간이 많아지게 되었다. 다케는 그것이 오히려 걱정이었다. 그래도 적이든 아군이든 직접 보기 전까지는 전쟁의 승패를 가늠하기 어려웠고, 천하가 무너지더라도 즈시가메의 진열이 무너지기 전까지는 믿지 않을 태세였다.

아침과 저녁 반드시 반시간 정도 함포 사격이 멈춘다는 것을 눈치챈 것은, 5일째 되던 날이었다. 훗날 전쟁이 끝난 후에 알게 된 사실이지만 적군의 식사 시간이었다고 한다. 뭔가 망각한 듯한 공백의 시간을 틈타 큰마음 먹고 무덤 밖으로 나가 보니 현기증이 일었다. 아이들은 밖에서 작은 돌을 가지고 놀았다.

에타로가 유유히 노상에서 변을 보려고 기획한 것은 즉흥적인 발상이었다. 그는 잡목림 속에서 땅을 골라 몸을 웅크린 채로 변을 보았다. 그동안 수목 사이로 침착하게 함대를 조망할 수 있었다. 저편 바다에 함대가 일렬로 나란히 늘어선 것은 그가 소년 시절에도 본 기억이 있다. 그것은 일본 연합 함대였다. 밤이면 밤마다 반짝이는 서치라이트도 우리를 보호하는 영광의 힘으로 보여 기뻤지만, 지금 보이는 함대는 잔학하게 들려오는 원수의 적군 미군의 그것이다. 그렇다고 해도 저 수평선까지 감출 만큼 늘어선 거뭇거뭇한 수백 척의 웅장한 군함은 비록 적이긴 하나 유감스러울 만큼 자신감에 차 있다. 적이긴 하지만 훌륭하다는 말은 진부할지 모르지만, 연일 밤마다 목숨을 부지하며 무덤 안에 틀어박혀 남의 선조의 유골과 함께 하고 있자니 열등감이 앞선다. 그런데 이렇게 봄을 머금은 바람에 더럽혀진 엉덩이를 내놓고 생리적 쾌감을 맛보며 적과 대치하는 기분이란. 적에게는 보이지 않을 것이라고 생각하니 서로 대등하다는 착각이 들어 정신까지 상쾌해졌다.

이 상쾌한 기분을 선사받고 무덤 문으로 들어선 순간, 다시 시작된 첫발이 쾅쾅쾅 하고 울렸다. 다케와 얼굴을 마주보며 눈이 휘둥그레졌지만, 다음날 아침 또 다시 그 쾅쾅쾅 하는 소리가 울릴 때까지 대치하며 웅크리고 있었다. 쾅쾅쾅 하는 첫발이 울리면 쏜살같이 내달릴 것이라는 불순한 모험도 기획했다. 그래서 그는 가만히 스타트 신호를 기다리는 단거리 선수처럼 가슴을 졸이며 군함을 응시하고 있었다. 얼마 후 '앗' 하는 놀라움인지 환희인지 알 수 없는 소리를 질렀다. 다음 순간 쾅쾅쾅 하는 소리가 무수하게 울렸던 것이다. 그가 놀란 것은 갑자기 포화를 울린 군함이 기세 좋게 후퇴해 갔기 때문이다. 에타로는 뭔가 묘한 힘에 이끌리 듯 재빠르게 가까이에 있는 바위 그늘에 몸을 숨기고 눈을 크게 뜨고 바다 저편을 바라봤다. 군함들이 연달아 들고 나면서 앞으로 나와 불을 뿜고, 뒤로 물러나서는 경적을 울리며 하늘을 찢어대고 있었다. 주변 하늘색이 눈 깜짝할 사이에 녹아 흘러내릴 듯했다. 그는 중국에서 실전을 체험한 바 있지만, 지금 눈앞에 펼쳐진 바다와 하늘과 땅은 어린 시절부터 익숙한 아름다움 그 자체였다. 그런데 거기서 지금 일어나고 있는 무시무시한 붕괴에 공포라기보다 말도 안 되는 지구의 생리를 발견한 것 같은 신비감에 사로잡혔다. 그러자 묘하게도 몸 안에서 불끈불끈 하는 소리와 함께 힘이 솟아오르며 생각지 못한 욕정이 밀려들기 시작했다. 한쪽 팔을 마구 휘저으며 달려 돌아 온 그는 딱딱해진 몸으로 다케를 꽉 껴안았다. 다케는 밀어내며 저항했지만 이 에타로의 행동이 단순히 공포 때문인 것으로 받아들였다.

이때 우시만은,

"미친 놈!"이라며 힘없는 목소리로 외쳤다. "애들 생각은 하지 않고, 기분 내키는 대로 허고 자빠졌어. 경헐 거면 내일부터 지슬이나 주우러 가게나. 아래 밭에 있는 건, 지금 먹을 시기야."

처음엔 다케에게 달려 든 것을 꾸짖는 거라고 생각했지만 곧 목숨을 하찮게 여기지 말라는 의미라는 걸 알았다. 그러나 에타로는 좀처럼 흥분이 가라앉지 않아 우시에게 반응을 보이지 않았다. 젠토쿠는 거북한 자세로 웅크려 잠들어 있었다. 베개만 바로 놓여 있었다.

우시와 다케는 오늘 저녁에는 언제나처럼 함포 소리가 멈추는 시간을 기다려 감자를 주우러 가야겠다는 이야기를 하고 있었다. 다케는 에타로에게 당신도 함께 다녀와야 한다고 말했다. 에타로는 그래도 잠자코 있었다.

그런데 오후 무렵부터 상황이 이상해지기 시작했다. 쾅쾅쾅 하는 소리 외에 총성과 비행기 폭음이 상당히 가깝게 들리기 시작한 것이다. 무덤 안에서는 방향을 가늠하기 어렵지만, 그 사이에 비행기의 폭음이 가까워졌고, 조금 간격을 두고 쾅쾅쾅 하는 소리가 상당히 가까이에서 울리는 것이다. 어느 정도 듣다가 에타로가 나직이 말했다.

"유도하고 있군."

"유도라니?"

다케가 물었지만 에타로는 대답하지 않았다. 총성이 늘어났다. 그 사이, 첫 소리가 들려 왔다.

"박격포군."

중국사변에서 돌아온 에타로가 다시 말했다. 앞서 "유도하고 있군"이라는 말과 "박격포"라는 말은 모두 표준어였다. 잠시 무덤 안이라는 현실을 잊은 채 실전 체험을 말하는 폼이 다소 득의양양한 모습이었지만 그건 우시에게나 젠토쿠, 다케에게 전혀 도움이 되지 않았다.

이러한 상황 변화가 구체적으로 어떤 작전 추이를 의미하는 건지 아무도 생각하려 하지 않았다. 그러나 눈에 띄게 말수가 적어진 것은 부지불식간에 공포가 덮쳤기 때문인 듯했다. 그날 밤 드물게 함포가 쉬는 시간이 없었다.

"지슬 주우러 가게마씸, 영감."

우시가 밖을 살펴보며 말했다. 젠토쿠는 베개 위에서 실눈을 뜨고 신음하듯 대답했다. 에타로가 엎드린 채,

"전쟁은 지금부터 시작인 듯해요, 아주머니."

라며, 자신의 체험을 다시 피력하기 시작했다. 그러자 젠토쿠가 오랫만에 몸을 일으키며 호통쳤다.

"전쟁에는 나가지도 못한 주제에, 무슨 소릴 지껄이는 거야."

"영감. 왜 또 경햄수과?"

우시가 나무라자, 에타로는 머쓱해 하며, 다케에게만 들리도록 조용히 중얼거렸다.

"이 집이야, 나 같은 놈이라도 있으니 언젠간 도움이 되겠지."

이 말을 젠토쿠와 우시 앞에서 증명해 둘 필요가 있다고, 다케는 생각했다. 다행히 다음날 아침 평소처럼 함포가 쉬는 시간이 있었다. 총성은 그 후 계속되었지만 날이 밝으면서부터는 기분 탓인지 조금 멀리에서 들려오는 듯했다. 다케는 말했다.

"자네. 지슬 캐러 가세. 망태기를 가정가면 당분간 먹을 양은 가정 올 수 있을걸세."

에타로는 아무 말 없이 다케의 손을 잡고 밖으로 나갔다. 망태기, 망태기 하고 되뇌는 다케에게 눈길도 주지 않고, 무덤 앞뜰을 가로 질러 잡목림으로 성큼성큼 걸어 들어갔다.

"저기 이봐, 군함이 아름답지 않아. 함포를 쏘면 아름답다구."

그 어조에 이상하리만큼 열기가 담겨 있었다. 다케는 영문도 모른 채, 에타로가 시킨 대로 거짓말처럼 평온해진 해상에 섬처럼 이어진 군함 무리를 응시했다. 그 활짝 펼쳐진 거대한 풍경은 무덤 안에서 어른과 아이와 남자 사이에 끼여 지쳐버린 그녀를, 갑작스러운 해방 감으로 떠밀었다. 어디에서 풍겨오는 건지 알 수 없는 진한 화약 냄 새에 섞인 잡목의 새싹 내음이 그녀로 하여금 잊고 있던 욕망을 불 러 일으켰다. 전장에서의 잠시 동안의 고요한 시간은, 그녀로 하여금 생명의 공포를 잊게 하였고, 동시에 모든 약속을 대담하게 잊게 했 다. 에타로의 한쪽 손이 맨살 이곳저곳을 더듬기 시작했다. 그 움직 임이 드디어 격해지기 시작하자, 에타로의 한쪽 손을 도와 양팔로 그의 가슴을 조여 안았다. 그때 우거진 숲 저편에서,

"엄마……."

하고 부르는 소리가 쾅쾅쾅 하는 소리보다 더 크게 들려 그녀를 놀라게 했다. 벗어던졌던 속옷을 허둥지둥 걸치고는,

"함포 날아올라. 할머니 옆에 있지 않고. 망할 녀석. 빨리 돌아가, 어서."

화가 난 나머지 불현듯 외친 말이, 정말 함포가 당장이라도 떨어질 것 같은 약간의 공포를 느끼며 풀숲을 벗어나 아이 손을 잡고, 이번엔 남자를 뒤도 돌아보지 않았다.

더 이상 감자를 주울 시간이 없을지도 모른다는 묘한 기분이 머릿속에 맴돌았다. 서둘러 아이의 손을 놓고 먼저 무덤 문을 통과하는 순간, 등 뒤에서 돌무덤에 커다란 짐짝이라도 내던져진 것 같은 낮고 건조한 소리가 들려왔다. 아이가 굴러 넘어진 것 치고는 조금 소리가 이상하다고 생각하며, 다케는 반사적으로 뒤를 돌아봤다. 에타로가 갑자기 습격이라도 당한 듯 괴성을 지른 것은 거의 동시였다.

그것은 짐짝처럼 보이는 일본 병사였다. 다케는 무덤 문으로 들어서자마자 뒷모습을 들키지 않으려고 무덤 지붕에서 굴러 떨어졌다. 그리고 다케 뒤를 따르던 아이를 안으로 떠밀어 넣고는 총을 잡은 채로 잿빛 돌 더미에 납죽 엎드렸다. 떨어진 쪽이나 튕겨져 나뒹군 쪽이나 움직이지 않았다. 그 상태로 다케와 에타로는 안과 밖에서 한동안 우두커니 있었다. 다시 쾅쾅쾅 하는 소리가 울리자 다케는 이번엔 전에 없이 큰 소리로 비명을 지르며 몸을 웅크렸다. 상황을 알아차린 젠토쿠가 안에서 튀어 나왔지만 몸을 웅크리고 있던 다케

와 부딪혀 둘 다 나뒹굴었다. 그것에 눌려 으스러지게 생긴 우시가, 벌렁 나자빠진 채로 뒤에서 소리를 짜냈다.

"저기. 무슨 일이냐. 아이는, 어이."

다케는 그 소리에, 맞다, 우리 애는, 하고 벌떡 일어났다. 바로 그때 에타로가 다미코를 감싸 안고 무덤 문에 들어섰다.

"이제, 이 무덤엔 숨어 있지 못할 거야. 전쟁이 가까이까지 밀고 들어온 거 같아. 도망가지 않으면 안 돼."

에타로는 다미코를 땅에 내려놓으며 그렇게 말했지만 누구도 그 말을 들으려 하지 않았다. 다케가 재빨리 아이를 양손으로 받아들었다. 체온도 있고 숨도 쉬고 있었다. 맥을 잡아보고는,

"아까 그거 일본 병사야?"

라고 물었다. 에타로가 고개를 끄덕이자,

"일본이 지고 있는 걸까."

라고 물었다.

"한 사람 당했다고 해서 지기야 하겠어."

에타로가 대답을 하고, 신경을 집중시키듯 천정을 노려보자, 다케는,

"그렇겠지."

라고 말하며, 다시 열심히 아이를 흔들었다.

무덤 지붕에서 병사가 낙하한 채로 있다는 사실은 일종의 계시처럼 가족들을 두렵게 했다. 다미코는 조금 있다 살아났지만 그 후 상당히 길게 울었다. 마침 비행기의 폭음이 크게 들려 우시가 당황한

304

나머지 입을 틀어막았더니 몸을 비틀며 점점 더 크게 울어댔다. 그 소리는 젠토쿠의 절망과 노여움을 북돋우는 듯했다.

"마부이靈를 불러들여사 헌다, 어서 마부이를."

젠토쿠가 소리 지르자, 우시는 그런 말 하지 않아도 알고 있다는 듯한 얼굴을 했다. 아이가 길에서 넘어지거나 나무에서 떨어지거나 개에게 물리거나 해서 깜짝 놀라면 그 현장에 영혼이 떨어진다고 믿었다. 그 아이의 육체에서 영혼이 빠져나가 비어 버리게 된다는 것이다. 그럴 때 유타ユタ에게 부탁해 현장에서 바로 기도하지 않으면 안 된다. 우시는 그 일을 다미코의 의식이 돌아오자마자 생각했지만, 동시에 매우 곤란한 일이라고 생각했다. 유타는 구하기 힘들면 가족 중 누군가가 맡아하면 될 일이지만, 공물로 쌀 이외에는 사용해 본 일이 없고, 무엇보다 조금 전 일로 현장에 다시 나가는 일이 아주 곤란해졌기 때문이다.

"쌀도 없고. 밖으로 나가지도 못허고. 어떵해야 헐건고, 불쌍헌 우리 아이의 마부이여."

우시는 노래하듯 중얼거리며 손녀의 축 늘어진 머리를 계속해서 쓰다듬었다.

"된장이나 지슬로 허면 되지 않으카. 오늘은 그냥 여기서 올리도록 허지."

젠토쿠가 소리쳤다. 우시는 그 소리를 듣고, 맞다, 라고 생각했다. 조상님 앞에서 젠토쿠가 직접 말한 것이니 그리 해도 나쁘지 않을 것이다. 곧 단지에 남아 있던 된장을 손가락으로 긁어내 도시락 뚜

껍에 담아내었다. 그리고는 무덤 밖 현장으로 생각되는 근방을 향해 된장을 올리고 손을 모았다.

"죽은 병사를 위한 기도도 할 거에요? 무운장구武運長久라고?"

요시하루가 엎드려 있던 몸을 조금 들어 올리며 말했다. 시커멓게 더럽혀진 얼굴이 진지했다.

"죽은 뒤에도 무운장구라는 게 있겠니. 재천지령在天之靈[02]이겠지."

후미코가 위령제에서 들은 문구로 정정했다. 그러자 우시가,

"병사는 반드시 벌 받을 거여. 남의 집 아이의 마부이를 떨어뜨려시난, 남의 무덤을 더럽혀시난⋯⋯."

기도를 잠시 중단하고 그렇게 말하고는, 다시 기도를 계속했다.

모두 입을 닫아 버리자, 비행기의 폭음과 총포 소리도, 멀어지거나 가까워지며, 때로는 이 무덤 하나를 에워싸고 전쟁이 좁혀 오는 건 아닐까 싶을 정도로 실감이 더 해졌다. 그러자 눈앞에 죽어 있는 병사의 시체의 존재감도 점점 무게감이 느껴지는 것이었다. 후미코와 요시하루는 번갈아가며 무덤 문에 살짝 얼굴을 대고 엿보고는, 병사의 시체를 확인했다.

"아직도 있어⋯⋯."

몇 번인가 요시하루가 감정을 억누르듯 말하니, 다케가 아무렇지 않게,

---

02 죽은 이의 영혼.

"벌 받을 거야."

라고, 중얼거렸다. 에타로는 그 말이 귀에 거슬린 듯, 작은 목소리로,

"누가 누구의 벌을 받는 걸까?"

병사의 벌을 자기가 받는다는 건지, 병사가 자신의 벌을 받는다는 건지, 어느 쪽이냐는 말이었다.

다케는 병든 닭 같은 눈으로 에타로를 쳐다봤지만 머릿속에 적당한 말이 떠오르지 않아 입을 다물어 버렸다.

이 두 사람의 소곤대는 이야기를, 얼마간 듣고 있던 젠토쿠가 갑자기,

"에타로!"

라고 불렀다.

"네엣!"

에타로는, 집을 나온 이래 가장 확실하게 대답했다. 깜짝 놀란 듯한 모습이었다.

우시가, 그 목소리에 뒤를 돌아보며 잠시 기도를 멈췄다.

"병사를 묻어 줘야 허지 않으카?"

"묻어요? 어디에."

에타로도 자기도 모르게 진지하게 되물었다.

"이 무덤에 묻는 건 안 되고. 어디 그 주변……구뎅이를 파고 묻어야지."

"이 주변 한쪽에 치워 놓으면 저절로 썩을 텐데요."

"그런 짓 허면, 벌 받아. 우리 대신 전쟁을 치르고 있는 나라의 병

사가 아니냐. 태어난 고향에 부모도 있을 테고. 벌 받아. 함포가 무진
장 쏟아져 올 거여."

"그렇겠죠."

이 마지막 에타로의 맞장구는 심하게 맥 풀린 대답이었지만, 그는
그때 아주 타당한 말이라는 생각이 갑자기 들었던 것이다. 이유를
알 수 없는 실감이 누구보다 가장 가까이에서 본 잔혹한 병사의 사
체 영상과 함께 머릿속 가득 밀려왔던 것이다.

"그런데 저 혼자서는, 아무래도 안 될 텐데요."

그는 매우 진지한 얼굴을 하고 있었다. 그러자 우시가 그 말을 이
어 받아,

"그건 그래. 아버지영 둘이 허면 되키여. 힘들면 다케도 도우면 되
고. 빨리 깨끗하게 묻어 두면, 아직 얼마 안 되었으니 누구도 벌 받지
않을 거여."

그 자신 있는 듯한 판정에 에타로와 다케는 얼굴을 마주보았다. 조
금 전 병사가 벌을 받게 될 거라던 우시의 말을 떠올린 것이다. 그런
데 정작 우시는 그 모순을 전혀 눈치채지 못하고 고개를 끄덕이고
있는 것이다. 우시는 다시 병사가 어정쩡한 사자佛가 되어 있을 것
같은 방향을 향해 합장했다. 그녀의 머릿속에는 이미 누가 벌을 받
을지는 모르지만 어쨌든 뭔가의 인연으로 함포와 철포로 화신化身하
여 끔찍한 사체로 온 것이라고 믿었다. 그래서 손녀의 영혼을 불러
오는 동안 병사의 영혼을 위해 기도하고 싶은 기분이 들었던 것이
다. 기도하는 사이 손녀의 영혼이나 병사의 영혼이나 자신들의 영혼

이 모두 하나가 될 것이라고 굳게 믿었다. 그렇게 되면 병사의 사체를 묻기 전까지 기도를 계속해야 했다.

이 논리적인 모순을 에타로도 다케도 이해한 건 아니었다. 다만 우시와 젠토쿠가 협심해서 만들어낸 단정과 신념이니 왠지 안심해도 좋으리라 생각한 것이다.

저녁 무렵 쾅쾅쾅 하는 소리가 멈추자 젠토쿠는 기세 좋게 에타로에게 신호를 보내 철봉을 짊어지게 하고 자신은 곡괭이를 집어 들고 무덤을 빠져나갔다. 사람 하나 묻을 장소는 잡목림 안에 그리 많진 않았다. 비어있는 듯 보여도 나무뿌리가 뻗어 있거나 해서 젠토쿠를 초조하게 했다.

"어서 빨리 찾게나, 좋은 곳."

혼쭐이 난 에타로는, 두리번거리는 사이에 다케의 맨살을 더듬었던 장소로 와선 왠지 모를 낭패감을 느꼈다. 그때 젠토쿠가,

"그래, 여기다."라고 말했다. "여기다. 비켜, 비켜봐."

젠토쿠는 에타로를 뒤로 물러서게 하고 곡괭이를 휘둘렀다. 그러나 십여 일이나 햇볕을 받지 못하고 굶주린 노체는 한 차례 곡괭이를 휘두르고는 이내 지쳐버렸다.

"아버지. 제가 할게요."

"무슨 말이야. 한쪽 팔로 뭘 허겠다는 거여?"

"할 수 있어요. 한쪽 팔로 여자도 안는다고요. 구멍 파지 말란 법 있어요?"

젠토쿠는 화가 나서 에타로의 얼굴을 쳐다봤지만, 에타로는 개의

치 않고 곡괭이를 빼앗아 들고 한쪽 손으로 파내기 시작했다. 위태로워 보이는 자세였지만 흐트러지진 않았다. 젠토쿠가 그 손놀림을 입을 벌리고 바라보던 중 잘려나간 쪽 어깨를 봤다. 그는 아무렇지 않은 억양으로 말했다.

"돌은 어시냐? 철봉으로 허지."

"돌은 없어요. 아버진 그냥 서 계세요."

에타로 역시도 거친 숨을 내뱉으며 곡괭이질을 해댔다. 그러면서 그는 이곳에서 있었던 어정쩡했던 정사情事를 떠올렸다. 그리고 병사의 사체를 떠올리고는 묘한 인연 같은 것을 느꼈다.

"썩을⋯⋯."

침을 뱉으며 파 나갔다. 그러자 인연의 무게가 조금씩 가벼워지는 기분이 들었다.

"썩을!" "썩을!"

그는 곡괭이질을 계속했다. 그리고 그럭저럭 어깨가 잠길 만큼 팠을 무렵, 쾅쾅쾅 하는 소리가 울렸다.

에타로는 바다를 바라봤다. 해가 지기 시작한 하늘에, 쾅쾅쾅 하는 불이 아침보다 붉은빛을 더하고 있었다. 그러나 지금의 에타로에게 그건 더 이상 성적 흥분을 안겨주지 못했다. 병사의 사체가 다시 머릿속에 떠올랐다. 몇 년 전 중국 전장에서의 공포가 드디어 그의 몸 깊숙한 곳에서 되살아났다.

"아버지. 함포예요."

"별일 아닐 거여. 어서 파게. 오늘 중으로 묻지 않으면 안 돼. 어디 있나, 곡괭이 이리 내."

곡괭이가 다시 젠토쿠에게로 갔다.

"하아압."

젠토쿠가 울 것 같은 기합과 함께 곡괭이를 휘익 하고 휘두르며 말했다.

"빨리. 병사 들렁 오라. 다케에게도 도와달라고 허고……."

뒷말이 쾅쾅쾅 하는 소리에 묻혀 사라졌다. 젠토쿠가 얼굴을 찡그리며 곡괭이를 내던지고 기세 좋게 엉덩방아를 찧었다. 에타로가 일으켜 세우자 서둘러 심호흡을 하고 무덤으로 뛰어 돌아왔다. 다케가 무덤 문에서 이제나 저제나 하며 애타게 기다리고 있었다. 에타로가 한쪽 손을 흔들어 신호를 보내오자 주저 없이 뛰쳐나왔다. 장비가 주렁주렁 달린 엉덩이는 무거웠다. 에타로는 총을 잡아 빼내고, 초조해하며 철모를 벗겼다. 철모를 벗겨낸 병사는 눈이 한층 커진 얼굴을 하고 있었다. 다케는 비명을 질렀다. 허리띠와 탄환집 따위를 풀 여유도 없이 두 사람은 사체의 팔을 잡거나 다리를 잡거나 하며 끌었다. 틈 날 때마다 고쳐 잡으며 공포와 무게감에 눈을 질끈 감았다 떴다 하며 옮겼다. 덕분에 사체의 머리 부위는 상처투성이가 되었다.

"이제 얼마 안 남았죠, 아버지."

에타로가 소리쳤다.

"그래. 이제 얼마 안 남았다. 하아압."

이 두 사람의 대화에 의외의 정이 묻어나 있음을 다케는 공포로 가득 찬 머리로 느꼈다. 그리고 젠토쿠의 얼굴을 바라본 순간, 문득 조금 전 두 사람의 목소리가 울음 섞인 소리였을지 모른다는 생각이 들었다.

다케가 느닷없이 젠토쿠의 손에서 곡괭이를 빼앗아 들었다.

"아버지. 제가 할게요."

"기여. 너가 해 볼래? 해 봐. 조금만 더 허면 될 거야, 조금만 더. 햐아압."

젠토쿠가 비틀거리며 옆으로 물러서자, 다케의 얼굴이 울 것처럼 찡그리며 웃었다. 그때,

"햐아압."

하고, 자기도 모르게 젠토쿠를 흉내 내듯한 기합으로 땅을 파내며 소리쳤다.

"에타로. 아버지 부탁해요."

"어어."

에타로는 아주 익숙한 어조로 대답하고는 앉아있는 젠토쿠를 감싸듯하며 곁으로 가서 섰다.

사체를 다 묻었을 무렵, 잡목림 위에서 함포가 작렬해 나뭇가지 끝이 온통 타오르듯 붉게 보였다.

"아버지!"

다케가 갑자기 질러댄 소리는, 굴러 넘어져 가며 무덤에 다다른 후에도 세 사람의 귓속에 남아 있었다.

피로와 공포로 떨고 있는 세 사람의 몸을 우시가 성의를 다한 손놀림으로 가볍게 두드리거나 쓸어주거나 했다.

"뭐라도, 먹을 건, 이제……."

불규칙한 호흡을 가다듬으며, 젠토쿠가 우시를 돌아보았다.

"된장만 조금 남아 있수다."

우시가 가여운 듯 말했다. 젠토쿠는 이미 완전히 어두워진 속에서, 이번엔 에타로의 윤곽을 찾으려 노력하며,

"에타로야. 이제 어떵 될 건고?"

라고 말했다. 조용한 목소리였다.

"그러니까요, 아버지." 에타로도, 조용한 어조로, "이제, 전쟁은 저기 저만큼까지 와 있는 것 같아요. 여기 이렇게 있을 수 없을 것 같은데요."

"전쟁이 다가오고 있다면, 미국도 오고 있다는 건가?"

이건 우시의 질문이었다.

"철포도 대포도 멀리에서 쏘기 때문에 알 수 없지만, 일본 병사가 달아나면 또 쫓아오겠죠. 그렇게 되면 우리도 도망가야 해요."

"일본이 도망쳐요?"

요시하루였다.

"어……."

에타로는 갑자기 말문이 막혔다. 그러고 보니 미국이 공격하고 일본이 도망친다는 전황을 아직 목격한 건 아니다. 그러나 그의 머릿속에는 어제부턴가 일본군이 퇴각하고 있는 이미지가 그려졌다. 총소리와 일본 병사의 사체 외에 그 어떤 것도 보지 못한 탓일지 모른다. 그는 사체로 인해 마음이 상당히 동요되었다. 단순히 사체를 본

것에 그친 것이 아니라, 젠토쿠와 함께 목숨을 걸고 그것을 묻었을 때부터, 어쩐지 인연이 깊은 매력으로 다가오는 것이었다. 그는 어둠을 노려보고 있었다.

"도망가고 있지만, 반드시 이길 거야."

"어디로 도망가코?"

젠토쿠가 물었다.

"남쪽에서 올지, 북쪽에서 올지, 잘 모르겠지만, 내일 아침이 되면 알 수 있을지 몰라요. 알게 되면 여기에서 나가 도망가야 해요, 아버지."

에타로의 진지한 설명에 젠토쿠가 순순히 고개를 끄덕였지만 물론 그 누구도 눈치채지 못했다. 그리고 우시가 기도할 때 냈던 작은 목소리도, 아무도 듣지 못했다.

"난, 여기 있고 싶은디……."

그날 밤, 비가 왔다.

"에타로. 비가 오는구먼. 지슬 캐러 안 가젠?"

젠토쿠가 어둠 속에서 느닷없이 말했다.

"음……." 에타로는 잠이 덜 깨어 정체 모를 말을 우물거렸지만, 곧 정신을 차리고, "이런 비에요?"

두 사람 모두 고쳐 앉았다.

"비가 와도 어쩔 수 없어. 날이 밝으면 도망가야 헐지 모르지 않나.

지슬을 캐 둬야지. 더 큰 비가 오면 굶주린 배를 움켜잡고 어디 도망이나 가겠나. 함포도 별로 쏘는 것 같지 않으니, 지금 캐 두자구. ……몇 시쯤 되어신고?"

눈이 쉽게 떠지는 걸 보니 새벽이 틀림없다고 에타로는 생각했지만 대답은 하지 않았다. 어떻든 젠토쿠의 말에 따르기로 했다. 젠토쿠가 자신에게 말을 많이 한다는 건 감정이 부드러워진 증거라고 느꼈다. 젠토쿠의 말에서 도망갈 때 함께 가자는 뜻도 읽을 수 있었다. 그런데 이 시국에 감자라니—도망가면 도망가는 대로 어디든 식량은 있기 마련이다. 그곳에서 구하면 될 거라고 생각했다. 젠토쿠가 무리를 해 가며 굳이 자신의 밭에 있는 것을 가지고 가려는 율의律儀가 조금 이상하게 생각되었다. 그래도 지금 그와 타협하는 편이 좋을 듯하다. 함께 먹고, 함께 도망가려면 그런 의리쯤은 있어야 한다고 믿었다.

"가요, ……가."

다케가 제대로 된 목소리가 아닌 숨소리로 재촉하는 데에 박자를 맞춰, 젠토쿠의 뒤를 따라 무덤 문을 빠져 나갔다. 함포를 별로 쏘고 있지 않다고 젠토쿠가 말한 것은, 빗소리에 정신이 팔려 일으킨 착각이었다. 소리와 빛이 끊임없이 밤을 마구 휘저어대고 있었다. 밖으로 나가자 오히려 그것에 정신을 빼앗겨 비를 맞는 일이 평소와 달리 신경 쓰이지 않았다. 다만 발 디딜 곳이 없었다. 점토질 땅 표면은 물론 나무뿌리도 돌도 모두 미끌미끌했다.

"아버지!"

에타로는 그냥 불러 보았다. 포탄이 작렬하는 와중에 젠토쿠가 망태기를 뒤집어 어깨에 짊어지는 것을 바라봤다.

"아래쪽 밭, 알고 있나. 해군대장이 서 있는 그 아래 말일세."

"네엡, 알고 있습죠. 아버님 댁 일이라면 전부 알고 있어요."

참억새의 젖은 잎이 기분 나쁘게 얼굴에 덮쳐 오는 것을 곡괭이를 쥔 왼손으로 걷어치우며 에타로는, 자랑스럽게 빗소리에 맞섰다.

도중에 커다란 함포 탄흔 구멍이 있었다. 에타로는 위태롭게 그곳에 발이 미끄러져 빠질 뻔했지만 다시 일어났다. 문득 젠토쿠가 걱정됐다.

"아버지!"

"어어."

대답은 구멍과 반대 방향으로 상당히 아래쪽에서 들려왔다. 제방에 세워진 은단 간판이 있는 해군대장 바로 발 아래까지 도착했다. 에타로는 지레짐작으로 내려가 해군대장을 올려다보았다. 때마침 뭔가 섬광이 번뜩였다. 메이지明治 모자를 쓴 해군대장이 태평한 얼굴로 아직 건재한 모습이 보였다.

"망태기, 이 주변에 놔두키여. 캐면 대충 어림잡아 그 주변에 던져 넣게."

젠토쿠의 목소리에는 이미 피로가 묻어나 있었다.

"제가 캘 테니, 아버지는 덩굴풀을 베어 주세요."

젠토쿠는 병사의 구멍을 팔 때와 달리 말없이 편한 일을 택했다. 에타로는 한쪽 손으로 잡은 곡괭이가 비와 진흙으로 미끌미끌해져 입을 다물었다. 게다가 캐낸 후 감자에 붙은 흙을 털어 던지지 않으면 안 된다.

"흙은 털지 말앙 던지게. 내가 털어낼 테니까."

낫을 집에 잊고 놔두고 왔다. 젠토쿠는 허리에 힘을 넣어 감자 덩굴을 찢어내며 소리쳤다. 그는 감자 덩굴을 찢어낼 때마다 엉덩방아를 수차례 찧었다. "에잇, 썩을!" 젠토쿠는 일어설 때마다 얼굴을 찡그리며 혼잣말을 했다.

날이 밝았다. 젠토쿠가 흙을 털어 망태기에 넣은 감자는 이제 막 쌓이기 시작했다.

"에타로, 이제 됐네. 같이 흙이나 털어 내세."

젠토쿠는 상당히 누그러진 어조로 말을 건네며, 무심코 멀리로 시선을 옮겼다. 시야에 들어온 들판에 수 명의 사람이 서 있었다. 멀리에서 바라본 그곳은 너무도 고요했다. 젠토쿠는 왠지 모르게 안도했다. 그러는 사이에 졸음도 피로도 싹 날아가 버리는 것이다.

"앗. 저건 젠가 선생!"

가리키는 쪽을 에타로가 바라보니, 이건 놀랍다. 지금 자신이 파고 있는 이 감자를 바로 대각선 부근에서 파고 있는 게 아닌가.

"어어. 에타로, 어떵허카, 저 도둑놈을……."

미명의 전장에서 남의 감자를 캐고 있는 상황과 마주한 것이다.

"파게 내버려 두세요, 아버지. 넘쳐나는 게 감자 아닙니까."

"그래도 자네. 캐겠댄 부탁허레 온 것도 아니고 말이지. 교장 선생이 이래서 되겠는가."

"부탁하러 오려 해도 함포에 맞으면 큰일 아닙니까. ……친척이기도 하고."

"그래도 자네, 교장 선생이……아아, 아무리 그래도 자네, 어떻허코, 이 노릇을……."

젠토쿠는 생각지도 못한 배신을 앞에 두고 비가 오는 것도 잊은 채 흥분했다. 일어섰다가 다시 생각을 고쳐 앉기를 반복했다. 그런 동작을 반복하는 사이 그의 머리에 한 장면이 떠올랐다. 그것은 그들이 집을 나왔던 날 맞닥뜨린, 돼지를 짊어진 마을 의원이었다. 그때 젠토쿠는 미묘한 경의를 품고 그 남자가 떠나는 모습을 바라보았었다. 그것은 남자가 가진 학문을 존경했기 때문이었다. 그런데 그 학문은 더 이상 존경할 가치가 없는 것이다. 그 녀석이 돼지를 짊어진 것도 필시 구두쇠가 허둥지둥한 것에 지나지 않았던 것이다. 보라, 젠가 선생이 증명하고 있지 않은가…….

"선생이나, 마을 의원이나……."

젠토쿠는 쉬어빠진 목소리로 회한의 염을 담아 중얼거렸다. 에타로는 지금 젠가 선생 외에 마을 의원도 도둑질을 하는 건 아닌지 주위를 둘러보았다. 그때 젠가 선생이 마침내 이쪽을 눈치챘다. 젠가 선생은 조금 뒤로 물러나는 듯 하더니 갑자기 등을 보이며 몸을 웅크려 잰 걸음으로 몸을 움직였다. 그리고는 옷 같은 것에 감자를 말아 어깨에 걸치고는 비틀거리며 저쪽 방향으로 내달렸다. 그쪽은 얼마 가지 않으면 사탕수수 숲이다.

"아아, 도망쳐……."

젠토쿠는 발작하듯 그의 뒤를 쫓았다.

"아, 아버지……."

에타로 역시 그를 막아서려 뛰었다. 그러자 감자 덩굴에 다리가 걸려 쓰러졌다. 그때 그는 작렬음과 동시에 젠토쿠의 비명 소리를 들었다.

등 부위가 주먹만큼 함포탄에 떨어져 나갔다. 에타로는 다시 일어나 그를 구하고자 했다. 자신의 상반신을 그의 피로 덮어쓰면서 흔들며 불러 보았지만 젠토쿠는 결국 그대로 숨을 거뒀다. 에타로는 젠가 선생을 바라봤다. 젠가 선생은 한 번도 뒤돌아보지 않았다. 들에 있던 사람들에게 그것은 생동감 있고 너무도 자연스러웠다. 날은 완전히 밝아 있었다. 에타로의 시야 정면에 자리한 저편 언덕 정상이 직격탄을 맞아 타올랐다. 젠가 선생 댁 무덤은 아마도 그 아래쪽에 자리하고 있으리라. 주위는 엷게 안개가 껴 있었다. 옆구리에 끼고 갈 만큼의 감자를 훔쳐 젠가 선생이 그곳까지 다다르기까진 얼마만큼의 시간이 필요할까, 그 사이에 몇 번이나 넘어질까, 그보다 과연 무사히 가져갈 수나 있을까. 지금쯤 사탕수수밭 저편을 달리고 있을 것이다. 비틀비틀 흔들리는 뒷모습을 상상하면서, 에타로는 왠지 모르게 커다란 소리로 외치고 싶은 충동을 간신히 참았다. 그는 차가워진 젠토쿠의 몸을 일으켜 세웠다. 흠뻑 젖어 흙투성이가 된 것을 한쪽 손으로 어깨에 올리는 데 얼마만큼의 시간이 걸렸을까. 올렸다고 생각하는 순간 미끄러져 내려가고, 무게중심이 쏠려 손이 없는 쪽 어깨 너머로 떨어져 버리곤 했다. 일단 철수해 다케를 불러

올까도 생각했지만, 잠시라도 이대로 방치해 두는 것 왠지은 젠토쿠에게 미안한 기분이 들었다. 또 그렇게 하면 이번엔 다케도 같이 죽임을 당할지 모른다는 불길한 예감이 들어 다리를 위로 들어 올려 짊어지는 방법을 사용해 마침내 성공했다. 마침내 다리를 위로 들어 올려 짊어지는 방법을 사용해 성공했다. 그리고 전력을 다해 제방 위까지 기어 올라가 어깨에서 다리까지 산산이 부서질 것 같은 피로감을 참으며 천천히 몇 발을 내딛었을 때 갑자기 폭풍이 몰아쳤다. 비틀거리며 다시 제방 아래로 굴러 떨어지려던 몸을 간신히 해군대장 간판에 지탱했다.

이 인고와 피로 끝에 에타로를 기다리고 있는 것은, 무덤에 다다른 순간 격렬하게 시작된 우시와 다케의 통곡 소리였다. 그는 무덤 앞에 다다랐을 때 정신이 아득해질 만큼 소모된 자신을 두 사람이 위로해 주고 불쌍히 여겨줄 것이라 기대했다. 그래서 그는 두 여자가 그를 밀쳐내듯 하고 불쌍한 젠토쿠에게 몸을 던져 울기 시작하자 자신이 오히려 더 격하게 원망 섞인 울음소리를 낼까도 생각했다. 그래도 그것을 참고 있는 사이, 그는 자신의 마음속에 묘한 쾌감이 일기 시작하는 것을 깨달았다.

그것은 우선 우시와 다케가 그리고 아이들도 포함해 비좁은 무덤 안에서 조상의 유골을 앞에 두고 젠토쿠의 죽음을 슬퍼하며 날을 밝히고 있다는 연대감정의 장중함에서 왔다. 이 소중한 일체감이야 말로 에타로가 비와 진흙과 탄환 속을 뚫고 목숨을 걸고 지고 온 이유이다. 이것이 곧 그의 마음에 한 조각 활기를 불어 넣었다. 그리고 얼

320

마 안 되어 또 하나의 자부심이 느닷없이 그를 놀라게 했다. "나는 오늘부터 이 가족을 이끌고 전장에서 무사히 도망쳐 살아남아야 한다!" —이러한 상황에서 가족들에게 젊은 남자가 있다는 사실이 얼마나 마음 든든할 것인가. 생각이 거기까지 미치자 그는 새삼스럽게 자부심과 책임감을 느꼈다. 그는 언젠가 다케에게 "나 같은 인간이라도 있으면 언젠간 도움이 될 것"이라고 장담했던 일을 떠올렸다. 그와 동시에 그는 쾌감이 적막함으로 바뀌는 것을 깨달았다. 자신의 자부심과 예언이 젠토쿠의 죽음으로 인해 실증되었다고 하는 것은 너무도 슬픈 이야기였다.

그는 지금 젠토쿠와 그 일가를 동정해야 했다. 그의 머릿속에 젠토쿠가 죽던 그 순간의 일이 천천히 되살아났다. 교장 선생이 어떻게 도둑질을 한단 말인가, 아무리 전쟁이라고 해도 사는 곳이 멀지도 않으니 한 마디 말이라도 부탁한다고 했다면 친척이고 하니 준다고 했을 텐데, —이 같은 젠토쿠의 절망감이 가슴 아프게 전해져 왔다. 한편으로는 전쟁 와중에 그런 일 따위에 연연하다니, 아버지도 너무 고지식하다고, 그는 공복에 현기증이 날 것 같은 기분을 참으며 생각했다. 젠가 선생도 묘지 가까이에 자신의 밭이 없으니 훔치려면 친척 것이 낫겠다고 생각했을 것이다. 자신 역시 그때 아버지를 조금 더 설득해야 했다. 그랬다면 그렇게 갑자기 살해당하는 일은 없었을지 모른다. —이 같은 감상은 지금 눈앞에 펼쳐진 두 여자의 비탄을 동정하는 마음에 문득 떠오른 일종의 서비스 같은 것일지 모른다.

(내가 이만큼 책임감을 갖는다면 이 여자들의 기분도 얼마간 안정되지 않을까……)

점차 두 여자의 울음소리도 잦아들었다. 이를 기다렸다는 듯 에타로는, "정말 생각지도 못한 일이어서 말이야……."라며 말문을 열었다.

무덤 문을 나서면서 시작된 그의 보고는 비참한 사고의 목격자가 늘 그렇듯, 쓸데없는 말이 많으며, 과학적이고 실증적이고자 노력한다. 그리고 극심한 고독감을 체험했기에 어딘가 주관적이고 막연한 인상으로 가득 차 있었다. 그것은 굴러 넘어졌던 것, 피로에 지쳐 있던 것을 빼고는 이야기의 대부분은 이야기 대부분은 비와 어둠에 휩싸여 있는 듯했다. 우시는 들으면서 이것이다, 라고 생각되는 부분에서 눈물을 머금은 눈을 크게 뜨고 질문했다.

"그런데 그때 자네는 어디에 있었나?"

에타로는 처음에는 아무 생각 없이 자신이 얼마만큼 젠토쿠와 떨어져 있었는지, 기억에 기대어 대답했다. 그러나 네 번째 질문이 이어질 무렵에는 공포에 질린 듯, 진지한 눈빛으로 우시를 바라보았다. 우시는 젠토쿠의 죽음이 거의 불가항력에 의한 것이었는지 어떤지를 확인하고자 필사적으로 추궁하고 있었던 것이다. 그 의지 이면에는 젠토쿠를 홀로 앞세웠다는 것에 대한 그녀 나름의 책임감이 자리했다. 그것을 에타로에게 전가시키고 있는 것이 틀림없었다. 에타로는 그 이면의 진의까지 파악하지는 못했지만, 그 어쩐지 기분 나쁜 추궁을 피해 그야말로 변명처럼 정밀하게 묘사하려고 노력했다. 젠가 선생을 발견한 장면을 설명하는 부분에서 왜곡이 더 심해졌다.

"……아버지가 돌아가신 것도 젠가 선생은 모르실거야. 나는 아버지를 짊어지는 바람에 흠뻑 땀을 흘려서 말이야."

그렇게 매듭을 지었다. 별로 책임지지 않으려는 말투로 들렸는데, 왠지 그렇게 되어 버렸다. 우시의 추궁에 너무 신경 쓴 탓일지 모른다.

"허는 수 없주. 하늘의 뜻이난."

우시는 눈물을 닦아 내며 겨우 말을 꺼냈다. 다케가 마지막 마무리를 하듯, 다시 한 번 크게 통곡했다. 통곡이 잦아들 무렵 우시는 조용히 그러나 분명하게 말했다.

"장례를 치르도록 하세."

에타로와 다케가 고개를 끄덕였다. 어디의 누군지 모르는 병사를 땅에 묻은 것이 불과 어제의 일이다. 그 고난을 떠올리자 마음이 무거워졌지만, 이번엔 반드시 해야 할 일이라고 생각했다. 마침 조상을 모신 무덤 안에 있고 관은 없지만 바로 앞 정원에라도 묻어 두면 전쟁이 끝난 후 다시 장례를 치를 수 있을 것이다.

"곡괭이 가정오게."

에타로는 하는 수 없다는 듯 자리에서 일어났다. 곡괭이도 망태기도 아직 밭에 있다.

"내가 갈까?"

다케가 말했다.

"놔둬. 감자도 있고, 놔둔 곳도 내가 알고 있으니."

에타로는 한기를 떨쳐버리려는 듯, 젖은 몸을 흔들었다.

그러자, 우시가,

"친척들에게도 들렸 오게나."

"예……?"

놀란 것은 다케와 에타로가 동시였다.

"젠가 선생 댁, 그리고 그 안쪽으로 올라가면 바로 젠초善長댁 무덤도 있을 거야. 어쩌면 젠초 선생 댁도 거기 있을지 모르고, 그리고 젠신善信 씨 하고 젠세이善淸 씨 며느리도 그 댁 무덤에 있을지 모르니까, ……가까운 곳만이라도, 다케, 또 누가 있을까?"

"아주머니. 이 와중에 친척까지……."

에타로는 낙담과 놀라움으로 목소리가 떨렸다. 그래도 우시는 미동도 하지 않았다.

"이렇게 죽어간 아버지를 장례도 치르지 않는다면 난 조상님께 혼날 거여." 그리고 뚫어져라 즈시가메들을 둘러보고는, "젠가 선생이 아직 모르고 있다면 더더욱 그래야지. 이대로 지나가면 아버님이 한을 품고 가실 거여. 저 세상에서 조상님께 그리 말씀드리면 젠가 선생님도 면목이 안 설 테고. 후처로 들어온 내가 친척들한테 그런 의리 없는 일을 헌다면 체면이 말이 아닐 테고 말이여."

작렬음과 폭음과 빗소리가 섞여 그녀의 말 중간 중간에 굉장한 불협화음을 만들었다. 다케와 에타로는 굳게 입을 다문 채, 눈빛을 주고받았다. 그들은 분명 이 묘지에 들어와 살기 시작한 날 밤, 우시가 진지하게 했던 말을 떠올렸다.

"여기서 죽는다면, 조상님 뵐 면목이 없을 거여." 그 말을 우시가 잊었을 리 없다. 지금 목숨을 걸고 그것을 명하고 있는 것이리라.

"그리고, 에타로." 두 사람의 시선을 부드럽게 받으며, 우시는 이어서, "아버지는 이미 너희들을 용서하고 가신 거니까. 너희들도 장례를 치러 드리면 그게 효도야."

다케가 폭발하듯 큰 소리로 통곡했다. "아버지. 아버지. 저는, 아아, 전……."이라며 끊어지듯 말을 이어가며, 젠토쿠에게 매달려 울부짖었다. 에타로의 얼굴에 불량 청년이 개심하여 선언할 때의 표정으로 점차 바뀌어 갔다. 두 사람의 머릿속에는 조금 전까지 의심하던 우시의 모순이 일거에 해소되어 우시가 말하는 효행의 성의를 다 해야 한다고 결의하기에 이르렀다. 우시가 말하는 두 사람의 효행이, 실은 그녀 자신의 조상 면목이 없기 때문이라는 것을 우시 자신도 눈치채지 못했다. 그 우시의 머릿속은 다시 사자(佛)에게 성의를 바치는 생각으로 가득 찼고, 함포로부터 공격 받을 가능성은 전혀 상상하고 있고 있는 듯했다. 그 세 명을 즈시가메들은 변함없이 조용히 내려다보고 있었다.

그로부터 5분 후, 우시가 조상들께 면목이 없다는 생각에, 즈시가메 무리 앞에 합장하고 있을 때, 에타로는 다케와 분담해서 자신이 비교적 거리가 먼 젠가 선생 댁을 목표로 제방 위를 달려가고 있었다. 얼마후 뒤를 돌아보니, 다케의 모습이 나무그늘에 가려 보이지 않게 되었다. 바로 그 순간 가까이에 있던 묘지 하나가 산산이 부서졌다. 에타로는 폭풍에 휘말려 제방에서 굴러 떨어졌다. 아래쪽은 잘 경작된 밭으로, 깊숙한 곳에 몸이 처박혔다. 몸을 일으켜 보니 비가 이제야 그쳤음을 알았다. 그것은 아무래도 효행에 대한 천우天佑라고 생각되었다. 올려다보니 능선에 걸친 구름이 빠른 속도로 물러나고 있었다. 그런데 가끔씩 연기를 뿜어댔다. 탄착은 점점 격렬해지는 모양이었다. 에타로는 이번엔 바다 쪽을 바라봤다. 그 순간 그는 밭 한가운데에 신변의 위험도 잊은 채 꼼짝 않고 서 있었다. 군함이 불타고 있었던 것이다. 그 상공에 비행기 수대가 무리지어 있었다. 그리고 몇 초가 지나자, 그 중 한 대가 급강하해 왔다. 그렇게 생각하는 순간, 그것이 보이지 않게 된 곳 주변 군함이 다시 불을 뿜어 댔다. "아아……." 에타로는 신음하듯 탄식했다. 그는 전에 없던 용기가 솟아오르는 것을 느끼며, 서둘러 발로 밭을 짓밟으며 달렸다. 50미터 정도 가면, 오늘 아침 젠가 선생을 숨겼던 사탕수수 숲이었다. 그 속을 뚫고 가면 제방 위로 올라가는 것보다 훨씬 지름길이었다. 이랑이 있는 숲 속은 걷기가 힘들었다. 뾰족뾰족한 잎들에 찔려 얼굴과 손을 가리지 않고 피를 내었지만, 밖에서 보이지 않게 된 것만으로 마음이 편해졌다. 그는 숲을 거의 다 벗어난 지점에서 숨을 돌렸다. 그러나 앞을 보고 절망했다.

"강에 다리가 끊겼다!"

수면이 다섯 폭 정도 되는 강이었지만, 이것을 건너지 않으면 젠가 선생의 묘지에 갈 수 없었다. 다른 곳에도 다리가 있었는지, 에타로는 떠올려 보았다. 그러나 다리라곤 이것밖에 없다는 생각에 미치자 심호흡을 하고 제방을 뛰어 내려갔다. 3척 정도 남겨 놓고는 거의 미끄러져 굴러가다시피 했다. 언덕 쪽은 허리가 잠길 정도의 깊이였다.

가운데 쪽은 수량이 몰려 있어 머리까지 잠길지도 모른다. 그러나 그 폭은 얼마 되지 않았다. 한쪽 팔밖에 없지만 수영엔 자신 있었다. 빨라진 물살에 조금 밀려 나간다 해도 상관없다. 그 정도의 각오로 발을 더듬어 들어가 보니, 강안은 땅 위로 펼쳐진 풍경보다 안전하다는 느낌이 왔다. 그런데 그 계산은 빗나갔다. 의외로 빠르게 물이 신장을 넘어 버렸다. 발이 닿지 않게 되고 진흙물이 입으로 들어오자, 몸이 떠올랐다.

"젠장!"

외마디 소리를 내곤, 몇 초를 헤엄쳐 저편 제방에 다다랐다. 제방에 몸을 기대어 숨을 돌렸다. 그때 등 뒤에서 쾅쾅쾅 하는 어마어마한 소리가 들려오더니 흙무더기가 잔뜩 흘러 내려왔다. 뒤돌아보니, 조금 전 빠져 나온 사탕수수 숲 저편이 싹둑 잘려 나갔다. 그때의 풍경이 위해 있던치 해군대장도 언제 쓸려갔는지 더 이상 보이지 않았다. 강물은 다시 흙무더기를 잔뜩 집어 삼킨 듯 더욱 혼탁해진 모습으로 빠르게 흘러가고 있었다. 바로 그때,

"앗."

에타로는 큰일이라는 듯 당황했다. 이대로 제방을 올라 아마도 3백 미터 정도 가면 젠가 선생 댁 묘지에 다다를 것이지만, 무사히 도착한다 하더라도 그 노선생을 데리고 이 강을 어떻게 건넌단 말인가.

오로지 탄환과 진흙과 탁류를 돌파하는 것에만 집중한 나머지 그런 생각에 미치지 못한 어리석음을, 허리까지 차오른 물속에 잠겨 탄식하고 있었다.

쾅쾅쾅 하는 소리가 다시 가깝게 울리고는 폭풍이 몰아쳤다. 에타로는 있는 힘껏 제방의 풀을 쥐어 잡고 발을 옮겼다.

"에잇. 빌어먹을. 나는 아무데나 묻히든지 해야지. 이렇게 된 이상 어떻게 해서든 젠가 선생 있는 곳까지 갈 테다."

진흙에 발이 미끄러지면 다시 일어나기를 반복하면서 이마에 피를 흘리며 상처와 고투를 거듭한 끝에 제방 끝까지 올랐다. 다 오르자 그곳에 몸을 던졌다. 몸을 눕힌 채 올라 왔던 주변을 둘러보았다. 그러자 우시가 조용히 그 안에서 합장하고 있을 묘지가 있는 방향 저편으로 함포보다는 작은 박격포 같은 탄착이 떨어졌다. 그 연기가 걷히자 다시 한 무리의 움직임이 포착됐다. 병사다!

에타로는 깨달았다. 드디어 어마어마한 무리가 밀려왔다. 더 이상 우시가 있는 곳으로 돌아가지 못할지 모른다.

"젠장!……"

산산이 부서질 것 같은 몸을 무리하게 일으켜 세우며, 이런 수고로움을 마다하지 않는 성실함을 젠토쿠나 조상이 인정해 주지 않으면 벌 받을 것이라고 생각했다.

이러한 모든 일을 알 리 없는 우시는 손자들과 함께 젠토쿠의 유해를 바라보며 성실한 친척들을 이제나저제나 하고 기다리고 있을 것이다. 그 거북등 무덤으로, 불길은 천천히, 그러나 확실히 가깝게 다가가고 있었다.

전후 오키나와와 일본 본토를 향해 던지는 성찰적 물음
오키나와인은 누구인가? 그리고 일본인은 누구인가?

전후 오키나와 문학을 대표하는 작가 오시로 다쓰히로는 '오키나와인은 누구인가', '일본인은 누구인가'라는 근원적 물음을 던지고 이에 대한 답을 찾고자 부단히 노력해 온 것으로 잘 알려져 있다. 그의 노력이 시사적인 것은 이것이 단순히 오키나와, 오키나와인 내부만의 문제가 아니라 우리를 포함한 동아시아의 식민지적 상황, 그 안에서도 직접적인 차별과 폭력에 노출된 마이너리티(마이너리티 간) 문제와 직결된 사안임을 분명하게 보여주기 때문이다. 이 책에 실린 세 편의 소설은 그러한 작가의 문제의식을 그 어떤 작품보다 농밀하게 응축하고 있다.

사실 오키나와 문학은 한국은 물론이거니와 일본 본토에도 잘 알려지지 않았다. 오키나와 출신 작가가 본토 문단의 주목을 받게 되는 것은 1967년 『칵테일파티』가 아쿠타가와芥川 상을 수상하면서다. 이것은 오랜 기간 본토 중심 중앙 문단의 주변부에 머물렀던 오키나와 문단이 이룬 일대 쾌거이자 오키나와 사회 전체가 동요할 만

큼의 기념비적인 사건으로 기록되고 있다. 작가 오시로는 당시의 분위기를 회고하며, 오키나와 출신 작가가 일본어로 작품을 써서 중앙 문단에 인정받는 것은 무리라는 "이하 후유伊波普猷의 예언을 배신하고 언어의 핸디캡을 극복"한 일이자 본토로부터의 "사상적 자립을 예언"한 획기적인 사태로 자리매김한 바 있다(「生きなおす沖繩」 『世界 沖繩 何が起きているのか』, 臨時增刊呼869, 2015). 그래서인지 다른 여러 작품 가운데 유독 『칵테일파티』에만 집중 조명되어 온 경향이 강하다. 물론 『칵테일파티』가 지금의 오시로 문학을 있게 한 출세작이자 문제작이라는 데이는 이견이 없지만, 이 한 작품에만 매몰되어서는 그의 문학세계를 온전히 이해했다고 할 수 없을 것이다.

한편 일본 본토 문단에서는 『칵테일파티』의 아쿠타가와 상 선정을 둘러싸고 의견이 양분되었다고 한다. "모든 문제를 정치라는 퍼즐 속에 녹여버렸다" 미시마 유키오三島由紀夫라는 혹평도 있었지만 그보다는 오키나와의 정치적 상황, 특히 미국에 대한 비판적 시선이 선정에 긍정적 영향을 미친 것으로 보인다. 그로부터 4년 후, 오시로의 뒤를 이어 히가시 미네오東峰夫가 『오키나와 소년オキナワの少年』(1971)으로 같은 상을 수상하게 되는데, 이 작품 역시 '미 점령하' 오키나와 사회를 비판적으로 다룬 것이었다. 작가가 의도했건 아니건 『칵테일파티』의 근간을 이루는 '오키나와 vs. 미국'이라는 구도가 소설 밖 상황에서도 유효하게 작용했던 것은 분명해 보인다.

그렇다고 해서 작가의 관심이 미국과 오키나와 관계, 그 사이에

가로놓인 차별적 권력구도의 폭로에만 있었던 건 아니다. 오히려 이러한 구도를 보다 보편화함으로써 성찰적 자기인식에 이르는 방법을 모색하는 데에 있었다고 할 수 있다. 『칵테일파티』 이듬해에 간행된 『신의 섬』(1968)은 '미국'이라는 대상을 '본토'로 바꿔 넣으며 오랜 기간 금기시 되어 온 '집단자결' 문제를 다룬 획기적인 작품이다. 곧 다가올 본토 '복귀'의 시대를 예감하며 작가는 우선 '오키나와 전투' 그 중에서도 '집단자결'의 비극과 피하지 않고 마주하고자 한다.

소설의 무대는 오키나와 중심부에서 멀리 떨어진 섬 '가미시마神島'다. 이곳은 1945년 3월, 오키나와 근해로 들어온 미군이 가장 처음 상륙한 곳으로 수비대 일개 중대 3백 여 명과 비전투원으로 조직된 방위대 7십 명, 조선인 군부 약 2천 명의 집결지가 된 곳이다. 이야기는 당시 초등학교 교사였던 다미나토 신코가 '섬 전몰자 위령제'에 초대 받아 섬을 찾는 장면에서 시작된다. 전쟁이 격화됨에 따라 학생들을 인솔하여 섬 밖으로 소개疎開한 이후 23년 만의 방문이다. 몰라보게 변한 섬 모습에 놀라기도 했지만, 그의 관심은 전쟁 말기 섬 안에서 330여 명의 주민이 목숨을 잃은 '집단자결'의 전말을 밝히는 데에 있었다. 이후 그의 행보는 오로지 '집단자결'의 진상을 파헤치기 위한 일에 집중된다. 그가 '집단자결'과 가장 깊숙이 관련된 인물로 꼽은 이는 '가미시마 국민학교' 근무 당시 교장으로 있던 후텐마 젠슈다. 그는 '집단자결'의 '가해'의 책임 소재를 오키나와 내부에서 집요하게 추궁해 가는 다미나토와 대결구도를 이루며 '집단자결'이 은폐하고 있는 지점들을 나름의 논리를 들어 대응해 간다. 그 밖의 주요인물로는 오키나와 고유의 전통과 문화를 고수하는 것으로 본토에 대한 강한 반감을 드러내는 하마가와 야에, 본토의 상반된 입장(오키나와 인식)을 보여주는 미야구치 도모코와 기무라 요시에 등이 있다. 특히 본토 출신의 두 여성은 각각 지난 전쟁에서 본토가 오키나와에 범한 과오를 성찰하게 하거나, 거꾸로 오키나와에 대한 몰이해가 어떤 식으로 표출되는지 잘 보여준다.

무엇보다 이 작품이 문제적인 것은 전쟁의 폭력성을 비판하는 데에 그치지 않는다는 점이다. 소설의 배경이 되고 있는 오키나와 전투는 일본(군)과 오키나와(주민) 내부의 차이와 차별을 노정하는 동시에, 그동안 암묵적으로만 존재해 오던 오키나와 내부의 불가항력적인 불신과 갈등 또한 피하지 않고 마주하게 한다. 아울러 가해와 피해의 구도가 복잡하게 뒤엉킨 역설적 함의를 다양한 각도에서 드러낸다. 이를테면 조선 출신 군부와 '위안부'의 존재라든가, 같은 '일본군' 안에 '야마토인' '오키나와인' '조선인'이 뒤섞여 '3파 갈등'을 이룬 민감한 정황도 놓치지 않고 묘사하고 있는 것이 그 하나다. 이것을 어떻게 해석하고 성찰할 것인가의 문제는 우리에게도 매우 중요해 보인다.

『신의 섬』은 간행 이래 50여 년이 흐르고 있지만 일본 문단의 주목을 받은 적도 연구대상이 된 적도 없다. 작가 자신은 "본토의 일본인들에게는 이해하기 어려웠던 모양"이라는 완곡한 말로 표현하고 있지만, 그보다는 전후 일본 사회나 오키나와 사회나 '집단자결'의 가해 책임을 묻고 반성을 촉구할만한 성찰적 인식의 기반이 마련되지 않았다는 표현이 더 적절할 것이다. 그것도 1960년대 후반, '복귀' 이전 시점이라면 더더욱 그러했을 것이다. 그래서일까 역자가 이 작품을 한국어로 번역하고 싶다고 말했을 때 작가는 기대감을 감추지 않고 크게 반겨주었다. 그리고 지난해『지구적 세계문학』(글누림, 2015 가을)에 번역이 게재되었을 때 오키나와 신문『류큐신보琉球新報』(2016. 2. 5.)에서도 깊은 관심을 표명해 주었다.

『거북등 무덤』은 오키나와 공동체(방언, 풍습, 제식)의 정통성을 발견하고 이를 계승해 가려는 작가의 의지가 돋보이는 작품이다. 흥미로운 것은『신의 섬』과 마찬가지로 오키나와 전투를 배경으로 하지만 그것을 사유하는 결이 전혀 다르다는 점이다. 우선 '집단자결'을 모티브로 하고 있지 않으며, 그런 만큼 비극적이거나 어둡지만은 않다. 오히려 작가 특유의 유머러스한 묘사방식을 따라가다 보면 전쟁이라는 상황을 잊기도 한다. 두 작품 사이의 커다란 격차는 아마도 작가의 성찰적 시야가 확보되기 이전과 이후, 즉『칵테일파티』집필 이전과 이후에서 찾을 수 있을 듯하다.

소설은 어느 날 갑자기 전쟁으로 내몰린 오키나와 섬 주민들이 비로소 사태의 심각성을 깨닫고 우왕좌왕하는 장면에서 시작된다. 생전 처음 들어 본 함포사격을 피해 주인공 젠토쿠와 우시 노부부가 피난 장소로 선택한 곳은 조상들의 유골이 안치되어 있는 무덤 안이다. 무덤 안은 여러 사람이 들어갈 수 있을 만큼 넓은 공간으로 이루어져 있으며, 외관은 회반죽으로 탐스럽게 부풀린 것이 마치 거북등을 엎어 놓은 듯한 형상을 하고 있어 '거북등 무덤龜甲墓'이라 불린다. 이 안에서 젠토쿠와 우시 노부부, 딸 부부와 어린 손녀, 장남이 맡겨 놓은 초등학생 손자, 손녀 이렇게 7명의 피난 생활이 시작된다. 죽은 자의 '무덤'이 산 자의 '요새'가 되는 아이러니한 상황. 그리고 그 안에 잠들어 있는 조상의 유골이 "위대한 수호의 권위 있는 인격"으로 부활되는 상황. 무덤 안에 들어선 젠토쿠는 조상들의 생전 이력을 하나하나 호명하며 산 자와의 경계를 무화시키며, 우타는 조상 앞에 끊임없이 산 자들의 무사안위를 기원한다. 미군과 일본군이 격전을 치루고 있는 '무덤 밖' 상황과 동떨어진 '무덤 안'에서의 젠토쿠 일가의 생활은 훼손되지 않은 온전한 오키나와 공동체를 의미할 것이다. 그러나 오키나와 공동체의 향방은 매우 불투명한 채로 끝난다. 에타로와 함께 감자를 캐러 무덤 밖으로 나갔던 젠토쿠는 폭격에 죽임을 당하고, 무덤 안에 남겨진 나머지 가족들도 불길에 휩싸여 생사가 불투명하기 때문이다. 이를 어떻게 해석할지는 독자의 몫으로 남기고 싶다.

작가가 한국어판 서문에서 밝히고 있듯 이 작품의 모티브는 순수하게 토속(특히 방언)에 대한 애착에서 비롯되었다. 오키나와 전투를 직접 경험한 작가의 친척 일가가 모델이 된 만큼 당시의 주민들의 상황을 살펴보는 데에도 귀중한 논점을 제공한다. 소설 속 인물과 앞서의 『칵테일파티』를 거치며 성찰적 시야를 확보한 『신의 섬』의 (가공의) 인물과 비교해 보는 것도 흥미로울 듯하다.

이 책이 번역되어 나오기까지 많은 분들의 도움과 격려가 있었다. 우선 『신의 섬』과 『거북등 무덤』 등 작품 선정에서 출판에 이르기까지 노고를 아끼지 않고 애써주신 김재용 선생님께 깊은 감사를 드린다. 덕분에 한국 내 오키나와 문학의 지평이 한층 넓어지게 되었다. 또 『거북등 무덤』의 중요한 요소인 '실험방언'을 어떻게 표현할지 고심하던 역자에게 제주어의 숨결을 불어 넣어주신 김동윤 선생님의 호의가 없었다면 이 작품은 반쪽자리 번역이 되었을 것이다. 오키나와어를 제주어로 바꾸는 작업은 단순한 '번역' 그 이상의 함의를 내포하고 있음을 독자들도 함께 느껴주었으면 한다. 마지막으로 고령의 연세에도 불구하고 오키나와를 방문할 때마다 기꺼이 만남에 응해주시고 흔쾌히 작품 번역을 허락해 주신 오시로 다쓰히로 선생님께 깊은 존경과 감사의 마음을 전하고 싶다.

2016년 7월

손지연

지은이

오시로 다쓰히로 大城立裕

1925년 오키나와 현 출생. 1943년 상하이 동아동문서원대학(東亞同文書院大學) 입학, 패전으로 1946년 학업을 중단하고 귀국. 미 점령하 오키나와에서 고등학교 교사로 재직하였으며, 류큐정부, 오키나와현청 소속으로 오키나와사료편집 소장, 오키나와현립박물관장 등을 역임하였다. 1967년 오키나와 출신 작가로는 처음으로 아쿠타가와상(芥川賞, 제57회) 수상. 수상작『칵테일파티』는 일본과 미국의 대립 구도 위에 오키나와와 중국을 대치시킴으로써 전후 위기에 빠진 오키나와 아이덴티티를 효과적으로 표현한 것으로 높은 평가를 받았다. 그 외『소설 류큐처분』, 『환영의 조국』, 『신의 섬』, 『동화와 이화의 사이에서』 등 다수의 소설과 희곡, 에세이를 발표하였다. 최근 2015년에는 자전적 소설『레일 저편』으로 가와바타야스나리문학상(川端康成文學賞, 제41회)을 거머쥐었다.

옮긴이

손지연

경희대학교를 졸업하고 나고야 대학교에서 일본 근현대 문학을 전공하여 박사학위를 받았다. 동아시아의 전쟁과 폭력의 상흔을 젠더와 내셔널 아이덴티티의 관점에서 조명하는 작업에 관심을 두고 연구를 진행하고 있다. 지은 책으로『동아시아 근대 한국인론의 지형』(공저), 『오키나와 문학의 힘』(공저) 등이 있고, 옮긴 책으로『폭력의 예감』(공역), 『전쟁이 만들어낸 여성상』, 『일본군 '위안부'가 된 소녀들』, 『신의 섬』(오키나와 현대소설선, 공역) 등이 있다. 현재 경희대학교 후마니타스 칼리지 객원교수로 재직 중이다.